KB078514

전능의 팔찌

THE OMNIPOTENT
BRACELET

김현석 현대 판타지 소설
FUSION FANTASTIC STORY

전능의 팔찌 1

김현석 현대 판타지 소설

초판 1쇄 찍은 날 § 2011년 8월 16일
초판 1쇄 펴낸 날 § 2011년 8월 22일

지은이 § 김현석
펴낸이 § 서경석

편집부장 § 권태완
편집책임 § 박우진

펴낸곳 § 도서출판 청어람
등록번호 § 제1081-1-89호
등록일자 § 1999. 5. 31
어람번호 § 제1-1266호

주소 § 경기도 부천시 원미구 심곡2동 163-2 서경B/D 3F (우) 420-822
전화 § 032-656-4452 팩스 § 032-656-4453
http://www.chungeoram.com
E-mail § chungeoram@chungeoram.com

© 김현석, 2011

ISBN 978-89-251-2597-8 04810
ISBN 978-89-251-2596-1 (세트)

※ 파본은 구입하신 서점에서 교환하여 드립니다.
※ 저자와 협의하여 인지를 붙이지 않습니다.
※ 이 책은 도서출판 청어람과 저작자의 계약에 의해 출판된 것이므로,
무단 전재 및 유포 · 공유를 금합니다.

전능의 팔찌

THE OMNIPOTENT BRACELET

1

FUSION FANTASTIC STORY

김현석 현대 판타지 소설

청어람

CONTENTS

독자 제위께

안녕하신지요?

전능의 팔찌는 전작인 신화창조가 지지부진할 때 심기일전하기 위해 쓰기 시작한 글입니다.

온갖 과학적 근거 자료와 각종 사료, 그리고 확인된 군사 무기 체계뿐만 아니라 다방면의 통계 자료까지 일일이 확인하고 뒤져가며 써야 하는 신화창조와는 달리 조금 자유스런 글을 쓰고 싶었던 것입니다.

그러다 문득 누구나 한 번쯤 생각해 볼 만한 공상이 현실이 되었을 때 나는 어찌할 것인지를 생각해 보았습니다.

지구엔 단 하나도 존재하지 않는 마법사!

그것도 상당히 고위 마법사가 된다면 나는 이 세상을 어찌 살까 생각해 보니 흐뭇하더군요.

처음엔 유치한 생각도 많이 했습니다. 투명 마법을 써서 여탕을 기웃거리는 것 등이겠지요. 그러다 마법으로 세상을 좀 더 평화롭고 정의롭게 만들 수 있을 것이란 생각이 들더군요.

다른 세상 사람들이 대한민국의 첨단 과학 기술 문화를 어찌 경험하고 느끼는지를 쓰는 것도 재미있겠다 싶었습니다.

전능의 팔찌를 가진 주인공은 이전의 판타지 소설처럼 궁정의 암투나 대규모 전투 같은 걸 별로 하지 않게 됩니다.

소소한 에피소드들을 모아 읽는 이로 하여금 잔잔한 느낌을 드리고 싶기 때문입니다.

현대로 되돌아와서는 작은 부분부터 점차 큰 부분까지 다시 한 번 성찰하는 시간을 갖게 해드리고 싶습니다.

전능의 팔찌는 그냥 많고 많은 퓨전 소설 가운데 평범한 하나가 되지 않게 할 것입니다. 다시 말씀드려 단순한 읽을거리로 남게 하고 싶지 않습니다.

우리 사회에 만연해 있는 부정부패와 부조리, 그리고 온갖 불편부당한 것들에 대해 다시 한 번 생각하게 하는 글이 되도록 애쓰겠습니다.

잘못된 부분이 있거나 부당한 일이 있다면 당연히 고쳐져야 할 것입니다. 하나 현실에서는 그런 일이 일어나지 않을 확률이 대단히 높습니다. 국민의 역량은 높지만 위정자들의 역량은 기대 이하에 있기 때문입니다.

법은 멀지만 주먹은 가깝다는 말이 있습니다.

제가 세상을 살아보니 우리나라의 법은 힘 있고 돈 있는 자들만을 위한 법입니다. 그래서 마법이라는 주먹으로 못된 짓 하는 힘 있는 놈들을 깨부수는 글을 쓰려 합니다.

응원해 주십시오. 금과옥조는 못 되더라도 여러분의 속을 시원하게 해주는 글이 되도록 애쓰겠습니다.

감사합니다.

2011년 성하에…….

김현석 배상

CHAPTER 01

태백산맥에서 길을 잃다

"헉헉! 헉헉! 여긴 대체 어디지?"

현수는 흘러내리는 구슬땀을 소매로 닦으며 중얼거렸다.

그런 그의 시선은 그리 멀지 않은 산봉우리들로 향해 있다.

짐작이 맞는다면 촛대봉, 향로봉, 미륵봉, 양터봉이란 이름으로 불리는 봉우리들일 것이다.

원수 같은 저것들을 찾아내느라 헤맨 것만 벌써 세 시간째이다. 그래서 간신히 이들이 보이는 곳을 찾기는 했다.

그런데 어떤 게 어떤 것인지 알 수 없다. 제대로 가늠을 해야 오늘 안에 산을 벗어날 수 있을 것이다.

오늘은 찌는 듯이 더웠던 8월이 아니다.

초여름부터 북적이던 피서지의 인파가 99%쯤 사라졌을 9월 하고도 4일이다.

그리고 이곳은 태백산맥의 주능선인 덕항산(1,072m, 강원 삼척시 신기면 대이리)에서 갈라진 곳에 위치한 이름 모를 산의 등성이이다.

피서철이 끝나서 그런지 현수는 오늘 하루 단 한 명의 사람도 만나지 못했다. 물론 산행 중 길을 잃어 사람들이 다니지 않는 곳을 헤맸기 때문이기도 하다.

어쩌면 어젯밤 마신 술 때문인지도 모른다.

준비해 왔던 술은 알코올 도수가 제법 높은 양주였다. 그것도 작은 병이 아니라 큰 병이다.

그런데 그걸 다 마셨다. 홧김에, 그리고 시름에 잠겨 홀짝홀짝 마시다 보니 한 병을 다 비운 것이다.

그래서 그런지 입에서 심한 술 냄새가 났다.

라이터를 당기고 숨을 내쉬면 어쩌면 불이 붙을지도 모른다는 생각을 했을 정도이다.

그리곤 곯아떨어졌다. 그렇게 몇 시간쯤 잔 것 같다.

하나 결코 숙면은 아니었다.

이런저런 생각을 하며 술을 마시는 동안 해가 떨어졌다.

산이라 그런지 금방 어두워졌다. 경험 많은 등산가도 텐트를 칠 수 없는 상황이다.

그래서 텐트를 요 겸 이불 삼아 대충 둘둘 말고 잤다.

그러니 어찌 숙면을 취할 수 있었겠는가!

땅바닥에 박힌 돌덩이들 때문에도 깊은 잠을 잘 수 없었다. 게다가 모기들이 엄청나게 달려들어 회식을 했다.

그래서 몇 시간을 잤지만 피로를 몰아낼 만큼, 술기운을 날려 버릴 만큼 깊은 잠은 자지 못했다.

다음날 아침, 강렬한 햇빛을 이기지 못해 눈을 떴지만 비몽사몽인 상태였다. 그런 상황에서 거듬거듬 텐트를 걷었다.

아무래도 무작정 출발한 것이 문제가 된 듯하다.

출발한 지 한 시간도 지나지 않아 길을 잃었고, 오전 내내 이 계곡 저 계곡을 헤맸다.

그러다 오전 10시쯤 허기진 속을 채우기 위해 라면을 끓여 먹었다. 그런데 속에서 받질 않는 모양이다.

더부룩하고 불편하다.

먹은 지 두 시간이 훨씬 지났는데도 그런 걸 보면 혹시 체했을지도 모르겠다는 생각이 들었다.

바람도 불지 않아 덥기는 엄청 덥다.

구슬땀이 흘러내려 앞섶을 흠뻑 적셔놓았다. 손수건으로 닦아내기엔 너무 많은 양이라 닦는 것도 포기했다.

소매로 이마의 땀을 훔치려는데 문득 매미 울음소리가 강렬해진다.

맴, 맴, 맴, 맴, 맴……!

"매미는 왜 이렇게 시끄럽게 우는 걸까?"

못해도 이륙 중인 비행기 소리인 100데시벨쯤 되는 듯하다. 이쯤 되면 소음 공해라 할 수 있을 것이다.

“어휴, 시끄러워! 야, 이 빌어먹을 매미새끼들아! 여긴 대체 어디냐? 맴맴거리지만 말고 나와서 말 좀 해봐! 길 좀 가르쳐 주란 말이야!”

현수가 버럭 소리를 지르자 그 시끄럽던 매미 울음이 잠시 멈춘다. 하나 그도 잠시뿐, 10초도 지나지 않아 매미들의 합창은 또다시 시작되었다.

맴, 맴, 맴, 맴, 맴……!

“에이, 빌어먹을 놈의 매미들! 니들은 지치지도 않냐?”

투덜거린 현수는 곁에 있는 바위에 걸터앉았다. 그리곤 수통의 뚜껑을 열어 한 모금 마셨다.

갖고 왔던 생수는 벌써 다 마셔서 계곡물을 담아둔 것이다.

어쩌면 오염된 것인지도 모른다. 인체에 해로울 수 있고, 물속의 기생충을 몸 안으로 불러들이는 행위일 수도 있다.

근데 지금 그게 무슨 상관이란 말이냐!

숨을 내쉴 때마다 술 냄새가 나는 상황이다.

모르긴 해도 속에 있던 알코올이 기화되어 입 밖으로 나가는 듯한 느낌이다. 그렇기에 벌컥벌컥 들이켰다.

“캬아! 시원은 하네.”

입가에 묻은 물을 소매로 문질러 닦았다.

그리곤 새삼 사방을 둘러보았다.

우거진 초목들이 저마다의 생명력을 내뿜고 있다.

이제 가을이 되면 낙엽이 되어버릴 잎사귀들이 맹렬한 기세로 광합성을 하고 있는 것이다.

다시 말해, 미구에 다가올 추운 겨울을 대비해 착실하면서도 악착같이 준비를 하는 중이다.

"으음, 나무들도 이러는데 난 뭐지? 휴우!"

나직이 중얼거린 현수는 한숨을 쉬었다.

이러지도 저러지도 못하는 현실 때문에 답답한 것이다.

"제기랄, 학교 선생들, 그리고 학원 선생들. 뭐? 공부만 열심히 하면 이다음에 잘살 확률이 높으니 죽어라 공부하라고? 그래서 정신 차려서 했잖아. 근데 이게 뭐야? 에이, 쓰벌! 퉤에에!"

현수는 있지도 않은 가래침을 뱉었다. 그렇게라도 해야 갑갑한 심사가 풀릴 것만 같다는 본능 때문이다.

현수는 도급 순위로만 따지자면 열 손가락 안에 드는 천지건설(주)의 자재과 신입사원이다.

입사한 지는 8개월 되었다. 이제 겨우 맡은 업무를 당황하지 않고 처리할 수 있을 만한 수준이 된 셈이다.

이 회사에 입사하기까지 현수는 84번 입사 지원서를 제출했다. 그 가운데 거의 대부분은 서류 전형에서 탈락했다.

간신히 그걸 통과해도 필기시험, 또는 면접에서 탈락되곤 하였다. 이는 현수가 다닌 학교와 전공 때문일 것이다.

현수는 서울 소재 삼류 대학 수학과 4년을 졸업했다.

수학이 좋아서 이걸 전공한 건 물론 아니다. 고등학생 때 이미 수학이라면 질색할 정도로 질렸기 때문이다.

그럼에도 수학 전공을 선택한 이유는 수능 점수 때문이다.

현수의 점수는 서울 명문대는 들어갈 수 없지만 지방에 있는 괜찮은 대학에는 들어갈 정도는 되었다.

그런데 가정 형편상 지방 대학은 가기가 어려웠다.

서울에 비해 등록금은 싸겠지만 하숙비 내지는 기숙사비, 또는 왕복 교통비 등을 감당할 능력이 되지 않았기 때문이다.

아버지는 서울에 있는 대학 중에서 고르라고 했다. 그것도 가급적 집에서 가까우면 좋겠다고 하셨다.

교통비 때문일 것이다. 하여 담임과 상의한 끝에 1지망과 2지망, 그리고 3지망 원서를 냈다.

그리곤 다 떨어졌다. 2, 3지망은 대기 번호도 못 받았지만 1지망에서 196번이라는 번호를 받기는 했다.

결국엔 다 떨어졌구나 싶어 낙망했다. 그런데 등록 마감 마지막 날 기적적으로 연락이 왔다.

하여 하루 만에 부랴부랴 등록을 했다. 나중에 알고 보니 현수가 마지막 대기자였다. 결국 꼴찌로 입학한 셈이다.

어쨌거나 대학에서 4년 동안 수학을 배웠다.

집합론, 정수론, 선형대수, 현대대수학, 해석학, 위상수학, 해석기하, 벡터해석, 미분기하학, 확률과 통계, 이산수학, 논리학 등을 배웠다.

고등학교 때의 수학과 비슷한 듯하면서도 상당히 많이 다른 것들이다.

어쨌거나 4년 내내 머리에 쥐나는 줄 알고 살았다.

가정 형편상 유급을 하면 부모님을 뵐 낯이 없기 때문이다.

하여 기를 쓰고 어떻게든 학점을 따려 노력했다. 덕분에 뇌에 부하가 심하게 걸린 기분 속에서 살았다.

4년 동안 남들 다 하는 연애 한 번 못했다.

유급만은 결코 피해야 한다는 강박관념 때문이다.

졸업 후 어떻게 해서 간신히 서류 전형을 통과하여 면접을 볼라 치면 면접관들의 질문은 모두 같았다.

“흐음! 수학을 전공하셨군요. 우리 회사는 김현수 씨가 전공한 수학과는 별 연관이 없는데 어떤 동기로 입사를 지원하셨습니까?”

현수는 어떻게든 논리적으로 꿰어 맞히려 노력을 했다.

그런데 나중에 알았다.

그게 떨어졌다는 뜻이라는 것을.

천지건설(주)에 입사한 것은 시험을 봤는데 그 점수가 기가 막힐 정도로 좋아서가 아니다.

또한 전 학년 평점이 훌륭해서도 아니다. 간신히 C를 넘겼을 뿐이기 때문이다.

그럼에도 재벌인 천지그룹 계열사 중 하나인 천지건설(주)에 입사할 수 있었던 것은 군대 후임을 잘 둔 덕이다.

현수는 대학을 졸업하고 얼마 지나지 않아 군에 입대했다.

아버지가 혹시라도 직업을 잃게 되면 등록금을 대줄 수 없으니 그렇게 하라고 하셨기 때문이다.

현수 아버지는 귀금속 세공 공장에서 일을 한다.

사실 공장이라 하기엔 규모가 작다. 그래서 공방이라고 부르는 것이 적합할 것이다.

이곳은 분업화되어 있는데 광(연마), 조립, 주물 주조, 사출, 조각, 도금 등으로 나뉘어 있다.

이 밖에 원본기사도 있다. 원본기사의 경우엔 기능장 정도의 경력을 인정받으면 많은 급료를 받게 된다.

현수의 아버지는 이 가운데 기계를 이용하여 보석을 깎아내는 보석연마사이다. 많은 급료를 받지 못하는 직종이다.

그나마 언제 잘릴지 모른다고 하셨다. 그래서 아버지가 얼마라도 돈을 버는 동안 학교를 다니라고 했던 것이다.

아무튼 가정 형편상 알바는 필수였다.

등록금은 부모님이 대주시지만 용돈은 없다. 그러니 책값, 교통비 등은 자신이 해결해야 하기 때문이었다.

그래서 입학으로부터 졸업까지 4년 내내 아르바이트를 했다.

처음엔 약국 알바를 했다.

처방전 접수하고 전산 입력만 하는 업무였다. 힘들지는 않았다. 그런데 월급날을 제대로 지켜주지 않았다.

하여 집 근처 여자 대학교 앞 카페로 일자리를 옮겼다.

이곳에 4년 정도 붙박이로 붙어 있었던 것은 제 날짜에 또박또박 페이를 지급해 주는 곳이었기 때문이다.

또한 배울 것이 많다 생각하였기 때문이기도 하다.

현수가 처음 이곳에서 알바를 시작했을 땐 홀 서빙이 주 임무였다. 그러다 차츰 주방 쪽으로 접근했다.

그곳에서 일을 하면 몸은 더 고될지 모르지만 고픈 배를 어느 정도는 달랠 수 있을 것이란 얄팍한 생각 때문이었다.

그래서 처음 2년 동안 감자와 양파 껍질을 벗겼고, 설거지를 했으며, 걸레질을 했다. 화장실 청소도 했다.

성실성을 인정한 주방장은 주방 보조 자리가 비자 현수를 추천했다. 덕분에 페이도 올라갔고, 간단한 요리까지 배울 수 있게 되었다.

그래서 토스트나 샌드위치를 능숙하게 만들어낼 수 있다.

또한 빵 굽는 기술까지 배워 마늘빵, 모카빵, 바게트, 소보로 등을 만들어낼 수 있게 되었다.

'히야신스(Hyacinth)' 란 이름을 가진 카페의 사장은 현수가 졸업 때까지 계속 알바하기를 바랐다.

주방장 보조, 바리스타 보조, 설거지, 홀 서빙, 청소 등 일인 다역을 하는데다 성실하고, 붙임성이 좋았던 때문이다.

나중엔 사장의 배려로 운전면허증을 땄다.

장사가 잘되어 옆 가게가 비자 그것을 얻어 확장한 이후 손님들의 차를 주차장에 넣었다 빼주는 것까지 해야 했기 때문이다.

어떤 날엔 대리운전 기사 노릇까지 했다. 약간의 수고비를 받기는 했다. 하나 남들이 버는 만큼 받은 것은 아니다.

어쨌거나 카페는 나날이 번창했다. 술에 취하면 안전하게 운전까지 해서 귀가시켜 주니 왜 안 그렇겠는가!

사장이 괜히 운전 학원비를 내준 게 아니었던 것이다.

어쨌거나 현수는 신장 184㎝, 몸무게 76㎏이다.

마르지도 찌지도 않은 적당한 체격이다.

게다가 잘생겼다고는 할 수 없지만 서글서글한 마스크를 지녀 제법 많은 여학생들이 좋아했다.

현수를 보기 위해 히야신스에 죽치는 죽순이들까지 있을 정도였던 것이다.

아무튼 현수는 바쁘게 오가며 빵도 굽고, 요리도 하며, 때론 바리스타(Barista) 대신 에스프레소도 만들어냈다.

바쁠 땐 홀 서빙도 했다.

그러다가 잠깐이라도 틈이 나면 앞주머니에 넣어두었던 전공 서적을 펼쳐 들고 조금이라도 더 공부하려고 애를 썼다.

그 모습이 보기에 좋았던 모양이다.

어쨌거나 대학을 졸업한 후 여러 회사에 지원 서류를 제출했지만 모두 물먹었다. 이때까지의 전적은 53전 53패였다.

실망스러웠다. 하나 좌절하지는 않았다.

삼류 대학 수학과 출신의 취직이 잘될 것이라곤 생각지 않고 있었기 때문이다.

그런데 얼마 후 입영통지서가 날아왔다.

춘천에 있는 102보충대였다. 여기서 신병 훈련을 받았다.

그리고 배치 받은 곳이 화천에 소재한 27사단 이기자 부대였다. 대한민국 육군 가운데 훈련 많기로 소문난 바로 그 부대이다.

어떤 이들은 해병대와 맞먹을 만큼 힘들다고 하기도 했다.

진짜 훈련에 훈련이 거듭되었다. 눈을 뜨면 훈련이고, 밥을 먹고 나면 훈련이었다. 어떤 날엔 밤에도 훈련을 했다.

현수는 낙오하여 다른 병사들에게 피해를 주지 않으려 노력하고 또 노력했다.

다른 것들은 다 평범했지만 딱 한 가지만은 다른 병사들과 달랐다. 그것은 사격이다.

주간 사격은 25m 영점 사격과 100m, 200m, 250m 사격으로 분류되어 있다. 야간 사격은 50m 사격이다.

주간 사격은 20발 중 18발 이상, 야간 사격은 10발 중 9발 이상 명중해야 특등 사수가 된다.

그런데 현수는 20발이 아니라 200발을 쏴도 모두 명중했다. 이는 야간도 마찬가지였다.

이병 말에 사단에서 저격 교육을 이수하라는 명령이 떨어졌다. 그래서 또 훈련을 받았다.

훈련을 마치고 복귀하니 원래 있던 수색대가 아닌 다른 곳으로 파견 나가라는 명령이 떨어졌다.

그래서 간 곳이 국방과학연구소 소화기 개발 연구팀이다.

이곳은 K—2를 개발해 낸 곳이다.

가보니 시험장이 있는데 현수의 임무는 총을 쏘는 것이었다.

새로 개발되는 것의 시험 사격뿐만 아니라 다른 나라에서 사용되는 소총과 권총으로 하루 종일 사격만 했다.

덕분에 청력에 문제가 생긴 듯하다. 가끔 이명 현상이 일어나는데 그럴 때면 골치가 아프곤 한다.

어쨌거나 그러다 제대를 했고, 그때부터 입사지원서를 작성하느라 애를 썼다.

매번 물을 먹어 부모님을 뵐 낯이 없는 나날이 지났다.

그러던 어느 날 우연히 후임을 길에서 만났다.

현수가 제대할 때 갓 일병을 달았던 친구가 휴가를 나온 것이다. 제대 후 처음 만나는 후임인지라 한걸음에 다가가 와락 껴안았다.

같이 있는 동안 현수는 후임을 잘 대해줬다.

때리지도 않았고, 얼차려를 시키지도 않았다. 못되게 굴지도 않았으며, 갈구지도 않았다.

진심 어린 대화를 통해 인간관계를 돈독히 했을 뿐이다.

후임 역시 진심으로 반가운 표정을 지었다. 그리곤 왜 대낮에 직장에 안 있고 길거리를 헤매고 다니느냐며 웃었다.

그런 그의 옆에는 예쁜 아가씨가 붙어 있었다.

반가운 마음에 그만 후임의 데이트를 망친 기분이었다. 하여 대강 얼버무리고 나중을 기약하려 했다.

그런데 후임이 여자친구에게 내일 만나자고 하고는 돌려보냈다. 그리곤 오랜만에 술이나 한잔하자고 했다.

그래서 같이 술을 마셨다.

여러 이야기를 주고받았다.

그러다 졸업 전인 후임을 위해 직업 구하기가 하늘의 별을 따는 것만큼이나 어려우니 지금부터라도 잘 준비하라는 조언을 했다.

후임은 알았노라고 대답하며 웃었다. 그리곤 헤어졌다.

다음날, 후임으로부터 전화가 왔다.

신문을 보니 천지건설(주)에서 직원을 뽑는다는 광고가 있다면서 지원했느냐고 물었다.

현수가 다닌 학교의 졸업생은 거의 뽑지 않는 것이 재벌사들의 공통점이다.

일류 대학 출신들도 취직이 어려울 정도인데 굳이 삼류 대학 출신을 뽑아서 쓰려 하겠는가!

천지건설(주)은 국내에서 다섯 손가락 안에 드는 천지그룹의 계열사라 광고를 보았지만 원서를 쓰지는 않았다.

보나마나 떨어질 것이 뻔하다는 느낌이 든 때문이다.

그래도 후임은 제법 많은 인원을 뽑으니 미친 척하고 지원해 보는 게 어떻겠느냐고 했다.

현수는 관심을 가져주어 고맙다고 말하고는 머뭇거리다가 지원 서류를 제출했다.

안 되도 할 수 없고, 되면 좋은 거 아닌가!

왕복 차비와 사진 한 장 손해 볼 셈 친 것이다.

며칠 후, 서류 전형을 통과하였다는 문자를 받았다.

필기시험은 며칠 후에 본다고 한다. 시험 과목은 영어와 일반 상식, 딱 두 과목이다.

상식이야 그간 여러 번 시험 보는 동안 쌓일 만큼 쌓였지만 영어가 문제였다. 토익을 준비하느라 몇 달간 학원엘 다녔는데 아직 한 번도 700점을 넘지 못했다.

그래서 필기시험에서 번번이 떨어졌다.

이번에도 그럴 것이라 생각했다. 지원자들의 스펙이 장난이 아니라는 것을 우연히 알게 된 때문이다.

그들 거의 대부분이 일류 대학 출신들이라 하였다.

아무튼 시험을 보러 갔다.

그런데 문제가 지금껏 보던 것과는 사뭇 달랐다.

영국의 문호 윌리엄 셰익스피어의 작품 가운데 베니스의 상인(The merchant of Venice)이라는 것이 있다.

이것의 끝부분에 있는 재판 과정이 지문이다.

그런데 한 줄 건너 하나씩 빈 줄로 되어 있다. 이것들을 채워 넣는 것이 문제이다. 단어가 아닌 문장을 써 넣는 것이다.

현수는 사상 최초로 영어 시험을 보면서 눈빛을 빛냈다.

얼마 전, 인터넷으로 리포트 알바를 한 바 있다. 그것은 베니스의 상인을 읽고 독후감을 쓰라는 것이었다.

모 대학 영문과 2학년의 과제였다. 당연히 본문은 영어로 되어 있었고, 리포트 역시 영어로 써야 했다.

현수는 모르는 단어와 숙어를 찾아가며 본문을 해석했다.

해석이 안 되는 것은 한글로 번역되어 있는 소설책을 참고했다. 그 덕에 간신히 리포트를 작성할 수 있었다.

받은 돈보다 들인 수고가 훨씬 더 많은 알바였기에 기억에 남는 일이다.

아무튼 베니스의 상인이라는 작품의 하이라이트는 후반부

재판 과정에 있다. 그렇기에 상당 부분이 기억난다.

하여 나름대로의 정답을 써 넣었다.

다시 며칠 후, 필기시험마저 통과했다는 문자를 받았다. 당연할 것이다. 현수의 답안은 거의 원본과 같았던 것이다.

남은 것은 면접시험이다.

긴장되었지만 면접 보는 날 현수는 큰 기대를 하지 않았다. 이런 경험이 여러 번 있었기 때문이다.

이번에도 면접관이 묻는다.

"흐음! 그러고 보니 수학을 전공하셨군요. 우리 회사는 김현수 씨가 전공한 수학과는 별 연관이 없는데 어떤 동기로 입사를 지원하셨습니까?"

어떻게 면접관들은 하나같이 똑같은 말을 할까?

현수는 내심 이번에도 떨어졌구나 하는 생각을 했다. 하나 나름대로 논리적인 대답을 했다.

사흘 후, 놀랍게도 최종 합격하였다는 통보를 받았다.

확인하러 홈페이지를 들어가 보았다.

중간쯤 김현수라는 성명 석 자가 보였다. 울컥하는 기분이 들어 하마터면 PC방에서 눈물을 보일 뻔했다.

자세한 내용을 보니 다음 주 월요일부터 12박 13일 예정으로 신입사원 연수 교육이 준비되어 있다. 현수는 남들보다 부족함을 알기에 열심히 교육을 받았다.

연수를 마치고 배치 받은 곳은 자재과였다.

현수는 자신의 사수라 할 수 있는 곽인만 대리의 조수로서 공사 현장에서 사용될 각종 자재에 대한 검품을 하러 다녔다.

예전 같으면 뇌물과 리베이트가 성행했을 곳이 자재과이다. 하나 이젠 다르다.

실수하면 본사 홈페이지에 항의하는 글이 올라간다. 그러면 감사팀에서 즉각적인 조사를 한다.

그래서 예전과 달리 목에 힘을 주는 게 아니라 아주 공손한 태도를 일관하여야 한다. 기업 이미지 제고를 위해 그렇게 하라는 것이 상부의 지시였다.

그렇게 회사를 다니다가 우연히 업무지원팀 강연희 대리를 보게 되었다. 입사는 2년 선배이지만 나이는 한 살 어리다.

처음 그녀를 보았을 때 현수는 시선을 돌릴 수 없었다.

찰랑찰랑한 생머리, 갸름한 얼굴, 오뚝한 콧날, 사슴의 그것 같은 눈망울, 야리야리한 입술, 불룩 솟은 가슴, 잘록한 허리, 거기에 쪽 뻗은 각선미가 한눈에 들어온 때문이다.

그냥 섹시하기만 한 것이 아니다. 우아하고 청순하며, 고고하며 백치미까지 엿보인다.

자신을 멍한 시선으로 바라보고 있음을 모르는지 강 대리는 동료와 대화하며 현수의 곁을 스치듯 지나갔다.

그때 향긋하면서도 그윽한 냄새를 맡을 수 있었다.

텔레비전을 켜면 수많은 아름다운 여인들이 등장한다. 그런 그녀들과 비교해도 전혀 꿀리지 않을 미녀였다.

나중에 알고 보니 강연희 대리는 천지건설(주) 최고의 미인으로 소문이 자자했다.

그래서 회사를 광고하는 CF를 찍기도 했다.

당연히 수많은 늑대들의 목표물이다.

그 가운데 가장 설치고 다니는 놈은 입사 4년차로 곧 과장 진급을 한다고 소문난 박진영 대리이다.

박 대리는 실력을 인정받아 직급은 대리이지만 구조계산팀 팀장으로 일하고 있다.

또한 실세인 전무이사의 아들이기도 하다.

박준태 전무이사는 회장 부인인 박금순 여사의 동생이다. 다시 말해 천지건설(주) 회장과 처남 매부 사이이다.

박 대리는 회장의 처조카인 것이다.

그런 그가 강연희에게 잔뜩 눈독을 들이고 있다는 소문이 나돌고 있어 다른 사원들은 강 대리에게 다가갈 엄두도 내지 못하는 상황이다.

현수는 업무 때문에 강 대리가 소속된 업무지원팀을 가끔 방문한다. 그런데 현수의 사수인 곽인만 대리는 기혼자이다.

그래서 그랬는지 강 대리의 협조가 필요할 때면 늘 현수를 보내곤 하였다.

그러던 어느 날, 현수는 영화나 한 편 볼까 싶어 극장을 찾았다. 그때 우연히 강연희 대리를 만나게 되었다.

반가운 마음에 인사를 했고, 둘은 같이 영화를 봤다. 그리곤 식사를 하면서 가볍게 술을 한잔 마셨다.

여러 이야기를 했는데 강 대리는 현수가 일하던 히야신스 앞 여대 출신이었다. 덕분에 화제가 풍부해졌다.

그 다음 주 주말엔 북한산 등반을 같이했다. 그리고 그 다음 주엔 청계산을 올랐다.

그렇게 관악산과 삼각산, 운악산과 화악산까지 점령하는 동안 둘이 연애한다는 소문이 났다.

산행을 하다 우연히 같은 회사 직원들을 만난 결과이다.

연희의 속내는 알 수 없다. 하지만 현수는 강 대리에게 호감을 품고 있다.

연희는 얼굴이 예쁘고 몸매만 좋은 게 아니다.

대화를 해보니 진솔하고 상냥하다. 게다가 예의 바르고 착하기까지 하다.

이런 여자를 어떻게 좋아하지 않을 수 있겠는가!

괜히 천지건설(주)의 비너스라는 소문이 난 게 아니었다.

하지만 둘은 연애하는 것이 아니다.

등산을 좋아하는데 혼자서 하기 두렵다기에 동행해 주는 것뿐이다. 일종의 보디가드 역할을 한 것이다.

둘은 '강 대리님' 이라는 호칭과 '김현수 씨' 라는 호칭으로 서로에게 깍듯한 존칭을 사용한다.

세상에 이런 연인이 어디 있겠는가!

그런데 소문이 나고 얼마 지나지 않아 현수는 박진영 대리의 방문을 받았다.

표정을 보아하니 좋은 일로 온 것 같지는 않았다.

박 대리는 얼마 전 납품을 결정한 자재에 대해 따질 것이 있다고 한다. 물어보니 구조계산팀에서 요구한 강도에 훨씬 못

미치는 제품인데 왜 그걸로 결정했느냐는 것이다.

사실 그것은 현수가 결정한 것이 아니다. 사수인 곽 대리가 나름대로 고심 끝에 낙점했던 것이다.

현수는 사실대로 이야기를 하며 자신은 잘 모르겠다고 했다. 하나 박 대리는 물고 늘어졌다.

검품 업무를 맡은 곳이 자재과이며, 현수는 현장 직원이므로 책임이 전혀 없다고는 할 수 없다는 것이다.

그러면서 이번 납품 건으로 문제가 발생될 경우 사직서를 써야 할지도 모른다고 겁박을 주었다.

그 주 주말, 현수는 연희와 더불어 양평의 용문산에 다녀왔다. 이미 약속되어 있던 것이다.

월요일 오후가 되자 박 대리가 호출한다.

구조계산팀에 가보니 결정된 자재에 대한 여러 가지 시험이 진행되어 있었다. 한마디로 겉보기엔 그럴듯하지만 품질 면에서 뒤떨어지니 납품 결정을 취소하라는 것이다.

즉시 사수인 곽 대리에게 보고를 했다.

그런데 콧방귀도 뀌지 않는다. 현수는 자칫 징계당할 수 있으니 납품업체를 변경하자는 의견을 꺼냈다.

그러자 곽 대리는 구조계산팀과의 힘겨루기에서 져줄 마음이 없으니 예정대로 진행하라고 하였다.

둘 사이에 끼었다고 느낀 현수는 궁여지책으로 납품하기로 한 자재회사를 방문했다.

그리곤 제품의 질을 높여달라는 요청을 했다.

그러자 곤란해하더니 납품 단가를 올려달라는 요구를 한다. 아니면 계약서에 기록된 대로 납품하겠다고 한다.

현수로선 이러지도 저러지도 못할 상황에 처한 것이다.

그러는 사이에 여름휴가 시즌이 다가왔다.

하나 현수는 휴가를 떠날 수 없었다. 박 대리가 으르렁거리고, 곽 대리가 튕기는 사이에 끼어 있었기 때문이다.

CHAPTER 02

9월에 받은 여름휴가

진땀 나던 휴가 시즌이 모두 끝나 회사 분위기가 다시 정상으로 되돌아왔다.

그제야 곽 대리가 휴가를 써먹으라는 말을 했다. 그렇기에 9월 초에야 여름휴가를 낸 것이다.

휴가를 떠나기 전 곽 대리는 박 대리의 견제가 자신을 겨냥한 것이 아니라 현수를 겨냥했던 것이라는 말을 했다.

이번 휴가 때 혹시라도 현수가 연희와 같이 휴가를 갈까 싶어 일부러 그랬다는 것이다.

배알이 틀렸다. 차라리 대놓고 강 대리에게 집적거리지 말라고 했다면 알았다 하고 물러났을 것이다.

나이는 한 살 어리지만 엄연한 선배 사원이 아닌가!

그녀에게 호감은 있지만 대하기 어렵다는 느낌이 들곤 했다.

그런데 박 대리는 치졸하게도 업무를 핑계로 속을 긁을 대로 긁었다.

사실 이번 일로 현수는 심한 스트레스를 받았다.

하여 날마다 신문 광고를 유심히 들여다보았다. 잘리면 갈 곳을 미리 알아봐야 하기 때문이다.

아무튼 휴가가 결정된 날 현수는 문자 한 통을 받았다.

오르지 못할 나무는 쳐다보지도 말라!

유념하면 좋은 글귀라 생각합니다.

휴가 잘 보내길……. —구조계산팀 박진영.

현수는 부화가 치솟았으나 어쩌겠는가!

박 대리는 엄연한 상사이고, 나이도 많다. 그렇기에 이를 악물었을 뿐이다.

내심 포기하고 있던 휴가였기에 현수에겐 계획이 없었다. 하여 원룸에서 뒹굴었다.

현수는 취직을 해서 독립한 것이 아니다. 군대를 다녀와 보니 살던 집이 재개발된다고 헐렸다.

현수네는 전세를 살았었다. 보증금은 돌려받았지만 인근에서 세를 얻기엔 턱없이 부족했다.

갑작스레 살던 집들이 사라졌으니 수요가 많아진 탓이다.

게다가 돌려받은 보증금 가운데 일부는 현수가 학자금 융자

받았던 것을 상환하는 데 썼다고 한다.

하여 경기도 김포시에 소재한 조그만 연립주택 지하 셋방으로 이사하였다.

정확히 알 수는 없지만 9평이 조금 안 된다고 한다.

세 식구가 살기엔 집이 너무 좁다.

또한 출퇴근 거리가 너무 멀었다. 하여 할 수 없이 회사 근처에 보증금 100만원에 월세 20만 원짜리 원룸을 얻었다.

이 집 역시 좁다. 게다가 햇볕도 잘 들지 않고 바람도 잘 통하지 않는다. 하여 덥고 짜증이 났다.

마음 같아선 에어컨을 펑펑 틀고 싶지만 전기 요금 고지서가 두려워 하루에 고작 두어 시간 트는 게 전부였다.

나머진 뜨뜻한 바람을 뿜어내는 선풍기가 담당했다.

이럴 때 예쁜 각시라도 있다면 달콤하고 시원한 수박화채라도 만들어 더위를 식히도록 했을 것이다.

하나 불행히도 현수는 곰팡내 나는 무적의 솔로 부대원이다. 그래서 주말만 되면 이 산 저 산을 돌아다녔던 것이다.

그렇게 빈둥거리던 중 문득 태백산맥에 도전해 보기로 마음먹었다. 시원하게 땀이라도 흘리고 나면 꽉 막힌 심사가 스르르 풀어질 것만 같아서이다.

그리고 어제, 그러니까 휴가 둘째 날 덕항산 초입에서 산행을 시작했다.

그 결과 이처럼 이름 모를 산등성이에 조난당해 앉아 있는 것이다.

"휴우! 복권에 당첨되거나 하늘에서 금덩이 같은 게 툭 떨어졌으면 좋겠다. 그럼 빌어먹을 회사 때려치우고 만날 산이나 타게. 쩝, 그나저나 비가 오려나?"

구름이 점점 진해진다는 느낌에 현수는 주변을 둘러보았다. 우산이 없으니 비 피할 곳을 강구하기 위함이다.

덕항산 초입에서 보았던 관광 안내판엔 근처에 여러 동굴들이 있다고 되어 있었다.

환선굴, 대금굴, 대이동굴, 관음굴이 그것이다.

찾기만 하면 비를 피하는 것은 문제가 없다. 그런데 그러려면 먼저 여기가 어딘 줄 알아야 찾아갈 것이 아닌가!

현재로선 그림의 떡이나 마찬가지인 상황이다.

"흐음, 일단 골짜기로 내려가 볼까? 아냐. 비가 오면 골짜기의 물이 불어 위험할 수도 있어."

홀로 중얼거린 현수는 무작정 앞으로 나아갔다.

태백산맥이 크기는 하다. 하나 웬만해선 한여름에 조난당해 죽을 일은 없는 곳이다.

호랑이, 곰, 늑대 같은 흉포한 산짐승은 오래전에 멸종당했을 것이니 똑바로만 가면 큰일은 겪지 않을 것이다. 무협 소설에 종종 나오는 절벽도 거의 없을 것이기 때문이다.

그렇게 삼십여 분 정도 전진을 했다. 길이 없기에 나뭇가지에 긁히기도 하였지만 생채기가 날 정도는 아니었다.

툭! 툭! 투툭! 투투툭! 투투투툭……!

“으윽! 비?”

모자에 떨어지는 빗방울을 느낀 현수는 재빨리 전후좌우를 둘러보았다. 첫 빗방울이 굵은 것으로 미루어 짐작컨대 피하지 않으면 물에 젖은 생쥐처럼 팬티까지 몽땅 젖을 것이 분명하기 때문이다.

현재 현수가 있는 곳은 아주 좁은 협곡의 산허리 부근이다.

그렇기에 우거진 녹음 사이로 옆 봉우리까지 살필 수 있는 위치였다.

여기저기를 둘러보던 중 눈에 뜨이는 곳이 있다.

“아! 저기!”

바로 옆 봉우리 아래쪽 계곡 부근에 계류가 흐르고 있다.

그러다 작은 폭포를 이루고 있는데 그 옆이 움푹 파여 있는 것처럼 보인다.

투툭! 투투투툭……!

금세 빗방울이 조금 더 굵어진 느낌이다.

하여 얼른 발을 놀렸다. 서두르느라 미끄러지기도 했지만 다행히 상처를 입지는 않았다. 인적이 드물어 그런지 부드러운 부엽토가 땅거죽을 이루고 있었기 때문이다.

조금 전 현수가 언뜻 본 것은 진짜였다. 오는 내내 울창한 수림 때문에 확인할 수는 없었지만 분명 동굴이 있다.

빗방울이 점점 굵어짐을 느끼고 서둘러 동굴 안으로 들어섰다. 그러자 이때를 기다렸다는 듯 빗줄기가 더욱 굵어지면서 시원하게 쏟아져 내리기 시작한다.

쏴아아아아아아……!

"휴우! 하마터면……."

10초만 늦었어도 속옷까지 모두 젖을 엄청난 폭우다.

나직이 안도의 한숨을 쉰 현수는 주변을 둘러보았다.

계곡 물이 불어 안으로 물이 들이치면 재수없게도 산속에서 익사하는 경우를 당할 수 있기 때문이다.

다행히 동굴은 안쪽으로 들어갈수록 위쪽으로 경사져 있다.

이 정도면 비가 아무리 많이 와도 물에 잠기는 일은 없을 것 같아 마음이 놓인다.

그러고 보니 달려오느라 땀이 났는지 젖은 느낌이 든다. 하여 옷을 살펴보니 벌써 반 이상 젖어 있다.

체온이 떨어지면 감기에 걸릴 수 있으므로 수건을 꺼내 닦고는 얼른 갈아입었다. 그러면서 가랑비에 속옷 젖는다는 말이 사실이라는 생각을 했다. 별로 비를 맞은 것 같지 않았는데도 상당히 많이 젖었던 것이다.

잠시 후, 현수는 버너에 불을 붙였다. 또 라면을 끓이려는 것이다. 그리곤 새삼 주변을 둘러보았다.

끝없이 이어졌으면 좋았을 동굴은 애석하게도 그 길이가 불과 30m를 넘지 않았다.

석순이랄지 기타 기기묘묘한 암석이 있거나 호수 같은 것이 있는 것도 아니다. 그저 흙이 움푹 파여 있는 정도이다.

별다른 흥미를 못 느낀 현수는 라면 하나를 뚝딱 해치웠다. 그리곤 남은 물을 끓여 커피 한 잔을 만들었다.

그리고 보니 줄기차게 울어대던 매미라는 놈들의 합창 소리가 뚝 끊겨 있다.

"짜식들, 쌤통이다. 후후!"

비에 젖어 꼼짝도 못하고 있을 매미를 떠올린 현수는 피식 실소를 머금었다. 그리곤 물끄러미 비 내리는 풍경을 바라보았다. 앞이 제대로 보이지 않을 정도로 엄청난 폭우다.

"조금만 늦었으면 이 비를 다 맞았을 거 아냐? 진짜 다행이네. 그나저나 언제 그치지? 설마 여기서 밤을 새워야 하는 건 아니겠지?"

그런데 그 설마가 사람을 잡을 모양이다.

시간이 흘러 오후 7시가 다 되어가는데도 빗줄기는 조금도 줄어들지 않고 있었다.

이제 조금만 있으면 해가 떨어질 것이다.

현수는 편평한 바닥을 찾아 텐트를 치기 시작했다. 이동할 수 없으니 하룻밤 잘 생각을 한 것이다.

텐트는 입구에서 그리 멀지 않은 곳에 쳤다.

부드러운 흙을 골고루 펼쳐 놓았기에 오늘은 어제 같이 등이 배겨 잠 못 자는 고생을 하진 않을 것이다.

저녁 식사는 또 라면이다.

뜨거운 국물을 훌훌 불어 마시니 그제야 속이 풀리는 것 같다. 어제 마신 술로부터 이제야 해방된 것이다.

커피까지 마시고 나니 할 일이 없다. 기왕 이렇게 된 거 잠이나 일찍 자자는 생각에 몸을 뉘였다.

한데 잠이 오질 않는다. 너무 시끄럽기 때문이다.

빗소리와 폭포 쏟아지는 소리가 불협화음을 내고 있는데 어찌 잠이 오겠는가!

"젠장, 빌어먹을 비는 밤새 오려는 모양인가?"

나직이 투덜거린 현수는 가스 랜턴을 꺼내 불을 밝히곤 배낭에서 책 한 권을 꺼냈다.

김현석 작가가 지은 '신화창조'라는 소설이다.

현수는 못 배운 부모를 만나 평생 동안 가난하게 살았다. 그래서 못해본 거, 못 먹어본 것, 못 가본 곳이 너무나 많다.

스키장은 물론이고 눈썰매장도 구경조차 해본 적이 없다.

이태리 식당이나 프랑스 요리를 하는 레스토랑은 가본 적도 없다.

그나마 일식은 천지건설(주)에 입사한 후 접대를 받느라 두어 번 가보았다. 그때마다 회를 먹었는데 매양 먹던 것이 아니라 그런지 비린내가 느껴져서 별로 좋아하지 않는다.

다른 사람들은 몇 번이나 가보았을 제주도도 한 번 못 가보았다. 뿐만이 아니다. 서울에서 조금 멀리 떨어진 설악산, 지리산, 속리산, 내장산도 아직 한 번도 못 가봤다.

그런 데 놀러 갈 형편이 안 되었기 때문이다.

아무튼 현수는 자신이 처해 있는 현실이 늘 불만족스러웠다.

돈이라는 것이 없어서 늘 욕구를 억눌러야 했으니 어찌 만족스러웠겠는가!

그런 그에게 있어 신화창조라는 소설은 대리만족 내지는 심리적 충족감을 느끼게 하는 글이다.

하여 읽고 또 읽고 하는 중이다.

인터넷에서 신화창조의 텍스트를 불법 다운로드를 받아 핸드폰에 넣고 다닐 수도 있다.

하나 그러지 않았다.

작가도 먹고살아야 하는 사회의 구성원인데 그가 애써 써내려 간 것을 공짜로 읽는 게 결코 바람직스럽다 여겨지지 않았기 때문이다.

그래서 큰마음 먹고 전질을 샀다. 덕분에 한 달 용돈의 절반이 후딱 날아갔다.

아무튼 신화창조는 현실에선 결코 일어나지 않을 일종의 기적 같은 이야기이다.

현수도 다른 사람들처럼 기적을 좋아한다.

게다가 이 소설의 주인공 이름도 김현수이다.

그렇기에 읽을 때마다 마치 자신이 주인공이 된 것 같은 느낌이 들어 너무도 좋다.

그런데 이제 너무 많이 읽었나 보다.

아무 데나 펼쳐 들었는데도 그다음 내용이 뭔지 떠오르기 때문이다. 할 수 없이 펼쳤던 책을 도로 접고는 또다시 멍한 시선으로 밖을 바라보았다.

어느새 어둠이 다가왔는지 밖은 점점 어두워져 가고 있다.

"로또 복권은 아무리 사도 당첨되지 않고……. 제기랄! 평생 이러고 살아야 하나? 새벽부터 오밤중까지 오로지 일, 일, 일!

평생 일만 하면서…….”

나직한 투덜거림에 이어 또다시 중얼거린다.

“에이, 하늘에서 금덩이라도 확 떨어졌으면 좋겠네. 그럼… 헉! 이, 이건 대체 뭐지?”

갑자기 눈앞의 공간이 일렁이는 것처럼 보인다. 술도 마시지 않았기에 자신의 눈이 잘못되었나 싶어 눈을 비볐다. 그런데도 공간이 생명체처럼 꿈틀거리는 것 같은 느낌이었다.

저도 모르게 시선을 고정시킨 현수는 침을 꿀꺽 삼켰다. 그 순간, 무언가가 일렁이던 공간을 통하여 빠져나왔다.

땡그랑 ! 떼구루루!

“……!”

무언가가 떨어지자 일렁이던 공간의 움직임이 사라졌다.

현수는 얼른 가스 랜턴의 조절 손잡이를 오른쪽으로 돌렸다. 실내가 금방 대낮처럼 밝아진다.

“이, 이건 뭐지?”

조심스럽게 집어 든 것은 폭이 5㎝, 직경은 15㎝, 두께는 1㎝ 정도 되는 속이 빈 원통형 물체이다.

안과 밖에 기이한 문양들이 새겨져 있고, 빨강과 검은색 보석 비슷한 것이 한 개씩 박혀 있다.

이것들은 지름이 약 1㎝ 정도 되었다.

가운데엔 여러 개의 구멍이 뚫려 있다. 모두 보석 비슷한 것이 박혀 있었던 자리처럼 보인다.

랜턴에 비춰 보니 삼각형과 사각형, 원과 타원 등 기하학적인 문양들이 빼곡히 새겨져 있다.

그리고 처음 보는 문자 같은 것들이 새겨져 있기도 하다.

"흐음, 이게 뭐지? 머리에 쓰는 건 아닌 것 같고… 팔찌인가? 아냐. 그러기엔 너무 굵어. 혹시 발에 끼우는 건가?"

이리저리 살펴보았지만 용도를 알 수 없다. 그러던 중 저도 모르게 왼쪽 팔을 그것에 넣어보았다.

그 순간이다!

스르르르릉 !

지금껏 멀쩡하던 팔찌 비슷한 것이 갑작스레 줄어든다.

빼려고 했으나 어느새 팔뚝 굵기에 근접해 빠지지 않는다.

"어어! 이, 이거 왜 이래?"

화들짝 놀란 현수는 얼른 배낭을 뒤졌다. 비누를 찾기 위함이다. 의도한 것이 손에 잡히자 즉시 밖으로 향했다.

빗물을 받아 비누 거품을 만들 요량이었다.

그 순간 갑자기 사방이 환해진다.

번쩍 !

콰광! 콰콰콰콰쾅!

"으윽!"

동굴 바로 곁에 있던 고목에 벼락이 떨어졌다. 그리곤 고막을 찢을 듯한 굉음이 터져 나온다.

화들짝 놀란 현수는 후다닥 동굴 안으로 몸을 피했다.

또, 그 순간이다.

번쩍 !

콰아아앙!

우지지지직 ! 콰아앙!

눈앞에 아무것도 보이지 않을 정도로 밝은 섬광에 이어 또 다시 굉음이 터져 나왔다. 그와 동시에 동굴 앞 고목이 반쪽으로 갈라졌다. 그리곤 거대한 동체가 쓰러진다.

동굴 입구 쪽으로 팽개쳐지듯 떨어져 내린 고목이 내는 굉음에 놀란 현수는 조금 더 안쪽으로 파고들었다.

착시인지는 알 수 없지만 조금 전 떨어져 내린 벼락이 안으로 흘러든다고 느낀 때문이다.

알루미늄으로 만들어진 텐트의 폴대에서 방전 현상이 이는 것처럼 보였던 것이다.

벼락은 연속해서 세 번이나 더 쳤다. 그리고 얼마 지나지 않아 비가 그친 듯하다.

계곡의 물이 불어난 듯 폭포에서 나는 소리가 조금 커졌다. 하나 현수의 귀에는 들리지 않는다.

너무도 굉렬했던 벼락 소리 때문이다.

그렇게 10분쯤 지났다. 그동안 현수는 꼼짝 않고 숨만 죽이고 있었다. 그런데 비가 와서 그러는지 조금 춥다는 느낌이 든다. 하지만 배낭까지 갈 엄두가 나지 않는다. 벼락 맞을까봐 겁이 난 것이다.

그렇게 이십여 분을 더 떨었다.

"으으! 더럽게 춥네. 안 되겠어."

현수는 후다닥 내려가서 배낭을 집어 들었다. 그리곤 옷을 껴입었다. 그래 봐야 얇은 바람막이이다.

팔뚝에 돋은 소름을 쓰다듬던 현수는 고개를 갸웃거렸다.

"으응? 근데 그건 어디 갔지?"

그러고 보니 저절로 줄어들어서 팔뚝 속으로 파고들까 싶어 겁먹게 했던 팔찌 비슷한 물건이 보이지 않는다.

놀라서 피하는 동안 빠져나간 모양이다. 하여 랜턴을 들어 여기저기를 살펴보았지만 어디에서도 보이지 않는다.

"흐음, 어딘가에 빠진 건가? 보이질 않네. 으으, 그나저나 더럽게 춥네. 으으! 추워. 안 되겠다."

덜덜 떨던 현수는 얼른 텐트 안으로 들어가 버너를 켰다. 그리곤 배낭을 뒤적여 팩 소주 두 개를 꺼냈다.

안주는 대강 익힌 소시지였다.

자기 전에 세수하는 것과 이빨 닦는 것은 포기했다. 씻고 자려다 벼락 맞아 죽고 싶은 사람이 누가 있겠는가!

"제기랄, 비가 왔으니 내일 산행은 더 어렵겠군."

맨땅도 젖으면 미끄럽다. 산은 더 그렇다. 그렇기에 비 오는 날의 산행은 만전을 기해야 한다.

안 그러면 발목이 접질리거나 삐게 된다. 재수없으면 낭떠러지로 추락하는 불운을 겪을 수도 있다.

"으음! 내일은 길을 찾아야 할 텐데……."

현수는 새벽까지 잠을 이루지 못했다.

밤 9시를 넘어 사방이 깜깜해진 후엔 랜턴도 껐다. 자칫 산짐승을 불러들이는 역할을 할까 싶어서였다.

너무 추워 결국 침낭 속으로 파고들었다. 얼마 후 현수는 고른 숨소리를 내며 깊은 잠 속으로 빠져들었다.

짹짹! 째째째짹!

"으음! 끄으으응! 흐어엄!"

산새들 지저귀는 소리를 들으며 눈을 뜬 현수는 기지개를 켰다. 그리곤 하품을 하며 눈곱을 떼어냈다.

불어난 폭포수 인근에서 세수를 하고 머리도 감았다.

그리곤 아침 식사를 했다. 물론 라면이다.

오후 3시쯤 되어서야 현수는 제대로 된 등산로를 찾을 수 있었다. 그리곤 곧장 하산했다.

* * *

원룸은 여전히 덥다. 서울엔 비가 오지 않은 때문이다.

배낭과 등산화, 코펠과 버너 등을 대강 정리하고 누운 현수는 깊은 한숨을 쉬었다.

"휴우!"

내일이면 휴가가 끝나니 회사에 복귀해야 한다. 그런데 그러기가 싫다.

목구멍이 포도청이라 아무리 싫어도 가기는 해야 할 것이다. 그런데 출근을 하면 앞으로 최소 30년 동안은 다람쥐 쳇바퀴 도는 일상을 보내야 한다는 생각이 든다.

하여 나직이 한숨을 쉬었다.

아무리 그래도 내일 아침엔 출근해야 하기 때문이다.

어떻게 해서 입사한 회사이던가!

84번의 입사원서를 쓴 끝에 간신히 들어왔다. 그러니 나가면 하늘의 별 따기인 재취업에 성공할 수 없을지도 모른다.

그러면 백수가 된다. 수입이 없어지니 원룸을 비워야 할 것이다. 그리고 김포 부모님 댁으로 가면, 너무 좁다.

"제기랄! 내 팔자도 참. 에이, 잠이나 자자."

현수는 얇은 이불을 어깨까지 끌어올리고는 억지로 눈을 감았다. 보름이 지난 지 닷새밖에 되지 않아 그런지 오늘 따라 달빛이 휘영청 밝다.

현수는 마음속으로 양을 천 마리쯤 세다 잠이 들었다. 그리곤 꿈나라로 접어들었다.

"인연자여, 인연자여, 나를 보게나."

현수가 꿈에서 만난 사람은 나이를 짐작할 수 없는 노인이다. 하얀 것 같기도 하고 뿌연 것 같기도 한 담요 비슷한 걸 뒤집어쓰고 있기 때문이다.

모자도 달려 있는데 현수도 즐겨 입는 후드 티는 아니다. 거의 종아리까지 길게 늘어져 있었다.

노인은 백인인 것 같다. 살빛이 창백하다는 느낌을 받은 것이다.

게다가 거의 2m 50㎝ 정도 되는 긴 지팡이를 쥐고 있는데 왠지 장엄한 느낌이 든다.

"인연자여, 인연자여, 어서 나를 보게나."

나직이 중얼거리는 노인은 슬픈 눈빛으로 현수를 바라만 볼 뿐이다.

"저어… 죄송하지만 누구십니까?"

"인연자여, 나는 멀린 아드리안 반 나이젤이라 하네."

"네? 뭐라고요? 죄송하지만 제대로 못 들었네요. 한 번 더 말씀해 주시겠습니까?"

현수는 익숙하지 않은데다 길기까지 한 이름을 듣고는 고개를 갸웃거렸다.

"그러지. 나는 멀린 아드리안 반 나이젤이라 하네."

"네에, 이름이 길군요."

"그런가? 그럼 자네 이름은 무엇인가?"

"네, 저는 김현수라 합니다."

"킴혀언수?"

"킴혀언수가 아니라 김현수예요."

"흐음, 낯선 형식의 이름이군. 그 이름이 이곳에선 보편적인 것인가?"

"네, 대부분 성이 한 글자이고 이름은 두 글자로 이루어져 있지요. 근데 그건 왜 묻습니까?"

멀린은 현수의 물음에 대답할 이유를 느끼지 못한다는 듯 제 할 말만 했다.

"그럼 잉글랜드가 아니군. 여긴 어디인가?"
"네……? 방금 뭐라 말씀하셨는지요?"
"이곳이 지구의 어느 나라인가를 물었네."
"아……! 여긴 대한민국이라는 곳이에요."
"대한민국……?"
"네, 영어로는 Republic of Korea라 하지요."
"흐음, 코리아라……."
노인은 한동안 말이 없었다. 무언가 기억을 더듬는 듯하다.
현수는 예의 바르게도 노인의 사색을 끊지 않았다. 그저 말 없이 다음 말을 기다렸을 뿐이다.
"흐음! 할 수 없지. 이제 남은 시간이 얼마 없으니……."
"네? 뭐라고요?"
"아닐세. 방금 한 말은 나 혼자 중얼거린 말이네."
"아! 그렇군요."
"그나저나 자네에게 도움을 청하네. 도와줄 수 있겠는가?"
"네에? 제 도움이 필요하시다고요?"
"그렇다네. 자네의 도움이 절실히 필요하네. 도와주겠는가?"
'아아, 이건 꿈이구나. 하긴, 내가 이렇게 영어를 잘할 리가 없으니…….'
현수는 문득 자신이 꿈을 꾸고 있다는 자각을 했다.
삼류 대학엘 간 것도 영어 때문이다. 국어는 1등급, 수학은 2등급, 과학탐구는 3등급을 얻었다.
이것만 보면 꽤 괜찮은 점수이다.

여기에 영어마저 2~3등급을 받았다면 소위 준 명문이라 불리는 대학을 졸업했을 것이다.

한데 어이없게도 영어는 7등급이었다. 나머지 과목이 아니었다면 삼류 대학에도 못 들어갈 뻔했던 것이다.

취직을 위한 필기시험에서 줄줄이 낙방한 것도 거의 모두 영어 때문이다. 그런데 지금 외국인과 아무런 어려움 없이 대화를 하고 있다. 이건 꿈에서나 가능한 일이다.

따라서 지금 이 상황이 꿈이라는 결과가 자연스레 도출된 것이다.

노인은 말없는 현수를 잠시 살펴보다 다시 입을 열었다.

"어떤가? 도와줄 수 있겠는가?"

현수는 노인과 시선을 마주쳤다.

몹시 늙어 나이를 가늠키 어렵다. 그런 노인이 도움을 청한다. 그런데 현재 꿈꾸는 중이다.

무언들 못하겠는가!

"네, 그러죠. 제가 무엇을 도와드리면 되죠?"

"아아! 고맙고 또 고맙네."

"고맙긴요. 어르신께서 도움을 청하셨는데 기꺼이 도와드려야죠. 말씀만 하십시오. 도와드리겠습니다."

"고맙네. 반드시 보답을 받을 것이네."

"아이구, 아닙니다. 보답을 바라는 건 아닙니다. 그저 어르신께서 도움을 청하셨으니 당연히 도우려는 마음뿐입니다. 그러니 부담 갖지 않으셔도 됩니다."

"……!"

노인은 잠시 말없이 현수의 눈을 바라보았다. 그리곤 부드럽게 고개를 끄덕였다.

"으음, 심성이 바른 청년이군. 고맙네. 그럼 이제부터 잠시 잠을 자게. 고요한 밤의 꿈속으로……. 슬립!"

노인의 말이 끝남과 동시에 눈꺼풀이 스르르 내려간다. 그리곤 잠이 들었다.

현수는 꿈속에서 또 잠을 자는 희한한 경우를 맞이했다.

잠시 후, 현수는 아무것도 없는 공간에 죽은 듯 누워 있는 자신의 모습을 바라보고 있었다.

영혼이 자신의 육신을 바라보는 바로 그 광경이다.

말을 하고 싶어도 입이 떨어지지 않고, 움직이려 해도 움직여지지 않았다.

노인은 그런 자신의 육체 주위에서 지팡이로 허공에 그림 비슷한 것을 그리며 무언가 주문을 외우고 있다.

잠시 후, 노인의 손으로부터 눈이 부실 정도로 밝은 빛이 뿜어져 나온다.

동시에 자신의 몸으로 영혼이 빨려드는 느낌이 들었다.

"고맙네. 노부의 요청을 받아들여 줘서."

"저어, 어르신, 어르신은 대체 누구십니까?"

"나……? 혹시 대마법사 멀린이라고 하면 아는가?"

"네에? 멀린이라면… 혹시 아더왕의 궁정 마법사였다는 그 마법사 멀린을 말씀하시는 겁니까?"

"허허, 아는구먼. 그래, 예전에 잠시 아더를 도왔지."

"네에? 영국의 왕 아더… 그러니까 요정으로부터 얻었다는 성검 엑스칼리버(Excalibur)의 주인, 그 아더왕을 도우셨다고요? 진짜요?"

"허허, 놀랐는가?"

"네에, 전 마법사가 실존했다고 생각지 않고 있었거든요."

"엑스칼리버를 안다니 그 검의 검집이 어떤 효능을 지니고 있었는지도 아는가?"

"물론이에요. 엑스칼리버의 검집은 주인이 어떤 상처를 입어도 즉시 치유되는 기능이……. 혹시 그게 어르신께서 검집에 새겨 넣으신 마법이었습니까?

"허허! 허허허! 잘 아는구먼. 그건 컴플리트 힐(Complete Heal)이라는 7써클 마법이었네."

"세상에나! 맙소사! 내가 대마법사 멀린을 만나다니! 반갑습니다. 아니, 영광입니다. 세, 세상에나, 맙소사!"

현수는 믿을 수 없다는 듯 횡설수설하였다.

"허허허! 그렇겠지. 이 세상엔 마법사가 없었으니."

"네에? 이 세상엔 없었다니요? 그건 무슨 말씀이신지요?"

"젊은이, 아니, 김현수 군. 나는 이 세상 사람이 아니라네."

"네에, 그러시겠지요. 영국의 전설인 아더왕은 6세기 경의 인물입니다. 어르신께서는 같은 시기에 활동하셨으니 돌아가신 지 오래되었겠지요."

현수는 멀린이 귀신, 또는 영혼이라 생각해서 한 말이다. 하나 멀린은 다른 뜻으로 받아들였다.

"그렇지. 자네 말대로 돌아왔지. 원래 내가 있던 이 세상으로 말일세."

"저어, 죄송하지만, 멀린 대마법사님!"

"흐음! 거기선 나를 멀린이라 불렀지만 지금부턴 아드리안이라 불러주게."

"네, 아드리안 대마법사님. 천국과 지옥, 그리고 연옥 가운데 어디에 계신가요? 개인적으로 마법사는 죽으면 어디로 가는지 궁금했거든요."

"허허! 자넨 내가 죽은 걸로 생각하는구먼."

"네에? 그럼 아직 돌아가신 게 아니란 말씀이세요?"

"허허, 허허허! 잘 듣게. 여긴 지구가 아니라네. 내가 있는 이곳은 카이엔 제국이라는 곳이네."

"네에? 카이엔 제국이요? 그런 나라도 있나요?"

처음 듣는 명칭에 현수는 고개를 갸웃거렸다.

취직을 위해 일반상식 책을 여러 번 섭렵한 바 있다. 그런데 한 번도 카이엔이란 명칭을 본 바 없기에 물은 것이다.

"흐음! 이런 식으로 대화를 하다간 너무 오래 걸리겠군. 잠시만 기다리게."

말을 마친 노인은 손을 내밀어 현수의 머리 위에 얹고는 뭔가를 중얼거린다.

CHAPTER 03
대마법사 멀린

대마법사 멀린 아드리안 반 나이젤은 나이 600에 이르러 자신의 마법을 집대성한 마법서를 저술해 냈다.

그리곤 「이실리프」라는 이름을 붙였다. 카이엔 제국의 말로 표현하자면 '위대한 마법사의 생애' 라는 뜻이다.

지금 그것에만 기록되어 있는 마법이 실현되는 중이다.

이실리프를 보면 8써클 마스터가 되어야 비로소 시전할 수 있는 마법이다. 이 마법의 정식 명칭은 위즈덤 트랜스퍼(The Wisdom Transfer Magic)이다. 다시 말해 지식 전이 마법이다.

이것은 시전자의 의도에 따라 전체, 또는 부분의 지식을 상대에게 넣어주거나 상대에게서 받아들일 수 있도록 되어 있다.

다시 말해, 선별적으로 지식을 이전시켜 주는 마법이다.

멀린 아드리안 반 나이젤은 왕국 간의 전쟁으로 여덟 살 때 부모를 모두 잃고 고아가 되었다.

어린 나이에 혼자가 되었지만 어느 누구도 보살펴 주지 않아 억척스런 어린 시절을 보내야 했다.

그래서 흉포한 몬스터들이 출몰하는 산에서 목숨 걸고 약초를 캐어 간신히 먹고살았다.

그러던 어느 날, 산에 올랐다가 심각한 부상을 당한 마법사를 발견하게 되었다. 심한 상처로 실혈이 심한 상태였다.

5써클 마법사 브리앙은 마탑의 명령으로 임무를 수행하는 중이었다. 그러다 우연히 어린아이들을 잡아 시험 재료로 쓰던 흑마법사를 발견하였다.

그를 공격하여 아이들을 구하려다 반격을 당해 절벽 위에서 떨어진 뒤 빈사지경에 처했던 것이다.

아드리안은 서둘러 입고 있던 넝마 같은 옷을 찢어 붕대를 만들었다. 그리곤 지혈에 효능이 있는 약초를 붙이고 그것으로 상처를 감았다.

다행히 지혈은 되었지만 브리앙은 깨어나지 않았다. 부상 정도가 너무 심한 때문이다.

또한 너무나 많은 실혈을 한 때문이었다.

하여 원기 회복에 좋은 약초를 찾아 그것을 먹였다.

아드리안의 정성 덕분에 정신을 차린 마법사 브리앙은 도움을 청했다. 하여 어린 아드리안은 온 힘을 다하여 브리앙을 부축했다.

간신히 부축하여 자신의 오두막에 당도한 아드리안은 정성 들여 구완을 하였다. 하지만 써클 붕괴 현상이 빚어진 브리앙은 불과 1년 반 만에 생애를 마쳤다.

그가 죽었을 때 아드리안은 1써클 마법사였다. 브리앙이 자신을 구해준 것에 대한 보답으로 마법을 가르쳐 준 덕이다.

유품을 정리하던 아드리안은 브리앙의 마법 주머니를 열어 보았다. 안에는 적지 않은 돈과 마법서가 들어 있었다.

아드리안은 아무도 찾지 않는 오두막에서 마법을 익히기 시작했다.

그렇게 70년이 흘렀을 때에 비로소 5써클이 되었다.

빠르고 쉬운 길을 가르쳐 줄 스승이 없어 시간이 오래 걸린 것이다. 그때의 나이가 80이었다.

아드리안은 더 이상의 마법을 원했지만 마법서가 없었다.

하여 마탑을 찾았다. 한때 브리앙이 몸담았던 곳이다.

당시의 마탑주 헬리온은 7써클에 이른 자로 권력과 재물에 욕심이 많은 자였다.

그는 6써클 마법서 한 권에 10만 골드를 요구했다.

여섯 권으로 이루어져 있으니 60만 골드가 있어야 6써클을 넘어설 수 있는 것이다.

7써클 마법서는 일곱 권으로 이루어져 있는데, 권당 50만 골드씩 달라고 했다. 350만 골드를 요구한 것이다.

그럼 8써클 마법서는 얼마냐고 물었다.

그랬더니 권당 200만 골드씩 1,600만 골드를 내란다.

내친김에 9써클 마법서의 가격을 물어보았다.

9써클은 세 권으로 이루어져 있는데 권당 3,000만 골드씩 9,000만 골드를 내라고 했다.

6~9써클에 이르는 마법서를 모두 사느니 차라리 왕국 하나를 통째로 사는 편이 더 빠를 것이다.

아드리안은 비싸도 너무 비싸다는 생각을 하곤 마법서를 얻는 다른 방법을 물었다.

그랬더니 6써클 마법서 한 권을 얻으려면 마탑 화장실 청소를 100년 동안 하라고 했다.

알고 보니 영광의 탑이라 불리는 마탑이 소속없는 마법사라고 냉대하고 조롱한 것이다.

분노한 아드리안은 노구를 이끌고 깊은 산속으로 들어갔다. 그런 그의 마법 주머니엔 보존 마법이 걸린 음식이 잔뜩 들어 있었다.

50년 정도 시간이 흘러 나이 132세가 되었을 때 아드리안은 7써클의 깨달음을 얻었다.

어느 누구의 도움도 없이 성취한 것이다.

덕분에 아드리안의 마법은 다른 마법과 상당히 달랐다. 마나를 배열하는 순서도, 시동어의 길이도 매우 짧았다.

어떻게 하면 가장 효율적인가를 따진 때문이다.

아무튼 깨달음을 얻는 순간 아드리안은 신체가 재구성되는 기연을 만났다.

덕분에 이십대 후반처럼 보이게 되었다.

세상으로 나온 아드리안은 드래곤이 유희하듯 용병 등록을 하곤 정처없이 돌아다녔다.

그러다 마음에 드는 청년을 발견하였다. 카이엔 제국의 초대 황제가 된 알렉산더 폰 카이엔이 바로 그였다.

아드리안은 그를 도와 카이엔 제국이 성립되도록 도왔다. 그래서 얻은 이름이 멀린 아드리안 반 나이젤이다.

작위를 제수받으면서 봉토로 받은 나이젤의 영주 멀린 아드리안이라는 뜻이다.

아드리안은 대공 또는 공작이 될 혁혁한 전공을 세웠다.

뿐만 아니라 황제의 목숨을 세 번이나 구해냈다. 그것도 거의 죽을 뻔한 상황에서 구해낸 것이다.

따라서 누가 뭐라 해도 가장 빛나는 전공을 세운 개국공신이라 할 수 있다.

하지만 평민 출신이라 후작에 머물렀다.

그가 세운 공을 아는지라 황제는 거듭해서 대공, 또는 공작의 작위를 주려 했으나 그때마다 정중히 사양하였다.

하여 제국엔 두 개의 공작가와 세 개의 후작가가 존재하게 되었다.

계급상 공작이 후작보다 상위에 있다. 하나 어느 누구도 아드리안 후작의 비위를 거스르진 못했다.

먼저 7써클에 이르러 똑같이 후작위를 제수받은 마탑주 헬리온 드 스타이발조차 멀린의 앞에선 설설 기었다.

같은 7써클이라도 아드리안의 마법이 훨씬 강하기 때문이다.

이는 독자적인 마법으로 일가를 이룬 결과이다.

다시 말해 같은 7써클 마법이라도 헬리온에 비해 아드리안이 펼치는 것은 세 배의 위력을 보였다.

미안해진 황제는 아드리안에게 반지 하나를 하사했다.

제국에 대한 반역만 아니라면 어떠한 죄라도 사면받을 수 있는 절대사면 반지였다.

이는 본인에 국한된 것이 아니다.

아드리안이 요구하면 누구든, 어떤 죄를 지었든 그 죄를 용서받을 수 있음을 의미한다.

그 횟수의 제한도 없다. 그야말로 절대적인 효력이다.

다시 말해 '제국의 모든 죄수를 풀어주시오' 라고 요구하면 반역죄를 지은 자를 제외하곤 모두 풀어줘야 하는 것이다.

이 반지는 후손, 또는 후계자에게 넘겨질 수 있으며, 카이엔 제국이 존재하는 한 영구한 효력을 지닌다.

아무튼 아드리안은 봉토 나이젤로 돌아가 영지 개발에 힘쓰는 한편 상위 마법을 개발하기 위한 박차를 가하였다.

나중에 알고 보니 마탑에는 7써클 이상의 마법서가 존재하지 않았다. 이것을 알게 된 뒤 아드리안은 헬리온에게 정중한 내용의 편지 한 통을 보냈다.

언제고 얼굴을 마주치는 날이 있으면 그날 특별히 조심해야 할 것이라는 내용이 담긴 편지이다.

이것을 받고 헬리온 드 스타이발 후작은 무려 20년 동안이나 연구를 빌미로 마탑에 처박혀 있었다.

걸리기만 하면 뼈도 못 추릴 게 분명하기 때문일 것이다.

어쨌거나 피폐하고 낙후된 영지 나이젤을 위해 애쓰는 동안 이웃 영지의 카세리온 백작이 가족과 함께 방문하였다.

이 당시 아드리안은 영지 개발에 필요한 재원을 얻기 위한 아티팩트 제작에 공을 들이고 있었다.

예를 들어, 위급한 상황에 처했을 때 최대 50m쯤 몸을 피할 수 있게 하는 블링크 마법이 새겨진 반지가 있다.

홀드 퍼슨(Hold Person) 마법이 새겨진 반지도 있다. 이것이 시전되면 대상은 약 5분 정도 발을 뗄 수 없게 된다.

두 시간 정도 효력이 유지되는 아이스 포그(Ice Fog)를 만들어내는 목걸이도 만들었다.

뿐만 아니라 일정한 범위에 작은 폭발을 일으키는 파이어 버스트(Fire Burst)가 시전되는 마법검들을 제작하였다.

주로 위급한 순간을 모면하도록 돕는 것들이 많았다.

실제로 이것들은 흉포한 몬스터들을 만났을 때 도움이 된다. 하여 만드는 족족 비싼 가격에 팔려 나갔다.

이것들의 공통점은 주로 3써클 마법이 시전된다는 것이다.

사실 드래곤을 만나지 않는 이상 이것보다 상위 마법은 별로 필요치 않기 때문이다.

딱 하나, 고위 마법이 새겨진 반지를 제작한 바 있다.

무려 8써클에 해당되는 앱솔루트 배리어를 다섯 번 발현시킬 수 있는 반지가 그것이다.

이는 초대 황제의 생일날 아드리안이 선물로 만들어준 것이다. 현재 카이엔 제국 황실의 보물로 지정되어 있다.

아티팩트란 마법사가 아닌 사람이라도 특별한 마법을 펼칠 수 있도록 해주는 마법 기물을 뜻한다. 해리 포터 시리즈에 나오는 투명 망토 역시 아티팩트이다.

그리고 반지의 제왕에 나오는 절대반지 역시 아티팩트의 일종이다.

어쨌거나 아드리안 후작이 만드는 아티팩트는 선풍적인 인기를 끌었다.

이것들 가운데 하나를 살 겸, 부쩍 살기 좋아졌다는 나이젤 영지를 구경할 겸 카세리온 백작 일가가 방문한 것이다.

백작에게는 혼기를 훌쩍 넘긴 딸이 하나 있었다.

프리실라 에미앙 드 카세리온이 그녀이다.

눈이 높아 웬만한 사내는 발톱에 낀 때만큼도 여기지 않던 프리실라이지만 아드리안을 보곤 한눈에 반해 버렸다.

키 크고 잘생긴데다, 돈도 잘 벌고 고위 귀족이다. 게다가 허우대 멀쩡하고 능력까지 있는 마법사이다.

그러니 어찌 반하지 않겠는가!

하나 겉모습만 20대이지 나이 130이 넘은 아드리안에게 있어 연애란 사치스럽고 거치적거리는 감정일 뿐이었다.

하여 아무리 접근해도 넘어가지 않자 프리실라는 급기야 꾀를 냈다. 아버지 카세이론 백작과 멀린 후작이 마시는 술에 '실프의 눈물' 이라는 최음제를 탄 것이다.

사내끼리 마시는 술에 최음제가 섞여 있을 것이라고 누가 상상이나 하겠는가!

게다가 카세리온 백작과의 관계는 돈독 그 자체이다.

그날 아드리안은 술에 취해 넘지 말아야 할 선을 넘겼다. 물론 프리실라의 적극적인 유혹이 있었던 때문이다.

카세리온 백작이야 부인과 같이 있었으니 별 탈 없었다.

다음날 아침, 아드리안은 같은 침대에 있던 프리실라를 보고 실소를 머금지 않을 수 없었다.

결국 둘은 결혼을 했다. 곧 임신을 하였고, 차례로 세 아들을 두어 단란한 한때를 보냈다. 일생 중 가장 행복한 때였다.

영지 발전의 틀이 잡히자 아드리안은 다시 마법에 몰두하였다. 대륙 최고의 마법사가 되고자 하는 욕망 때문이다.

하나 집안일 때문에 자주 연구에 방해를 받았다.

결국 성을 떠나 바세론 산맥의 험준한 산속으로 들어갔다. 프리실라가 울며불며 말렸지만 그곳에서 딱 1년 간만 연구하고 오겠다는데 말릴 수도 없었다.

남편의 마법에 대한 열정을 너무도 잘 알기 때문이다.

그렇게 산속에 머무는 동안 나이젤 영지에 전염병이 돌았다. 그 결과 프리실라와 두 아들을 잃었다.

아들들도 마법을 익히긴 했으나 발병되면 하루 만에 죽음에 이르는 급성 전염병을 어찌할 방도가 없었던 것이다.

너무도 평화스런 시기였기에 이웃 영지의 공격이란 생각조차 할 수 없을 때이다. 하긴 누가 있어 대륙 최고의 대마법사가 다스리는 영지를 공격하겠는가!

제아무리 기사가 많아도 8써클 마법 블레이즈 템페스트[1]와 버금갈 파이어 스톰[2] 한 방이면 대충 전장이 정리된다.

그런데 아드리안은 이런 파이어 스톰을 연속해서 30회 이상 시전할 수 있는 것으로 알려져 있다. 이 정도면 기사단 50개 정도는 찜 쪄 먹을 수 있을 것이다.

어쨌거나 아드리안은 연구에 방해받지 않으려 통신 수정구를 가져가지 않았다.

하여 프리실라와 두 아들의 죽음을 모르고 있었다.

일 년 후, 하산한 아드리안은 아내와 아들의 무덤 앞에서 하염없이 눈물을 흘렸지만 어쩌겠는가!

사랑하는 아내와 두 아들은 이미 매장이 끝난 상태였다.

한동안 시름에 잠겨 있던 아드리안은 다시 바세론 산맥 안으로 들어갔다.

이번엔 8써클이 아니라 죽은 아내와 아들들을 다시 살려내는 리절렉션[3]을 익히는 것이 목표였다.

이는 신의 영역이라 할 수 있는 10써클 마법이다.

그리고 10써클은 인간이 단 한 번도 오르지 못한 미지의 영역이다. 뿐만 아니라 마법의 조종이라 할 드래곤조차 이 수준에 올랐다는 기록이 없다.

---

1) 블레이즈 템페스트(Blaze Tempest):위력이 엄청난 불길의 폭풍우가 뿜어지는 마법.

2) 파이어 스톰(Fire Storm):7써클 마법. 화염의 폭풍.

3) 리절렉션(Resurrection):죽은 이를 살려내는 부활 마법.

아드리안은 어쩌면 죽을 때까지 익히지 못할 수도 있다는 것을 알았다. 하지만 병마에 시달리다 죽어버린 프리실라와 두 아들을 위해 남은 여생을 걸기로 한 것이다.

아드리안은 큰아들에게 작위를 물려주었다. 그리곤 급한 일이 있으면 알리라고 통신 수정구를 남기고 떠났다.

20년이 지났다.

각고의 노력 끝에 아드리안은 8써클을 거쳐 9써클에 도달하여 두 번의 신체 재구성이란 기연을 만났다.

덕분에 이십대 초반의 용모를 갖게 되었다. 아울러 엘프도 부럽지 않을 긴 수명을 유지할 수 있게 되었다.

하나 10써클은 요원했다.

실마리조차 잡히지 않는 나날을 보내는 동안 낙담했다.

그러던 어느 날 한숨을 쉬던 중 문득 기분 전환이라는 단어가 떠올랐다. 하여 로브를 걸친 채 대륙을 활보해 보았다.

그런데 한마디로 표현해 보자면 재미가 없었다.

드래곤을 제외하곤 아드리안을 쩔쩔매게 할 존재가 없었기 때문이다. 그러는 동안 흑마법사 여럿을 작살냈다.

스승이라면 스승인 브리앙 마법사를 죽음에 이르게 한 죄를 물어 보이는 족족 죽여 버린 것이다.

아드리안 덕분에 세상엔 흑마법사를 찾아보기 힘들 지경이 되었다. 99%쯤 제거한 탓이다.

물론 그들의 마법서들 역시 모두 재가 되어버렸다.

아무튼 그러던 중 천재적인 발상으로 게이트 오브 디멘

션(Gate of Dimension)이란 마법의 공식을 완성시켰다.
이는 다른 차원으로 오갈 수 있는 마법이다.
그리하여 아드리안은 여러 차원을 두루 다녀보았다.
그의 방문지 가운데에는 지구도 포함되어 있었다. 지구 역사로 6세기 경이다.
지구는 마나의 양이 터무니없을 정도로 적은 곳이다.
하여 9써클 마법을 시전해도 겨우 4써클의 위력밖에 나지 않았다.
그래도 4써클 이상은 써본 적이 없다. 그걸 사용하면 무적임은 물론이고, 신으로 추앙받게 됨을 알기 때문이다.
하여 주로 1~2써클 마법만을 사용하며 유람하였다.
이때 사용했던 유희명이 바로 멀린이다.
그러다가 카이엔과 비슷한 성품을 지닌 아더라는 청년을 만나게 되었다. 그래서 건국된 나라가 영국이다.
아더 역시 왕이 된 이후 카이엔처럼 작위를 주려 하였다. 하나 멀린은 너무 오랫동안 자리를 비웠음을 깨닫고 있었다.
하여 카이엔 제국의 바세론 산맥으로 되돌아온 멀린은 심기일전하여 마법 연구에 몰두하였다.
그 결과 기존에 없던 새로운 마법들이 상당히 많이 만들어졌다. 새로운 마법의 창시자쯤 된 것이다.
그럼에도 10써클 리절렉션은 요원하였다. 그렇게 세월이 흘렀다.
멀린은 두어 번 하산하여 세상을 둘러보았다. 그러는 동안 나이 600이 되어 저술한 것이 이실리프이다.

심혈을 기울였기에 이것을 만드는 데 30년 정도 걸렸다.

이것을 만드는 동안 많은 생각을 하게 되어 멀린은 자신의 마법을 한 단계 더 발전시킬 수 있었다.

어쨌거나 모든 작업을 마치고 나니 마땅히 할 일이 없었다.

프리실라와 두 아들이 죽은 지 500년 가까이 되었다.

따라서 이젠 리절렉션 마법이 완성된다 하더라도 이루려던 바를 이룰 수 없게 되었다.

뼈까지 진토가 되어버렸기 때문이다.

또한 오랜 세월이 지나는 동안 인간으로서의 욕구들이 사라졌기 때문이기도 하다.

그렇게 세월이 흘렀다. 그런데 그의 나이 662세가 되었을 때 아드리안 후작가로부터 긴급한 연락이 왔다.

*　　　*　　　*

멀린 아드리안 반 나이젤 후작이 자리를 비운 동안 후작가는 발전에 발전을 거듭했다.

아드리안의 후손 가운데 하나가 드래곤 레어를 발견하면서 막대한 금은보화와 신병이기들을 얻은 때문이다.

뿐만이 아니다.

인류 역사상 최연소의 나이에 소드마스터가 된 검신 라플로니안의 검법서를 얻었다.

알고 보니 검신으로 추앙받은 라플로니안은 이미 마나의 품으로 돌아간 블랙 드래곤의 유희명이었다.

멀린 아드리안 후작의 마법이 터무니없이 강한 이유는 극도의 효율성 때문이다.

기존 마법과 달리 시전되는 마나의 배열이 지극히 간단명료하다. 다시 말해 현란한 수식어는 빼고 본론만 직접 말하는 것처럼 용건만 간단한 마법이 바로 멀린의 마법이다.

그렇기에 적은 마나로도 시전되는 마법이 많고 위력이 강하다는 것이 특징이다.

그런 아드리안가에 지극히 강력한 검법서까지 부가되었으니 어찌 발전하지 않겠는가!

멀린이 아더와 지구를 유람하는 동안 카이엔 제국은 인근의 두 제국에 의해 침공을 받았다.

라이셔 제국과 크로완 제국이 바로 그 나라들이다.

그들이 연합하여 공격한 이유는 무역 불균형으로 인한 재정 손실 때문이었다.

카이엔 제국은 비옥한 농토가 많아 곡물의 수확량이 엄청나다. 반면 라이샤 제국은 오래전 빙하가 땅거죽을 휩쓸고 지나가 농사에 적합하지 않다.

크로완 제국의 경우는 한때 바다였던 땅이 융기한 곳인지라 염분이 많아 농사를 지을 수 없는 땅이 태반이다.

그러다 보니 식량이 부족하다.

따라서 이들 두 나라는 매년 카이엔 제국으로부터 막대한 양의 곡물을 수입했다.

이렇게 하여 자금이 풍부하여지니 카이엔 제국은 점점 번성했고, 문물도 발전되어 갔다.

필요한 것은 거의 모두 자급자족하는 상황이 된 것이다.

게다가 광산도 많아 필요한 자원은 국내에서 해결할 수 있었다. 다시 말해 수출은 있으되 수입은 없는 나라인 것이다.

팔기만 하고 아무것도 사지 않으니 두 제국의 금은보화는 모두 카이엔 제국 쪽으로 흘러들게 되었다.

그렇게 모든 재화를 주느니 차라리 공격하여 농토를 반분하는 것이 낫다는 것이 두 제국의 뜻이었다.

전화에 휩싸인 카이엔 제국은 후퇴에 후퇴를 거듭하였다. 너무 오랜 태평성대를 지냈는지라 군사력이 약해진 탓이다.

그냥 놔두면 반년을 넘기지 못하고 멸망당할 상황이었다.

이때 분연히 떨치고 일어난 인물이 있었다. 아드리안 후작가의 가주 애버튼 아드리안 반 나이젤이 그이다.

강력한 마법으로 수많은 전공을 쌓은 애버튼은 결정적인 순간 어쌔신의 공격으로부터 황제의 목숨을 구했다.

뿐만 아니라 두 제국의 황태자를 생포하는 공을 세웠다.

그 결과 전쟁은 끝났고, 라이셔와 크로완 제국은 막대한 배상금을 물어내고 물러설 수밖에 없었다.

다시 말해 애버튼 아드리안이 전쟁을 끝낸 것이다.

덕분에 후작가는 공작가로 승차되었다가 곧바로 대공가로 격상되는 경사를 맞았다.

그래서 나이젤은 더 이상 카이엔 제국의 영지가 아니다.

주변에 있던 다섯 개의 영지까지 흡수하여 아드리안 공국으로 거듭난 것이다.

이제 아드리안 공국은 위로는 카이엔 제국과 국경을 마주하고 있다. 좌측으로는 카이엔 제국으로부터 제후국 대우를 받는 미판테 왕국과 쿠르스 왕국을 두고 있다.

남쪽과 동쪽은 바다와 접해 있다.

어쨌거나 아드리안 공국은 주변 영지를 흡수한 덕에 웬만한 왕국과 크기가 비슷하다.

아드리안의 수정구에 긴급 지원을 요청한 사람은 현재의 공왕인 아민 폰 아드리안이다.

서쪽의 두 왕국과 남쪽 바다 건너에 있는 엘라이 왕국으로부터 공격을 받고 있으니 도와달라는 요청이다.

아드리안 공국의 뿌리라 할 수 있는 카이엔 제국은 현재 도움을 줄 수 없는 상황이라고 한다.

또다시 무역 불균형으로 인한 두 제국과의 전쟁 중에 있기 때문이다.

두 제국은 또다시 황태자들이 잡혀가는 상황이 벌어지더라도 끝까지 밀고 나가기로 연합했다.

아니면 돈이 없어 쫄딱 망하게 생겼기 때문이다.

아무튼 아민 폰 아드리안 공왕은 1년 정도는 버틸 힘이 있으나 전쟁이 장기화되면 견뎌낼 수 없다고 하였다.

전 같으면 한걸음에 달려가서 10써클에 버금갈 위력을 지닌 마법으로 침략군 전체를 전멸시킬 수 있었을 것이다.

하나 멀린 아드리안 반 나이젤도 사람이다.

9써클 대마법사이지만 사람인 이상 늙으면 죽는 법.

현재의 나이 662세이다.

언데드의 군주인 리치라면 몰라도 마법사라 할지라도 사람이 살아 있을 나이는 결코 아니다.

세 번의 신체 재구성으로 각기 200년의 수명 연장 효과를 보았지만 그 효력이 끝나가고 있다.

그래서 20대의 외모가 점차 늙어가고 있다. 꺼져가는 촛불처럼 쇠약해지고 있는 상황인 것이다.

그래서 아드리안은 자신만의 공간인 바세론 산맥 깊숙한 곳에 위치한 레어에 각종 마법진을 그려놓았다.

아직 못 이룬 10써클을 어떻게든 이뤄보려는 최후의 발악이라면 발악일 것이다.

이런 상태에서 후손이 도움을 청했다.

그런데 레어 밖으로 몸을 움직일 수 없는 상황이다.

한 걸음 한 걸음 내디딜 때마다 체내의 마나가 흩어지기 때문이다.

이런 상태라면 아드리안 공국에 당도할 때쯤이면 한 줌 마나도 없는 평범한 노인이 될 것이다.

이는 워프 마법을 실현시켜도 마찬가지이다.

따라서 현재로선 허울만 대마법사인 상황이다.

마음만 급할 뿐 직접적인 도움을 줄 수 없으니 얼마나 다급한 심정이겠는가!

프리실라와 두 아들이 병마에 고통받다 죽을 때에도 자신에게 구원을 요청하려는 마음이 굴뚝같았을 것이다.

그런 기분을 알기에 어떻게든 방법을 강구해야 했다.

일찌감치 마탑을 세우고 후배들을 양성했다면 그들에게 명령만 내리면 될 일이다.

하나 아드리안은 사람들과 어울리는 것을 내켜하지 않는 성품이다. 그렇기에 단 하나의 제자도 없다.

그렇다고 이제부터 제자를 키워 그로 하여금 위기를 모면케 할 방법도 없다.

시간도 시간이지만 믿을 수 없기 때문이다.

그래서 고심 끝에 만들어진 것이 현수의 눈앞에 툭 떨어졌던 것이다.

아드리안은 통신을 받자 자신의 거처에 5써클 타임 딜레이(Time Delay) 마법을 걸었다.

외부와의 시간 비가 180대 1이 되게 하는 마법이다.

그렇게 하여 아드리안의 레어에서 6개월이 밖에서는 겨우 하루가 되었다.

그리곤 심혈을 기울여 하나의 아티팩트를 만들어냈다.

「**전능의 팔찌**[The Omnipotent Bracelet]」라 이름 붙인 바로 그것이다.

*　　*　　*

"흐아아암! 으응?"

깊은 잠에서 깨어난 현수는 이불을 걷고 일어나려다 멈췄다. 꿈속의 내용이 너무나 생생하기 때문이다.

꿈을 꾸기는 하지만 자고 일어나면 그 내용을 기억할 수 없는 경우가 대부분이다.

그런데 이상하게도 어젯밤의 꿈은 생생하다 못해 현실처럼 느껴진다.

"차암, 별일이네. 헉……! 이러다 늦겠다."

시계를 본 현수는 헐레벌떡 일어나 욕실로 갔다. 불과 10분 후 현수는 늘 그렇듯 아침을 굶은 채 출근길에 나섰다.

현수가 아는 사람을 만난 것은 전철역 근처이다.

역에서 많은 사람들이 쏟아져 나왔는데 눈에 번쩍 뜨이는 인물이 있다. 업무지원팀 강연희 대리이다.

늘씬한 교구를 투피스로 감싼 그녀는 우르르 쏟아져 나오는 군중 속에서도 군계일학처럼 빛났다.

그런 그녀가 곧장 현수 쪽으로 다가온다. 하긴 목적지가 같으니 그럴 수밖에 없는 상황이다.

"아, 강 대리님, 안녕하세요? 좋은 아침입니다."

"어머, 김현수 씨군요. 호호, 휴가 갔다는 말 들었는데, 잘 다녀오셨어요?"

"네에, 그냥 그렇게……."

"어디 좋은 데 다녀오셨어요?"

나란히 걷게 되자 연희가 묻는다. 마땅히 할 말이 없어 의례적으로 묻는 물음일 것이다.

"네에, 조금 답답해서 태백산맥 중 덕항산이란 곳을 다녀왔습니다."

"어머! 덕항산, 저도 그 산 알아요. 경치도 괜찮고 동굴도 여럿 있는 산이죠?"

"네, 맞습니다."

"좋았겠어요. 아이, 부러워라."

"네……?"

"피서철이 끝나서 사람들이 없었을 거 아니에요."

"네, 그렇죠."

"이번 휴가 때 전 친구들과 해운대엘 다녀왔는데 얼마나 사람들이 많던지……. 그래서 저도 내년부터는 휴가철 다 지난 다음에 휴가를 가려고 해요."

"아……. 그렇군요."

현수는 인파로 바글바글거리던 해운대를 촬영한 뉴스 장면을 떠올리고는 고개를 끄덕였다.

"그나저나 그 좋은 델 혼자 가시면 어떻게 해요?"

"네……?"

"호호, 현수 씨, 다음 주에도 덕항산 어때요? 말 나온 김에 거기 한번 또 가고 싶은데……."

강 대리는 자신 때문에 현수가 박진영 대리로부터 어떤 견제를 받았는지 전혀 모르는 눈치이다.

아무튼 가지런하고 하얀 이빨을 드러내며 환히 웃는 미인의 청을 어찌 거절할 수 있겠는가!

현수는 그저 고개를 끄덕일 수밖에 없었다. 도저히 거절할 수 없는 해맑은 미소 때문이다.

그러면서도 내심 혀를 찼다.

'헐……! 내가 원래 이렇게 마음이 약했나? 제길, 오르지 못할 나무는 쳐다보지도 말라는 말까지 들었는데, 쩝. 근데 내가 어디가 어때서? 아무리 생각해 봐도 되게 기분 나쁜 말이네. 제기랄!'

현수는 느물느물한 표정을 짓던 박 대리의 얼굴이 떠오르자 입맛이 썼다.

그러거나 말거나 강 대리가 입을 연다.

"호호, 그럼 우리 언제 출발해요? 덕항산은 멀어서 당일치기는 조금 그런데……. 토요일에 출발했다가 일요일에 올까요? 아님 아예 금요일 밤에 출발할까요?"

말을 마치는 순간 바람이 불어 생머리가 흩날리자 향긋한 샴푸 냄새가 풍긴다.

현수는 멍한 표정이 되었다. 향기가 좋아서이기도 하다. 하나 뇌를 때리는 충격적인 상념 때문이다.

CHAPTER 04

꿈속에서 마법 익히기

'뭐야? 난 남자로도 치지 않는다는 거야? 헐……!'

남자와 단둘이 숙박하는 여행을 가자는 말을 너무도 서슴없이 한다. 하여 강 대리의 얼굴을 다시 바라봤다.

이런 심사를 짐작한다는 듯 생긋 웃음 짓는다.

"왜요? 가서 자고 오자고 하니까 이상해요?"

"네……? 아, 아니에요."

"호호, 전 김현수 씨를 믿어요. 절대 늑대로 돌변하거나 그러지 않을 거라는 걸요. 그러니 가서 자고 와도 되는 거잖아요. 안 그래요? 설마 현수 씨도 늑대로 변하거나 그래요?"

"네에? 아, 아니요. 제가 그럴 리가요. 하하, 저 이래 봬도 참 순진한 늑대, 아니, 참 착한 사람입니다. 절대 그런 일 없을 겁니다."

"그죠? 호호, 거 봐요. 제가 사람 하난 잘 보거든요. 김현수 씬 역시 믿음직스럽고 신뢰가 가는 사람이에요."

'뭐야? 좋은 대학 나온 걸로 아는데 어휘력이 이것밖에 안 되나? 믿음직스럽다는 거나 신뢰가 간다는 거나 그게 그거 아닌가?'

현수의 표정을 본 강 대리가 한마디한다.

"어머나……! 어떻게 해요? 말이 빠져서 그만 이빨이 헛나왔네요. 호호호! 조크였어요."

"끄으응……!"

어르고 뺨을 친다는 느낌이다.

현수는 희롱당한 기분이 들었다. 하나 밝게 웃는 미인의 얼굴은 그런 걸 싹 잊게 만들기에 충분하고도 남았다.

"호호! 생각해 보니 금요일 저녁이 좋을 거 같아요. 제 차로 가요. 운전은 김현수 씨가 해주실 거죠?"

강 대리는 빨간색 경차가 있다. 그럼에도 주차할 공간이 마땅치 않아 전철을 타고 출퇴근한다.

그걸 이용하려면 금요일에 같이 퇴근해야 한다. 그리곤 강 대리의 짐을 싣고 자신의 집으로 간다.

거기서 산행을 위한 자신의 짐을 싣고 출발하면 될 것이다. 이런 생각을 할 때 강 대리가 또 묻는다.

"그럼 우리 약속된 거죠?"

"네, 그, 그럼요. 알겠습니다. 그렇게 하죠."

말을 하는 동안 회사에 당도한 둘은 가벼운 시선 교환으로 주말 약속을 확정 짓고는 각자의 자리로 갔다.

곽 대리는 휴가를 마치고 온 현수를 위해 상당히 많은 일감을 준비해 두고 있었다.

하여 하루 종일 발바닥에 땀이 나도록 이 업체 저 업체를 방문해야만 했다.

*　　　*　　　*

"어휴! 피곤해."

문을 열고 들어선 현수는 넥타이를 느슨하게 풀고는 냉장고 문을 열었다. 시원하게 냉각된 캔 맥주가 보인다.

원래는 물을 마시려 했는데 금방 마음이 바뀐다.

딱!

꿀꺽! 꿀꺽!

"캬아아! 시원하다. 아흠, 이제야 살 것 같네. 휴우!"

오늘 하루 몹시도 더웠다.

막바지 더위가 기승을 부린다는 느낌이 들 정도로 무더워 세상이 사우나 같다는 생각을 했었다.

바람 한 점 없는 날, 이 동네 저 동네를 돌아다녔다.

그러는 동안 여러 사람을 만나 밀고 당기기를 했다. 그래서 몹시 지친 느낌이다.

며칠 쉬었다 와서 그러는지 더 피곤한 것 같다.

누우면 바로 잠들 것만 같은 피곤함에 도착 즉시 씻지도 말고 자야지 하는 생각이 들 정도였다.

그런데 시원한 맥주 한 모금이 목구멍을 통과하자 모든 시름이 날아가는 느낌이다.

또한 하루의 노고가 단번에 풀리는 느낌이다.

옷을 갈아입고 찬물로 샤워했다.

그러는 동안 콧노래를 불렀다. 금요일 밤부터 일요일까지 강 대리와 데이트를 한다는 생각이 들어서이다.

오늘 저녁 식사는 곽 대리의 일장 훈시를 들으며 돼지갈비로 때웠으니 더 먹을 것은 없다.

현수는 컴퓨터 전원 스위치를 누르고는 수건으로 머리의 물기를 닦아냈다.

"흐음, 어디 보자."

컴퓨터가 부팅되자 현수는 가장 먼저 증시 현황을 살폈다.

취직이 되었을 때 아버지는 받은 월급의 50%는 반드시 미래를 위해 투자하라고 충고하셨다.

그리고 나머지 50%로 살아보라 하였다. 아직 당신이 돈을 벌고 있으니 효도 자금은 보내지 않아도 된다고 하셨다.

하나 어찌 그럴 수 있는가!

현수는 수령액의 20% 정도를 효도 자금으로 송금한다.

남은 30%로 생활비와 제세공과금을 내고, 그래도 남는 돈을 용돈으로 충당하고 있다.

물론 쥐꼬리만큼 남는다.

따라서 비싼 술집에선 제 돈 내곤 술 마실 수 없다. 두어 번만 마셔도 한 달 용돈이 후딱 날아가기 때문이다.

대신 마트에서 캔 맥주를 사서 냉장고에 넣어둔다. 이러면 좋은 점 세 가지가 있다.

첫째, 돈이 많이 들지 않는다.

술집보다 대형 할인마트에서 사는 게 훨씬 싸지 않은가!

둘째, 마시고 싶으면 아무 때나 마실 수 있다.

냉장고 문 열 기운만 있으면 된다.

셋째, 귀찮게 슈퍼까지 가지 않아도 된다.

비가 쏟아지는 밤, 팬티 바람으로 있다가 갑작스레 술 생각이 날 때가 있다.

하여 벗어놨던 옷 전부 다시 걸치고 슬리퍼 직직 끌면서 슈퍼를 가본 사람들만 이게 얼마나 귀찮은 일인지 잘 안다.

올 땐 왜 그렇게 비닐봉지에 담긴 맥주가 무거운지 손가락도 아프다.

"이런 빌어먹을……! 왜 또 내 거만 떨어진 거야?"

요즘 코스피 지수는 매일 조금씩 오른다. 그런데 현수가 유망하다 판단하여 사들이는 종목들은 반대로 떨어지고 있다.

하여 누군가의 조언대로 아주 견실한 기업, 그러니까 망하고 싶어도 쉽게 망할 수 없는 거대 기업의 주식을 사들였다.

그런데 이상하게도 사들이고 나면 오르던 주가가 떨어진다.

그러다 원금마저 날릴까 싶어 매도하고 다른 종목을 사면 팔았던 것들이 상한가로 치솟는다.

그럴 때마다 열을 받는다.

하여 주식을 때려치우려는 마음을 여러 번 먹었다.

하나 어디서 고수익을 올리겠는가!

은행 예금 금리는 물가 상승률에도 미치지 못한다.

다시 말해 은행에 돈을 저금해 놓으면 이자가 붙기는 하지만 그 가치가 떨어지고 있다.

그렇다 하여 선물거래를 할 수도 없다. 거래를 위한 증거금만 1,500만 원이 필요한데 그만한 돈이 없기 때문이다.

"에이, 이걸 확 팔아, 말아? 그냥 팔까? 아냐. 팔고 나면 또 상한가를 칠지도 몰라. 마음 같아서는 확 팔아버리고 싶지만 징크스가 있어서 참는다. 알았어?"

현수는 모니터 화면을 보며 나직이 중얼거렸다.

여기저기 웹서핑을 하다가 시계를 보니 11시가 넘었다.

이제 눈을 좀 붙여야 한다. 그래야 내일 하루를 버틸 에너지를 충전할 수 있기 때문이다.

대강 정리를 마친 현수는 침대에 누워 얇은 이불을 덮었다. 그리곤 고요히 눈을 감는다.

그때 문득 드는 상념이 있었다.

"살기 위해서 회사를 다니는 거야, 아님 회사를 다니기 위해 사는 거야? 아! 증말 싫다. 목구멍이 포도청만 아니면 확 때려치우는데. 에이, 쓰버럴! 잠이나 자자."

눈을 감은 현수는 불과 3분 만에 잠이 들었다. 참 건강한 청년이다. 그렇게 얼마간의 시간이 지났다.

사람은 손끝이나 발끝을 통해 열을 방산하는 시스템이 작동되면 체내의 온도가 내려가기 시작한다. 그와 동시에 서서히 졸리게 된다. 그러다 잠이 드는 것이다.

그래서 냉한 체질인 사람, 다시 말해 손끝이나 발끝이 차가운 사람들은 열을 방산하기 어렵기 때문에 불면증에 걸리기 쉬운 것이다.

아무튼 현수는 정상적이다. 그렇기에 잠이 들면서 서서히 체온이 내려가기 시작하였다.

그렇게 약 1도 정도 체온이 내려가자 왼쪽 손목 부위에 낮엔 보이지 않던 팔찌 비슷한 것이 나타났다.

은백색인 이것엔 아홉 개의 구멍이 뚫려 있는데, 그중 두 구멍엔 붉고 검은 보석이 각각 박혀 있다.

"인연자여! 이계의 인연자여!"

"으응? 누구? 아! 멀린 대마법사님이시군요."

"내가 자네에게 도움을 청했고, 자네는 그러겠노라고 대답하였네. 안 그런가?"

"네, 그랬습니다. 도와드리겠다고 말씀드렸습니다."

"고맙네. 그렇다면 이제부터 내가 하는 말을 잘 듣게나."

"네, 알겠습니다."

"자네 혹시 마나를 아는가?"

"마나요? 혹시 판타지 소설에 나오는 그 마나를 말씀하시는 건가요?"

"자네가 말하는 판타지 소설이라는 것이 뭔지는 알 수 없지만 마나는 마법의 근원이 되는 것이네."

"아! 그렇군요. 그렇다면 그건 제가 아는 겁니다."

현수는 심심할 때 읽었던 판타지 소설들을 떠올리고는 환한 웃음을 지었다.

멀린은 만족스럽다는 듯 고개를 끄덕였다.

"좋군. 그럼 이제부터 자네에게 마나심법을 가르쳐 주겠네. 내가 하는 말을 잘 기억하게."

"네? 마나심법이요? 알겠습니다."

대답은 이렇게 하였지만 현수는 내심 웃었다.

'헐! 요즘엔 꿈도 연속극처럼 꾸는군. 그나저나 이거 재밌다. 이걸 확 소설로 써봐? 요즘 작가 되기 쉬운 세상이라고 했는데. 하여간 잘 들어보자.'

"마법이란 우주의 근원으로부터……."

멀린의 설명이 이어졌다. 모든 설명이 끝난 후 현수는 멀린이 시키는 대로 자세를 잡았다.

그리곤 가르쳐 주는 대로 마나를 느끼기 위해 애를 썼다. 하나 아무런 느낌도 없었다.

이런 현수를 바라보던 멀린은 문득 떠오른 생각이 있다는 듯 고개를 크게 끄덕였다. 그리곤 손가락을 튕기며 무언가 주문 비슷한 것을 중얼거렸다.

그와 동시에 현수의 손목에 채워져 있던 팔찌의 검은 보석에서 빛이 났다.

그 순간 현수는 명문혈로부터 척추를 따라 무언가가 찌르르

한 느낌을 주면서 몸 전체로 번져 가는 느낌을 받았다.

깜짝 놀라 눈을 뜨려는 순간 멀린의 제지가 있었다. 그리곤 또다시 설명하기 시작했다.

그렇게 마법을 배우기 시작하였다.

매일 밤 잠이 들면 멀린이 꿈에 나타났다.

그리곤 마나심법이 능숙해지도록 자세도 교정해 주고 자세한 설명도 하는 나날이 지났다.

현수는 나날이 재미있었다. 밤마다 한바탕 연속극이 방영되는데 어찌 재미있지 않겠는가!

전에는 꿈을 꾸고 나면 하나도 기억나지 않았는데 이번엔 달랐다. 처음부터 끝까지 모든 것이 생생하게 기억이 났다.

하여 가끔 A4 용지에 지난밤에 배웠던 것들을 끼적거려 보기도 했다.

써놓고 나면 그럴듯하다. 하여 꿈치고는 참 대단한 꿈을 꾸는가 보다 생각했다.

그리고 매일매일 이어지는 꿈의 내용에 매우 신기해했다.

어쨌거나 현수는 하룻밤 자고 일어난 것 같지만 실제는 그렇지 않았다.

꿈속과 현실 사이에 시간차가 있기 때문이다.

현수의 하룻밤 꿈은 실제 시간으로 따지면 약 50일에 해당된다. 꿈속에 타임 딜레이 마법을 건 것이다.

멀린이 이 방법을 취한 것은 현수가 실제 마법을 익히려 할 때 시간이 너무 오래 걸릴 것을 예상했기 때문이다.

멀린은 지구를 방문한 적이 있기에 마나가 매우 희박하다는 것을 알고 있었다.

따라서 현수가 1써클을 이루는 데 걸리는 시간을 최하 1년으로 잡았다. 만약 재능이 없다면 3년이 더 걸릴 수도 있다.

그런데 그 시간을 기다릴 수 없는 상황이다.

그렇기에 특단의 조치로 꿈속의 시간을 조절하는 타임 딜레이 인 드림(Time Delay in Dream) 마법을 건 것이다.

이는 온 우주를 통틀어 오로지 멀린만이 시전할 수 있는 신개념 마법이다.

어쨌거나 시간이 흘러 예정대로 9월 14일부터 16일까지 강연희 대리와 덕항산 산행을 다녀왔다.

이틀을 자고 일요일에 귀경했는데, 물론 각기 다른 방에서 잠이 들었다. 여행 중에도 연속극은 이어졌다.

마지막 날 밤, 드디어 써클 형성에 성공했다. 현수가 지구엔 단 한 명도 없는 1써클 마법사가 된 것이다.

그리고 나서 현수는 자신의 팔목에 채워진 팔찌에 대한 설명을 들을 수 있었다.

전능의 팔찌는 평상시엔 보이지 않지만 팔뚝에 마나를 모으면 눈에 보이게 된다.

은백색인 이것엔 현재 두 개의 보석이 박혀 있다.

빨간 것은 통역 마법이 구현되도록 하는 마법진에 마나를 공급해 주는 최상급 마나석이다. 그래서 현수가 멀린과 아무런 장애 없이 대화를 나눌 수 있는 것이다.

만일 일반적으로 언어를 익혀 대화를 시도했다면 상당히 많은 시간이 걸렸을 것이다. 어찌 며칠 배운 언어로 심오한 내용이 담긴 마법에 대한 이야기를 이해할 수 있겠는가!

검은 보석은 마나가 희박한 곳에서도 마나를 느낄 수 있도록 돕는 한편 1써클 통역 마법인 랭귀지 인터프리테이션이 원활히 발휘되도록 마나를 공급하는 역할을 하는 것이다.

아무튼 현수는 이제 우주인과도 대화를 할 수 있게 되었다.

나머지 일곱 개의 구멍과 상성이 맞는 보석처럼 생긴 최상급 마나석은 따로 준비되어 있다.

그것을 얻기 위해선 먼저 1써클을 이뤄야 한다.

최소한 1써클이 되어야 전능의 팔찌에 걸려 있는 아공간을 열 수 있게 되기 때문이다.

1써클 마나만으로도 열 수 있는 아공간은 6써클 마법 크리에이트 스페이스(Create Space)로 만든 것이다.

원래대로라면 최소 6써클은 넘어야 이것을 사용할 수 있지만 특별히 1써클로도 열고 닫을 수 있도록 했다.

강제로 공간을 왜곡시켜 만든 이것의 크기는 마차 열 대 분량의 물품을 넣을 수 있다.

이 정도만 해도 대단한 것이다.

어쨌거나 이것의 안쪽엔 여러 물품이 넣어져 있다.

보존 마법이 걸려 1,000년이 지나도 상하지 않는 음식과 물이 있다. 언제 어느 곳에서든 굶지 않아야 하기 때문이다.

또한 카이엔 제국에서 사용하는 금화와 은화들이 있다. 그리고 작지만 길쭉한 상자 하나가 있다.

이것엔 일곱 개의 보석이 담겨 있다.

그중 노란색은 하부 지름이 약 1㎝ 정도 되는 것이다.

이것을 전능의 팔찌에 끼우면 또 다른 아공간을 열 수 있게 된다.

9써클 마법 크리에이트 코스모스(Create Cosmos)로 만들어진 어마어마한 크기를 가진 아공간이 그것이다.

규모를 가늠하자면 약 20만㎦ 정도 된다. 이것은 제주도를 제외한 한반도 전체를 1㎞ 깊이로 파낸 것과 같다.

실로 광대하며 광활한 크기의 공간이다.

이것의 안에는 멀린 아드리안 반 나이젤의 모든 것이 담겨 있다.

우선 멀린이 저술한 희대의 역작이자 인세에 없었던 절세의 마법서 「이실리프(Yisilipe)」가 있다.

이것의 표지엔 허락된 자만 펼쳐 볼 수 있다는 경고문이 쓰여 있다. 또한 보호 마법이 걸려 있다.

물에 젖지도 않고 불속에 넣어도 타지 않는다. 당연히 물리적인 훼손이 불가능하다.

금강석보다도 더한 경도가 부여된 때문이다.

만일 허가를 받지 않은 자가 이것을 강제로 열려고 하면 라이트닝 퍼니쉬먼트(Lightning Punishment)가 발현된다.

이것은 9써클 궁극 마법이다.

온 우주를 통틀어 어느 누구도 결코 죽음으로부터 자유로울 수 없는 초강력 살상 마법이다.

설사 폴리모프를 풀고 본신으로 돌아간 드래곤이라 할지라도 무방비라면 라이트닝 퍼니쉬먼트를 비켜가진 못할 것이다.

이것이 발현되면 이실리프로부터 100m 내의 모든 존재는 소멸된다. 좁은 공간 속에서 수만 번이나 벼락이 치는데 어찌 생물체가 살아남을 수 있겠는가!

뭣도 모르고 이실리프에 손을 대는 순간 본인은 물론이고 동료들까지 잿더미가 되어버리는 것이다.

어쨌거나 거대한 아공간 속에는 금화, 은화는 물론 각종 보석이 어마어마하게 쌓여 있다.

다이아몬드, 에메랄드, 루비, 사파이어 등등이 그것이다.

양으로 따지자면 각각 실중량 800kg을 담을 수 있는 곡물 자루로 하나 가득이다.

멀린이 9써클을 이루고 얼마 지나지 않았을 때 바세론 산맥 한 귀퉁이에서 대량의 마나 발산 현상이 벌어졌다.

에이션트 급 드래곤 하나가 마나의 품으로 돌아간 것이다.

흥미를 느낀 멀린은 즉시 그의 레어를 방문했다. 그리고 그곳에서 많은 양의 보물을 얻은 것이다. 게다가 적은 양이지만 미스릴[4] 괴, 아다만티움[5] 괴, 오리하르콘[6] 괴까지 생겼다.

---

4) 미스릴(Mythril):진은(眞銀), 순은을 용해하여 뽑아낸 엑기스. 가볍고 단단한 금속, 어둠 속성에 대한 강력한 저항력이 있는 금속.

5) 아다만티움(Adamantium):마계의 금속, 매우 단단하여 무기 제작에 많이 쓰임. 마력에 대한 저항 속성을 가짐.

6) 오리하르콘(Aurihalcon):전설의 대륙 아틀란티스(Atlantis) 특산 귀금속, 막대한 에너지를 가진 금속으로 극강의 강도를 가졌음.

뿐만이 아니다. 레어엔 많은 서적도 있었다.
그 덕에 아공간에 약 5,000여 권의 서적이 있는 것이다.
이것들 대부분은 마법과 관련된 참고 서적들이다. 물론 마법과 관련되지 않은 것들도 있다.
카이엔 제국의 풍습이 기록된 서적, 몬스터 도감, 각종 도구 제조법 등이 그것이다. 뿐만이 아니다. 이계의 문자 및 역사, 그리고 자연 환경이 기록된 것도 상당수이다.
현수를 이계에 빨리 적응시키기 위한 배려이다.
서적 가운데 약 200여 권은 마탑에서도 찾아보기 힘든 6써클 이상의 마법서들이다.
대부분 드래곤 레어에서 얻었지만 그중 열세 권은 아니다.
이것들은 6써클과 7써클 마법서로, 용서를 비는 뜻으로 영광의 마탑 탑주인 헬리온 드 스타이발 후작이 자발적으로 바친 것이다.
아니었다면 영광의 마탑은 오래전에 붕괴되었을 것이다. 멀린은 은(恩)과 원(怨)이 분명한 성품이기 때문이다.
어쨌거나 아공간엔 이것 말고도 많은 것들이 담겨 있다.
그중 가치를 따지기 힘들 정도로 귀한 것들이 있다.
그것은 마법진 발현 등에 꼭 필요한 마나석이다.
최상급이 127개, 상급은 854개, 중급은 3,625개나 있다.
하급은 아예 가마니로 일곱 개 분량이나 있다. 멀린이 유희하는 동안 제거한 흑마법사들이 보관하고 있던 것들이다.
아무튼 전능의 팔찌에는 아홉 개의 구멍이 있다.

그중 빨강은 통역 마법을 구현시키는 것이고, 검정은 마나 공급의 효능이 있다.

노랑은 1써클로도 아공간을 열 수 있는 마법이 발현되는 마법진 위에 자리 잡고 있다.

주황은 멀린이 만든 5써클 마법 퍼펙트 트랜스페어런시(Perfect Transparency) 마법진 위에 박히는 것이다.

이것은 타인의 눈에 보이지 않게 하는 인비저빌러티(Invisibility) 마법과는 차원이 다르다.

은신 마법인 인비저빌러티는 보이지만 않을 뿐 기척까지 숨길 수는 없다.

예를 들어 체취나 심장의 박동 소리 같은 건 감출 수 없다.

하나 퍼펙트 트랜스페어런시는 이름 그대로 퍼펙트하다. 숨소리는 물론이고 심장의 박동 소리마저 감출 수 있다.

5써클 마법이지만 6써클 마법사까지는 전혀 알아채지 못한다. 7써클 마법사라 할지라도 뭔가 이상하다는 느낌만 들 뿐이다.

8써클의 경우는 조금 다르다. 아무런 기척도 느껴지지 않지만 미미한 마나의 파동으로 뭔가 확실히 있다고 느낀다.

다만 9써클 마법사 앞에선 정체를 숨길 수 없다.

하지만 물속에서 이를 시전하면 9써클 마법사는 물론이고 드래곤이라도 알아채지 못한다.

문제는 물속에 마냥 있을 수 없다는 것이다.

초록색 보석은 9써클 마법인 트랜스퍼 디멘션(Transfer

Dimension) 마법진 위에 자리 잡게 된다.

현수를 이계로 불러들이기 위한 차원 이동 마법이다.

한 번 이동할 때마다 초록색 보석이 가진 마나뿐만 아니라 추가로 최상급 마나석 두 개에 담긴 마나가 모두 소진되어야 가능하다. 다시 말해 최상급 마나석 세 개에 담긴 마나가 있어야 차원 이동이 가능하다.

팔찌의 기능 가운데 가장 중요한 차원 이동을 위해 전능의 팔찌는 표면 거의 전부를 제공해야 했다.

차원 이동의 확실성과 안전을 위해 수백 개의 마법진이 중첩되어 그려져야 했기 때문이다.

그럼에도 전능의 팔찌를 착용한 현수 이외엔 차원 이동이 불가능하다.

물론 임신을 했을 경우엔 태아까지 가능하지만 현수는 남자이다. 따라서 단 한 명만 차원 이동이 허락되는 것이다.

이는 이계에 혼란이 빚어질 것을 우려한 때문이기도 하지만 차원 이동 마법이 결코 쉬운 게 아니기 때문이기도 하다.

둘 이상을 차원 이동시킬 경우 자칫 육체가 융합되는 불상사가 생길 수 있다.

이것을 극복할 만한 마법은 아직 개발되지 않았다.

어쨌거나 현재 현수의 눈에 보이는 선들은 실제론 선이 아니다. 정교하게 새겨진 룬 문자들이 여러 행으로 줄지어 늘어서 있기에 그렇게 보이는 것이다.

이를 그려 넣기 위해 멀린은 4써클 블로우 업 인라지(Blow

~up Enlarge) 마법을 걸고 문자를 새겨 넣었다.

다른 마법사들의 인라지는 1대 10이 보통이다.

늘 이것을 시전하여 아주 숙달된 마법사의 경우에도 최고가 1대 50이다.

하나 멀린의 마법답게 4써클 마법이지만 기존 인라지와는 차원이 다른 1대 500까지 실현된다.

이런 상태로 해놓고 룬 문자로 이루어진 마법진들을 정교하게 새겨 넣은 것이다.

그렇지 않았다면 차원 이동을 위한 팔찌는 거의 승용차 크기 정도가 되었어야 할 것이다.

파란색 보석은 타임 딜레이 마법진 위에 자리 잡혀야 한다. 이것이 발현되면 시간의 흐름이 느려져 1대 180이 된다.

밖에서의 하루가 안에서는 6개월이다.

이 마법의 특징은 배리어 안에서만 작동된다는 것이다.

다시 말해 일정 공간이 마나로 완전히 격리되어야만 가능하다는 것이다.

남색 보석이 박힐 구멍 아래엔 6써클 앱솔루트 배리어(Absolute Barrier) 마법진이 그려져 있다.

글자 그대로 완전한 보호 장벽이 발현되는 마법진이다.

이것은 6써클 마법이지만 8써클 헬 파이어 마법으로도 손상시킬 수 없다.

물론 멀린의 탁월한 마나 배열 덕분이다.

이것은 본래 타임 딜레이나 패스트 타임 마법을 위해 고안 된 것이다. 그렇기에 다른 마법사들의 앱솔루트 배리어에 비해 보호하는 반경이 매우 크다.

전능의 팔찌를 기준으로 반경 7m까지 장벽이 펼쳐진다.

넓이로 환산하면 153.86㎡(46.5평)이다. 부피는 약 720㎥이다. 32평 아파트 2층 부피보다도 크다.

그럼에도 불구하고 다른 마법사들의 배리어보다도 훨씬 더 강력하다. 물론 멀린이 만든 것이라 그렇다.

이것의 단점은 마나를 많이 요구한다는 것이다.

보라색 보석은 타임 딜레이와는 반대되는 패스트 타임(Fast Time) 마법진이 발현되도록 하는 것이다.

이 마법이 발현되면 시간의 흐름이 빨라진다. 그 비율은 180대 1로 하루 동안 6개월이란 세월이 흐르게 하는 것이다.

이것 역시 마나로 경계된 안과 밖의 시간이 달리 흐르는 동안 시전자만은 시간의 영향을 받지 않는다.

물론 전능의 팔찌 덕이다.

일곱 개의 무지갯빛 보석들이 박히는 자리 다음엔 두 개의 검은색 보석이 박힌다.

이것들은 차원 이동 마법인 디멘션 트랜스퍼가 발현될 때 마나를 공급해 주는 역할을 한다.

어쨌거나 전능의 팔찌에 박힌 보석의 색깔들이 이처럼 다양한 이유는 모양 때문이 아니다. 각각이 발현시킬 마법과 가장 상성이 잘 맞는 것을 찾다 보니 그렇게 된 것이다.

이것들이 가진 마나가 마법진에 공급되는 순간 해당 마법이

구현된다. 그렇기에 평상시엔 접촉이 되어 있지 않다.

현수가 손으로 마나석을 누르거나 해당 마나석에 마나를 집중시키면 그때 마법이 발현된다.

현수는 마나를 한 군데 집중시키는 것이 아직 익숙지 않기에 현재로선 손을 대어야 마법이 시행될 것이다.

마지막으로 전능의 팔찌 안쪽에도 몇 개의 마법진이 그려져 있다. 팔찌의 주인을 보호하기 위함이다.

첫째는 컴플리트 힐(Complete Heal) 마법진이다.

멀린이 아더의 칼 엑스칼리버의 검집에 새겨준 것과 같다. 따라서 상처를 입으면 별다른 조치가 없어도 저절로 아물게 하는 효과가 나타난다.

단, 신체의 일부가 잘리는 경우는 예외이다.

다시 말해 컴플리트 힐 마법이 시전되더라도 잘라져 나간 부분이 없으면 붙일 수 없다.

목이 잘리는 경우는 그냥 죽는다.

둘째는 오토 워프(Auto Warp) 마법진이다.

팔찌의 주인이 위기를 당해 의식을 잃는 순간 바세론 산맥에 위치한 멀린의 레어로 되돌아오게 하는 기능이 있다.

만일 팔찌의 주인이 7써클 이상을 이루게 하면 귀착점 좌표를 수정함으로써 원하는 곳으로 장소를 변경할 수 있다.

셋째는 오토 리차지(Auto Recharge) 마법진이다.

전능의 팔찌에 있는 마나석들의 마나량이 줄어들면 저절로 충전하게 하는 기능이다.

넷째는 브레인 리프레쉬(Brain Refresh) 마법진이다.

팔찌 주인의 뇌 기능을 활성화시키는 기능이다.

다시 말해 똑똑하게 만드는 효과가 있다. 이는 팔찌의 주인이 마법을 빨리 익힐 수 있도록 하기 위해 배려된 것이다.

전능의 팔찌가 가진 다양한 기능들을 다시 한 번 정리하면 다음과 같다.

빨강:통역 마법(모든 언어 통역).

주황:투명 은신 마법(안 보이게 숨을 때 사용).

노랑:1써클에 열리는 아공간(속에 아공간 또 있음).

초록:차원 이동 마법(지구—카이엔 제국 이동 가능).

파랑:타임 딜레이 마법(시간을 느리게).

남색:앱솔루트 배리어 마법(완전한 보호 장벽).

보라:패스트 타임 마법(시간을 빠르게).

검정1:차원 이동 시 마나 공급.

검정2:차원 이동 시 마나 공급.

컴플리트 힐(Complete Heal):상처 자동 치료.

오토 워프(Auto Warp):기절하면 이동.

오토 리차지(Auto Recharge):마나석 자동 충전.

브레인 리프레쉬(Brain Refresh):현수의 두뇌를 똑똑하게.

현수는 1써클이 된 후 가장 먼저 아공간을 열어보았다. 대체 무엇이 들었을지 진짜 궁금했던 것이다.

우선 가르쳐 준 대로 음식을 생각하고 손을 넣어보았다. 문득 배고픔을 느낀 때문이다.

멀린의 말대로 무언가가 집힌다. 꺼내보니 어떤 짐승의 고기를 꼬챙이에 꿰어 익힌 것이다.

"우와! 이건… 오리지널 바비큐? 후와, 맛있겠다! 킁킁! 킁킁! 으윽! 근데 냄새가 왜 이래?"

무의식적으로 냄새를 맡아보았는데 웅취(雄臭)가 난다.

웅취란 고환이라고도 하는 불알이 있는 수컷의 고기에서 나는 냄새이다. 현대인들이 먹기엔 역한 냄새이다.

그래서 수소나 수퇘지는 어릴 때 거세를 한다.

가늘지만 탄력이 좋은 고무줄로 불알의 상부를 조여 놓는다. 그러면 혈관을 통한 산소와 영양분의 공급이 중단되어 결국엔 시커멓게 변했다가 떨어져 나가게 된다.

이렇게 되면 생식 능력을 잃는다.

이런 조치를 취해 사육한 수소나 수퇘지의 고기는 웅취의 대부분이 사라진다. 그럼에도 수컷 특유의 냄새가 남아 있어서 사람들은 후춧가루나 녹차 가루 같은 걸 사용한다.

또는 각종 양념으로 이 냄새를 가리는 조리법을 쓴다.

CHAPTER 05
전능의 팔짜

현수는 21세기 한국인이다.

따라서 이런 것에 익숙해져 있는 상태이다. 그런데 향신료 없는 옛날 방식으로 익힌 고기의 냄새를 맡은 것이다.

그러니 순간적으로 역한 기분이 들어 얼른 코를 떼었다.

처음 보았을 때 먹음직스러워 느꼈던 배고픔은 어느샌가 사라져 버렸다. 토하지 않은 게 다행이다.

"어휴! 저런 걸 어떻게 먹지? 카이엔 제국이라는 데로 가 음식이 전부 저렇다면 문제인데……. 할 수 없군. 돈이 좀 들어도 후추나 녹차 가루 같은 것들을 종류별로 구해놓아야겠어."

나직이 중얼거린 현수는 이번엔 금화를 떠올리며 손을 넣었다. 무언가 딱딱한 것 한 무더기가 잡힌다.

"이건… 진짜 금일까?"

현수가 꺼낸 것은 직경 6㎝, 두께 0.4㎝ 정도 되는 묵직한 주화이다. 이것의 부피는 11.34㎤이다.

그런데 금의 비중은 0.0518㎤/g이다. 따라서 이 조그만 것의 무게가 무려 218.22g이다.

이러니 묵직한 기분이 든 것이다.

현재 3.75g당 약 20만 원 정도 하니 한 개의 가치가 약 1,160만 원이나 된다.

현수는 현재 1군 건설사의 대졸 신입사원이다.

업무 특성상 늘 밖으로 나돌아 다녀야 하지만 내근 직으로 분류되어 있다.

하여 현장 직에 비해 약간 적은 연봉 4,000만 원이다.

일 년에 400% 보너스가 나오는 월급쟁이로 환산해 보면 월급이 250만 원 정도 되는 셈이다.

어쨌거나 현수는 아침 7시쯤 출근길에 나서서 밤 10시는 되어야 퇴근한다.

그나마 요즘 조금 상황이 좋아져 주말마다 쉬지만 9월 중순 이후부터는 주말이란 게 없을 것이다.

월화수목금금금, 그리고 또 월화수목금금금이 계속될 것이다. 그러다 진짜 어쩌다 하루 쉬게 되는 날이 올 것이다.

고참들은 연말까지 한 달에 하루 쉬면 성공이라고 했다. 누군가의 표현대로 그야말로 개처럼 일하는 것이다.

그런데 그렇게 해서 1년 동안 버는 돈이 손에 들린 것과 같은 금화 네 개의 가치보다도 적다.

아무튼 조금 전 아공간에 손에 넣었을 때 이런 금화가 적어도 100개는 있는 것 같았다.

그걸 다 팔면 11억 6천 정도 될 것이다.

현재의 급여라면 29년 동안 한 푼도 안 쓰고 저축해야 모을 수 있는 엄청난 거금이다.

"아! 이거 꿈이 아니었으면 좋겠는데……."

현수는 자신이 꿈꾸고 있는 것으로 자각하고 있다. 그렇기에 안타까운 탄식을 토했다.

"하긴… 꿈이니까 이런 게 내 손에 잡히지, 현실 같으면 이런 걸 구경이나 하겠어?"

현수는 자조적인 심정으로 금화를 뒤집어가며 이리저리 살폈다.

카이엔 제국의 상징인 듯한 나무 잎사귀 사이로 한 자루 장검과 마법사의 스태프가 교차하는 모습이 새겨져 있다.

"근데 이거 진짜 금일까? 이익!"

이빨 사이에 끼고 씹어보았다.

"헉……! 진짜잖아?"

금화엔 뚜렷한 이빨 자국이 났다. 진짜 순금으로 만든 것인 듯하다.

"제길, 꿈이 아니라면 이걸 팔면 좋을 텐데. 두 개만 가져가도 일 년은 충분히 먹고살 수 있으니."

나직이 투덜거린 현수는 다시 아공간에 손을 넣었다. 이번엔 은화를 떠올린 것이다.

"크기는 비슷하네."

새로 주조한 듯 깨끗해 보이는 은화 역시 금화와 크기가 비슷했다. 하지만 무게는 금화에 비해 현저히 가벼웠다.

그도 그럴 것이, 금은 비중이 0.0518㎤/g이지만 은(銀)은 0.0952㎤/g이다. 따라서 부피는 같지만 무게는 절반에 가까운 118g쯤 된다.

"가만, 은도 요즘 값이 엄청 올랐다고 하던데, 이걸 팔면 얼마나 받을까?"

시세대로 하면 은화 하나당 가격은 18만 원쯤 된다.

"근데 이건 몇 개나 들었지?"

아공간에 손을 넣어 대충 헤아려 본 현수는 환한 웃음을 지었다.

은화는 1,000개 정도 있다. 그렇다면 1억 8천만 원 정도의 가치가 있다는 것을 깨달은 때문이다.

그러다 문득 꿈이라는 것이 또 떠올랐다.

"제기랄! 이건 그림의 떡, 아니, 꿈속의 보물이군. 그나저나 전능의 팔찌에 끼울 보석함이 있다고 했지?"

손을 넣으며 이번엔 길쭉한 보석함을 떠올렸다.

곧 부드러운 벨벳 같은 천으로 싸인 것이 손에 잡힌다.

"우와아! 이건 뭐… 예술이군!"

뚜껑을 연 현수는 감탄사를 먼저 토했다.

영롱하게 빛나는 여러 색깔 보석이 눈에 뜨인 때문이다.

아홉 개의 구멍이 있는데 빨주노초파남보, 검정, 검정으로 채워 넣게 되어 있다.

현재는 맨 위의 것과 맨 아래만 비어 있다.

"주황과 노랑은 잘 모르겠는데 이건 사파이어고, 이건 에메랄드인 건가?"

초록과 파란 보석을 부드럽게 만져보며 중얼거렸다.

물론 색깔은 그것들과 비슷하다. 하나 이것들은 단순한 보석이 아니다.

최상급 가운데에서도 특급에 해당되는 마나석을 솜씨 좋은 드워프 장인들이 온 정성을 다해 깎아내고 연마하여 만들어낸 것이다.

"일단 이걸 끼우라고 했지?"

현수는 조심스런 손길로 보석들을 꺼내 전능의 팔찌에 끼웠다. 접착제도 없건만 가까이 대는 것만으로도 알아서 제자리를 찾아갔다.

혹시 빠질까 싶어 뽑아내려 하였으나 꼼짝도 하지 않는다.

"우와! 이건 진짜 멋있네! 예술이다, 예술이야!"

각종 보석이 박혀 영롱한 빛을 내고 있는데 그 사이사이에 새겨진 문양에 빛이 스며들자 환상적인 모습을 드러냈다.

현수는 연신 감탄사를 터뜨리며 전능의 팔찌를 쓰다듬고 또 쓰다듬었다.

이때 멀린의 음성이 들린다.

"아공간을 열어 전능의 팔찌를 완성시켰군. 1써클을 이룬 걸 경하하네. 그간 애 썼네. 하지만 지금부터는 더 열심히 마법을 연마해야 하네. 그리하여 속히 5써클에 이르게. 그래야 자네가 나를 도울 수 있으니."

"네, 알겠습니다. 최선을 다해보지요. 근데 어디에 계십니까? 목소리는 들리는데 이젠 모습이 뵈질 않습니다. 혹시 투명은신 마법을 쓰셨습니까?"

"아니네. 이건 채널 어브 디멘션이란 마법으로 차원 간 통신이 가능하게 해주는 마법이네."

"아! 그렇군요. 대단하십니다. 차원 간의 통신을 실현시키시다니……."

"자네도 9써클 마스터에 이르면 가능하네."

"어휴! 제가 언제 그렇게 되겠습니까?"

"뭐든 열심히 하면 언젠가는 되지. 안 그런가?"

"네, 알겠습니다."

"그나저나 앞으론 하루 종일 오로지 마법에만 매달려야 하는데 가능한가?"

"매일 밤 꿈에서 연마하는 것만으로는 부족한가요?"

"꿈……? 자넨 나와의 대화가 단순한 꿈이라 생각하나?"

"제가 멀린 대마법사님을 만나는 거 자체가 꿈 아닙니까?"

멀린은 현수의 말을 곡해했다. 자신으로부터 가르침을 얻는 일이 꿈같은 것이라 여긴다 생각한 것이다.

그래서 별말 없이 대화를 이어갔다.

"물론이네. 그러니 하루 종일 연마할 수 있도록 하게나."

"그럼 직장을 그만둬야 하는데요?"

현수는 꿈이기에 가볍게 생각하고 대답했다.

"자네의 성취가 늦으면 늦을수록 아드리안 공국 백성들의 목숨이 사라지게 되네. 기왕 도운다고 하였으니 최선을 다해 줬으면 좋겠네."

"으음! 알겠습니다. 그렇게 하죠."

대답은 이렇게 했지만 현수는 다른 생각을 했다.

'꿈인데 뭔들 못하겠어? 해달라는데 까짓것 해주지.'

하나 멀린 입장에선 아니다. 고맙기 이를 데 없는 대답이다. 하여 감격에 찬 음성을 냈다.

"아아! 고맙고 또 고맙네. 나중에 꼭 보답을 하겠네. 어쨌든 먼저 안전하게 지낼 곳을 찾아보게."

"안전하게 지낼 곳이요?"

"그래. 어느 누구의 방해도 받지 않는 곳. 그곳에 결계를 치고 타임 딜레이 마법을 실현시키게. 그곳에서 마법을 수련하면 되네."

"저어… 말씀 중에 죄송한데, 타임 딜레이 마법은 제가 5써클에 이르러야 가능한 거 아닌가요?"

"그렇다네. 그건 5써클 마법이지. 하나 내가 누군가? 전능의 팔찌만 있으면 1써클의 마나량이라도 그걸 발현시킬 수 있도록 해놓았다네."

"그럼 트랜스퍼 디멘션 마법은 왜 5써클에 해당하는 마나량이 있어야 하는 건가요?"

"타임 딜레이는 5써클 마법이지만 트랜스퍼 디멘션은 9써클 마법이네. 그래서 그렇지."

"아! 그렇군요. 그럼 전능의 팔찌에 있는 것 가운데 차원 이동 마법과 아공간 속의 아공간을 제외하곤 1써클만 이뤄도 사용할 수 있는 거네요."

"그렇다네. 자아, 이게 궁금증이 덜해졌으면 얼른 안전한 장소를 물색해 주게. 모든 것이 준비된 후에 팔찌에 마나를 넣으면 내가 나타날 것이네."

"근데 음색이 조금 피곤한 듯합니다. 어디 편찮으세요?"

"으음! 조금 그렇다네. 마나의 사용량이 너무 많은 듯하네. 자, 그럼 이만 통신을 끊네."

말을 마친 멀린은 먼저 통신을 끊었다.

*　　　*　　　*

후손으로부터 구조 요청을 받은 직후 멀린은 곰곰이 생각해 보았다, 자신이 도울 방법을.

후손들이 애써 이룩한 아드리안 공국이 무너지는 걸 보고 싶지는 않았다. 하여 어떤 방법이든 쓸 생각이었다.

그래서 만든 것이 전능의 팔찌이다.

이것을 만드느라 심혈을 기울였다. 그리곤 레어 안의 거의 모든 물건을 아공간에 넣어 보냈다.

이제 얼마 후면 마나의 품에 안겨야 할 것이다. 그런데 그깟 물품들이 무슨 소용이 있겠는가!

멀린은 공국을 위기로부터 구해줄 은인에게 모든 것을 주기로 마음먹었다. 하여 자신의 거의 모든 것을 담아 보낸 것이다.

처음 이것을 보낼 때 까마득한 옛 기억을 더듬어야 했다.

아더와 원탁의 기사들이 회합을 하던 카멜롯(Camelot) 성의 회합실로 전능의 팔찌를 보내려 한 것이다.

멀린은 한때 어깨를 나란히 했던 아더(Arthur)를 비롯하여 란슬롯(Lancelot), 갤러해드(Galahad), 퍼시발(Percival), 보어(Bors), 펠리노어(Pellinor), 거웨인(Gawain), 케이(Kay), 베디베어(Bedivere), 가레스(Gareth), 가헤리스(Gaheris), 모드레드(Mordred)를 떠올렸다.

그 이름도 찬란한 원탁의 기사들이다.

세월이 오래 흘렀지만 그들의 후손 가운데 하나가 왕국을 이끌고 있을 것이다. 그들이라면 말하기가 쉬울 것이다.

그런데 너무 오래되었는지 카멜롯 성의 좌표가 가물가물했다. 지구를 떠난 뒤 단 한 번도 되돌아가지 않았던 것이다.

그럼에도 기억을 쥐어짜 결국엔 좌표를 생각해 냈다.

괜히 대마법사 아닌 것이다.

그런데 12자리 숫자 네 쌍으로 되어 있는 좌표의 숫자 가운데 하나가 틀렸다.

덕분에 전능의 팔찌가 현수의 손에 떨어진 것이다.

어쨌거나 멀린은 일련의 과정에서 상당히 많은 마나를 소모하였다. 하여 수명을 상당히 깎아먹었다.

덕분에 급격한 노화 현상을 겪는 중이다.

처음 전능의 팔찌를 만들기 시작했을 땐 속은 늙었지만 적어도 겉은 20대였다.

팔찌가 완성되었을 땐 60대의 외모로 보였다. 이후 팔찌를 지구로 보내 현수를 처음 만났을 땐 80대가 되었다.

오늘 차원 간 통신을 마친 멀린은 90세를 넘어 100세에 가까운 호호백발이 되어버렸다.

이제 더 이상 현수 앞에 모습을 드러내는 미러 이미지(Mirrior Image)라는 환상 마법은 쓸 수 없다.

마나 소모가 극심하기 때문이다.

어쨌거나 멀린은 자신의 수명이 깎여 세상과 일찍 하직하는 한이 있더라도 아드리안 공국을 구하고 싶다.

그래서 다급한 마음으로 도움을 청했는데 현수가 제대로 받아들였는지 여부를 확인할 수 없다.

그래도 어떻게 하겠는가?

답답하지만 최선을 다해주리라 믿는 수밖에.

마음 같아선 확인하고 싶지만 그러려면 얼마 남지도 않는 마나를 소진해야 한다.

게다가 곧 깨달을 것인데 그걸 설명하느라 귀한 마나를 소모시키고 싶지 않다.

남은 마나는 더 귀한 일을 하는 데 쓰여야 한다. 그래서 용건만 간단히 하고 통신을 끊은 것이다.

다음날, 곤한 잠에서 깨어난 현수는 기지개를 켰다. 그러다 문득 떠오르는 상념이 있어 웃음 지었다.

꿈이지만 지구상에 단 하나뿐인 1써클 마법사가 되었었다는 것이 즐거웠던 것이다.

"우하하하! 마나여, 화살이 되어 나의 적을 무찔러라! 파이어 애로우(Fire Arrow)!"

1써클을 이룬 후 딱 하나 배운 마법이다.

슈우우욱!

콰아앙!

"헉! 이, 이런……!"

손끝을 통해 무언가가 빠져나간다는 느낌이 듦과 동시에 화염으로 만들어진 화살이 쏜살처럼 쏘아져 갔다.

그것은 콘크리트 벽과 충돌하였다. 그런데 하필이면 커튼 옆이다. 화살이 뭉개지면서 불이 붙었다.

현수는 화들짝 놀랐다.

하나 놀라고만 있을 수는 없다. 대형 화재로 번질 수 있기 때문이다. 하여 얼른 컵에 담겨 있던 물을 끼얹어 불을 껐다.

다행히 초기였기에 불은 금방 꺼졌다.

현수는 놀란 가슴에 털썩 주저앉았다.

"헐! 내, 내가… 진짜 마법사가 된 거야? 말도 안 돼! 꿈이었는데… 헐! 이걸 뭐로 설명하지?"

막 무언인가를 생각하려 할 때이다.

쾅쾅! 쾅쾅!

"손님! 손님!"

요란하게 문 두드리는 소리가 난다.

"네에, 나갑니다."

팬티 바람이던 현수는 헐레벌떡 옷을 입었다. 그리곤 서둘러 객실의 문을 열었다.

"손님, 무슨 일입니까?"

"네?"

"방금 전의 굉음……. 그거 뭡니까?"

현수는 시치미를 떼기로 마음먹었다. 파이어 애로우를 무슨 수로 설명한단 말인가?

마법사라는 것을 밝히면 되겠지만 그럼 분명 문제가 된다. 방송국에서 취재하러 오겠다고 법석을 떨 것이다.

그걸로 끝나면 좋다.

유명세를 타게 될 것이고, 돈도 조금 벌 것이기 때문이다.

문제는 국가 기관의 개입이다. 마법을 연구하겠다고 달려들거나 요원이 되라는 협박을 가할 수도 있다.

어쩌면 암살 대상이 될 수도 있다.

그걸 평범한 현수가 어찌 감당할 수 있겠는가!

하여 모르는 척하였다.

"아, 조금 전의 그 굉음이요? 저도 듣긴 들었는데… 글쎄요? 그거 다른 데서 난 거 아닙니까?"

"아닙니다. 분명 손님의 객실에서 난 소리입니다."

"네에? 그걸 어떻게 확신하죠?"

"지금 현재 이 모텔엔 손님방에만 사람이 있으니까요. 게다가 손님의 방은 제 사무실 바로 옆입니다."

"아! 그런가요? 근데 제 일행도 있잖아요."

"그 여자 분이요? 그분은 산책한다고 아까 나가셨거든요."

"아……!"

"손님, 죄송하지만 객실 좀 살펴봐야겠습니다."

"네? 그, 그건……."

"미안합니다."

종업원은 현수가 대답하기도 전에 그를 밀치고 안으로 들어섰다. 그리곤 날카로운 시선으로 객실 전체를 훑어보았다.

가끔 객실에 들어서는 못된 짓을 하는 손님들이 있다.

시트를 찢어놓거나 가구를 망가뜨리기도 한다. 며칠 전엔 소형 냉장고의 문짝을 떼어놓아 새로 장만해야 했다.

유리창마다 침을 뱉어놓는 미친놈도 있다.

진짜 웃긴 놈은 화재 시 비상 탈출을 위해 준비해 놓은 완강기를 타고 사라진 놈이다.

숙박비는 선불로 냈다.

그렇기에 당당하게 로비로 나가도 되는데 왜 위험을 무릅쓰고 창 밖의 완강기를 타고 내려갔는지 도대체 알 수 없는 노릇이다. 진짜 이상한 놈이다.

어쨌거나 그럴 때마다 세상엔 정말 별의별 놈이 다 있다는 생각을 하곤 했다.

이번 손님도 그렇다.

어젯밤 늦게 눈에 번쩍 뜨이는 예쁜 여자와 둘이 당도하였다. 피곤한 일상에 찌들어 있던 종업원은 게슴츠레하게 눈을 뜨고 있었다. 그런데 강연희 대리를 보는 순간 개안한 심 봉사처럼 아무런 말도 안 하고 눈만 깜박였다.

처음엔 영화배우나 탤런트인 줄 알았다. 그런데 아무리 기억을 더듬어도 아니었다.

어쨌거나 현수를 보고 어떻게 저렇게 예쁜 여자랑 엮일 수 있었는지 참 재주도 좋은 놈이란 생각을 했다.

그런데 각자 방을 달라고 한다. 그래서 그렇게 했다.

가끔 이런 손님이 없는 것은 아니다. 모르긴 몰라도 멋쩍거나 체면치레로 그런 것일 것이다.

그래서 아침에 보면 둘이 같은 방에서 나오곤 했다.

이번에도 그럴 것이라 생각하면서 밤새 엄청 부러워했다.

그런데 그러지도 않았다. 각자 자기 방에서 잤다. 언제 방을 옮기나 싶어 관심을 갖고 있었기에 아는 일이다.

아무튼 아침에도 보았지만 여자는 너무나 예쁘다.

그래서 현수가 허우대는 멀쩡한데 고자가 아닌가 하는 생각을 했었다.

'못 먹어도 Go!' 라는 말이 있질 않던가!

종업원은 자신이 현수의 입장이었다면 밤새 무슨 꾀를 내서라도 같은 방에 머물도록 했을 것이라 생각했다.

그런데 그러지 않아 오해한 것이다.

아무튼 벽지의 일부분이 조금 얼룩져 보인다. 무엇으로 그랬는지는 잘 모르겠다.

객실의 집기는 원래 그 자리에 그대로 있고, 눈에 뜨이는 특이한 물건도 없다.

게다가 크게 트집 잡을 정도는 아니다. 그래서 벽의 얼룩은 그냥 넘어갔다.

그런데 약간 그슬린 듯한 커튼이 눈에 뜨인다. 물이 뚝뚝 떨어지지 않았다면 찾지 못했을 이상이다.

"손님, 혹시 불장난하셨습니까?"

"네에? 불장난이라니요?"

"아니긴요. 그럼 저 커튼에서 왜 물이 떨어집니까?"

"아! 그, 그건 제가 물을 마시려고 하다 헛디뎌서… 미안합니다. 적시려고 한 거 진짜 아닙니다."

현수는 얼른 비어버린 물 잔을 들어 보였다.

그런데 종업원은 예리한 시선으로 재떨이를 살핀다. 담배를 피우는지 여부를 확인하려는 것이다.

그런데 깨끗하다. 그렇다면 라이터는 없을 것이다.

'대체 뭐로 이런 거지? 분명 불에 붙었던 냄새가 나는데.'

종업원은 또다시 둘러보았다. 성냥이나 라이터를 찾는 것이다. 하나 보이지 않는다. 하여 고개를 갸웃거렸다.

"저어, 손님, 진짜 물만 엎지르신 겁니까?"

"네에, 죄송합니다. 세탁비를 드려야 하나요?"

"그건 아닙니다. 마르기만 하면 되니까요."

종업원의 말에 현수는 안도했다는 표정을 지었다.

이때 강연희 대리가 들어선다. 객실의 문이 열려 있고 안에서 말하는 소리가 나기에 들어온 모양이다.

"어머! 김현수 씨, 왜 그래요? 무슨 일 있어요?"

"아……! 산책 다녀왔어요?"

"네, 공기도 맑고 아주 좋네요. 근데 무슨 일이에요?"

"무슨 소리가 났다고 해서요."

"그래요? 무슨 소리죠?"

"몰라요. 저도 듣기는 했는데 그냥 '쿵' 하는 소리였어요. 그나저나 확인은 다 되신 건가요?"

"네, 불편을 끼쳐 드려 죄송합니다. 그럼 편히 쉬십시오."

종업원은 별말 없이 나갔다. 하나 나가면서도 고개를 갸웃거렸다. 뭔가 이상했기 때문이다.

'휴우! 진짜 다행이군.'

현수는 안도의 한숨을 쉬었다.

"김현수 씨, 어서 준비해요. 오다 보니까 저기 괜찮은 식당이 하나 보였어요. 가서 아침 먹어요. 어제 운전하느라 애쓰셨으니 아침은 제가 쏠게요."

"네, 알겠습니다."

강 대리가 나간 후에도 현수는 한참 동안 멍한 표정으로 앉아 있었다. 자신의 손으로 마법을 발현시켰다는 사실을 믿을 수 없었기 때문이다.

그렇다고 시험해 볼 수는 없다. 문제가 될 수 있음을 깨달았기 때문이다.

둘은 아침 식사를 하곤 산행을 했다. 땀은 나고 다리도 묵직해지는 느낌이지만 즐겁기만 한 시간이었다. 이런저런 이야기를 하면서 걷는 것이 피로를 풀어준 모양이다.

아무튼 강 대리와 현수는 2박 3일에 걸친 산행을 마치고 귀경했다. 그러는 동안 현수는 골똘히 생각에 잠기곤 했다.

그때마다 강 대리는 어디가 아프냐, 아니면 무슨 골치 아픈 일이 발생되었느냐며 물었다.

만일 회사 일 때문에 그런 거라면 업무지원팀은 그럴 때 필요한 부서라면서 도와줄 테니 걱정하지 말라고 했다.

물론 고맙다는 대답을 했다.

하나 서울로 돌아오는 내내 현수는 말이 없었다.

그도 그럴 것이, 멀린과의 만남이 사실이고, 자신이 진짜 5써클 마법사가 되어야 한다는 생각 때문이다.

자신의 성취가 늦어지면 늦어질수록 아드리안 공국 백성들이 죽어갈 것이라던 말이 귀에 쟁쟁하다.

하여 혹시나 하는 마음에 몰래 전능의 팔찌에 마나를 불어넣어 보았다. 팔찌가 보인다.

그 순간 전신에 소름이 돋았다. 모든 것이 진짜라는 것을 새삼 실감한 때문이다.

이번엔 아공간을 열고 손을 넣어 금화 한 개를 꺼내보았다. 물론 강 대리가 창 밖으로 시선을 돌리고 있을 때이다.

그랬더니 금화가 꺼내진다.

현재 아공간엔 금화 100개와 은화 1,000개가 있다.

이걸 팔면 먹고사는 덴 아무 지장도 없다. 따라서 멀린의 말대로 회사를 그만두어야 하는 건가 하는 생각을 했다.

하나 그러지 않기로 했다.

일단 휴직을 신청해 보기로 마음먹었다.

아드리안 공국의 어려움이 해소되어 돌아왔을 때 몸담을 곳이 없으면 허전할 것만 같았기 때문이다.

그러다 문득 어느 누구의 간섭도 없는 완전무결한 장소가 필요하다는 걸 떠올렸다.

숙박 시설은 당연히 안 된다. 자신의 원룸도 떠올려 보았으나 그것 역시 안 될 노릇이다.

앱솔루트 배리어를 실현시키면 옆집은 물론이고 윗집까지 그 효력이 미치기 때문이다.

게다가 수시로 사람들이 드나든다.

부모님도 가끔 찾아오시지만 친구 녀석들의 무작정 방문이 심심치 않다. 그러니 수련을 위한 장소로는 젬병이다.

결국 인적이 드문 산밖에 없는데 마땅한 곳이 없다. 그렇기에 이런 생각 저런 생각을 하느라 말이 없어진 것이다.

반면 강 대리는 부쩍 말이 많아졌다.

계속해서 말을 시켰는데, 그때마다 저도 모르게 건성으로 대답했다. 그러자 토라졌는지 한동안 침묵을 지켰다.

하나 그것도 그리 길지는 않았다.

생각에 방해를 받지 않기 위해 라디오를 꺼놓은 상태이다.

하여 바람 가르는 소리 외에는 아무것도 없는 질식할 것만 같은 침묵을 참을 수 없었던 것이다.

또다시 재잘거리는 산새처럼 이런 이야기, 저런 이야기를 풀어놓는다. 하여 어느 순간 현수는 하던 생각을 접었다.

상대에 대한 예의가 아니기 때문이다.

그때 강 대리가 또 입을 연다.

"김현수 씨는 언제까지 회사에 다닐 거예요? 10년? 20년? 최소한 이사까지는 해보실 거죠?"

"네? 아, 네에! 할 수만 있다면 그래야죠."

"호호, 김현수 씨는 너무 믿음직스러워요. 이렇게 주말마다 산행을 다니면서 살았으면 좋겠어요. 그죠?"

"10년, 20년 동안이나요?"

"어머, 그럼 안 돼요?"

"안 될 거야 없지만, 결혼 안 하실 거예요?"

강연희 대리는 새침을 떨며 대답한다.

"네, 전 시집을 안 갈 생각이에요."

"왜요? 왜 결혼을 안 하려고 해요? 강 대리님 같은 사람이 시집을 안 가면 안 되는 거 아닙니까?"

"어머, 저 같은 사람이라니요?"

눈을 동그랗게 뜨며 반문한다.

그런데, 세상에나 맙소사!

어떻게 이렇게 귀엽고 예쁘고 깜찍하고 청순하고 요염하며 섹시할 수 있단 말인가!

현수는 저도 모르게 침을 꿀꺽 삼키고는 입을 열었다.

"강 대리님은 예쁘시잖아요. 키도 크고 배울 만큼 배웠고… 게다가 직장도 안정되어 있구요."

이건 생각해서 하는 말이 아니다. 뇌에서 즉흥적으로 떠오르는 상념을 입술이 제멋대로 정리해서 내놓는 것이다.

"호호, 그래요? 근데 그거뿐이에요?"

현수는 연희의 말을 아부해 달라는 뜻으로 알아들었다.

"거기에다 착하고 똑똑하기까지 하잖아요. 그리고 이건 진짜 말 안 하려고 했는데 강 대리님은 정말 섹시해요."

"어머, 제가요? 정말, 정말 그렇게 생각하세요? 에이, 설마요. 전 섹시하곤 담쌓은 사람이에요."

말로는 부정하고 있지만 연희는 확인 사살까지 하고 싶은 모양이다.

"아닙니다. 진짜 강 대리님은 진짜 괜찮은… 아니, 최고의 신붓감이에요."

"호호, 아마 김현수 씨만 그렇게 생각하는 걸 거예요. 너무 착해서 저한테 후한 점수를 주셨네요. 전 제가 그닥 예쁘지도 않고 똑똑하지도 못하다는 걸 잘 알거든요."

"아닙니다. 강 대리님은 진짜 예뻐요. 어떤 땐 눈이 부시죠. 게다가 업무 처리 능력까지 대단하시잖아요."

"호호! 아무튼 고마워요. 절 그렇게 높이 평가해 줘서."

"헐! 진짜인데. 솔직히 말해 강 대리님 같은 여자, 아주 드물어요. 제가 본 여자 중엔 가장 예쁘다구요."

"어머, 진짜요?"

"이런 말 어떻게 생각하실지 모르지만 강 대리님은 몸매도 너무 예뻐요. 게다가 학벌도 좋으시잖아요."

"……!"

강 대리는 대답 대신 가볍게 고개만 숙였다. 여전히 자신에 대한 찬사를 더 듣고 싶은 앙큼한 마음 때문일 것이다.

"저야 자격이 없으니까 그렇지, 솔직히 저도 남들처럼 좋은 환경에 괜찮은 학력을 가졌다면 아마 강 대리님에게 목숨 걸고 대시했을지도 몰라요."

"정말요?"

강연희 대리는 눈빛을 반짝이고 있었다. 마지막 찬사가 마음에 든다는 뜻일 것이다.

"네, 사나이의 마음을 걸고 맹세할 수 있습니다."

"고마워요. 그리고 김현수 씨도 꽤 좋은 사람이에요. 착하고 마음이 따뜻한 사람이잖아요. 업무 능력도 뛰어나구요. 제가 보기엔 누구보다도 장래성이 있어요. 성실하잖아요."

"원 별말씀을……. 그래도 고맙습니다."

대놓고 상찬을 하는데 현수는 낯이 붉어졌다. 하여 감사의 뜻을 전하고는 한참 동안 아무런 말도 못했다.

조금 전에 했던 말은 무의식에 가까운 상태에서 한 말이다. 다시 말해 감춰두고 싶었던 본심이다.

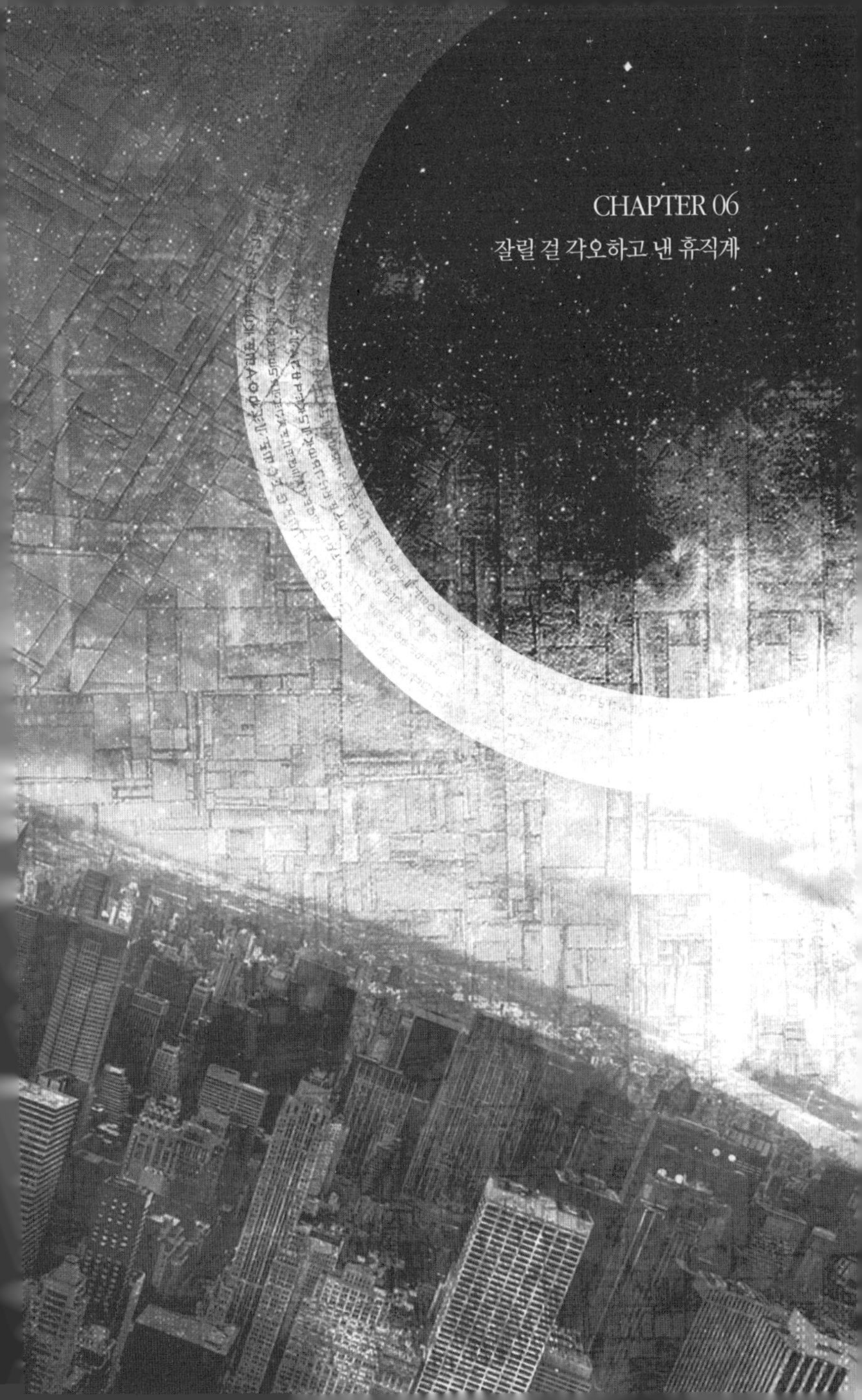

CHAPTER 06

잘릴 걸 각오하고 낸 휴직계

실제로 현수는 연희에게 강렬한 호감을 갖고 있다.

웬만한 탤런트는 명함도 못 내밀 미모의 소유자이다.

게다가 이름만 대면 누구나 알 수 있는 대학을 졸업했으니 똑똑할 것이다. 그 대학은 전교 석차가 최상위권에 가까워야 갈 수 있는 대학이기 때문이다.

게다가 몸매 역시 모델 뺨칠 정도이다. 들어갈 곳은 확실히 들어갔고, 나올 곳은 적당히 나온 1등급 환상 몸매이다.

살이 찐 것도 아니고 너무 마른 것도 아닌, 지극히 정상적인 모습에 찰랑거리는 긴 생머리가 너무도 잘 어울린다.

사내라면 누구나 군침을 흘릴 그런 여자이다.

그러니 호감을 갖지 않으면 오히려 이상할 것이다.

사실 현수네 회사 총각 사원 전부는 물론이고 기혼 사원들도 강 대리라면 껌벅 죽는다. 그래서 강 대리가 무슨 부탁이든 하면 무조건 들어줄 것이다.

그렇기에 연희와 있을 때면 정신을 바싹 차린다. 실수하여 나쁜 면을 보이고 싶지 않기 때문이다.

그런데 잠시 정신줄을 놓았다. 그리곤 저도 모르게 속내를 드러냈다. 혹시 부담스러워할까 싶은 마음이 든다.

하여 말없이 한숨을 쉬고 입을 닫은 것이다. 똑같은 실수를 반복하고 싶지 않기 때문이다.

그러거나 말거나 연희는 창 밖 풍광에 시선을 주고 있다.

뭔가 이상한 것이 보이거나 괜찮은 것이 있으면 어린아이처럼 재잘거릴 뿐이다.

참 듣기 좋은 목소리라는 생각이 든다.

'휴우, 내가 강 대리를 진짜 좋아하긴 하는 모양이야. 아서라. 오르지 못할 나무다. 꿈 깨자. 뱁새가 황새를 쫓으려다간 가랑이가 찢어진다. 정신 차리자, 김현수!'

현수는 회사 내 총각 사원들이 어떤 스펙을 쌓았는지 잘 알고 있다.

거의가 명문대 출신들이다. 심지어 하버드나 프린스턴, 예일 같은 아이비리그 출신도 많다.

그것도 부족한지 온갖 자격증을 보유하고 있다.

회계사 자격증을 가진 이는 널렸다. 사법고시나 행정고시, 또는 외무고시까지 패스한 직원도 있다.

들리는 소문엔 다들 집안이 빵빵하다고 한다.

대학 교수가 부모인 사람은 흔하다. 의사, 판사, 검사, 변호사를 부모로 둔 직원도 많다.

국회의원이나 장관의 아들도 있고, 대통령 조카도 있다고 한다. 이들의 공통점은 일류 대학 출신이고 부유하다는 것이다.

반면 현수는 삼류 대학 출신이다.

게다가 단 하나의 자격증도 없다. 그리고 현수는 아버지도 가난하고 본인도 가난하다.

경쟁자들과 비교하면 현수는 딱 두 글자로 요약된다.

초라!

초라란 호졸근하고 궁상스럽거나 보잘것없고 변변하지 못함을 이르는 말이다.

그러니 강연희 대리에 대한 호감이 있어도 감히 접근하여 그녀의 마음을 얻어보려는 시도조차 하지 않았다.

많은 잘난 놈들이 내놓고 대시하곤 했다. 물론 박진영 대리는 모른다.

그들 가운데에는 현수가 보기에도 상당히 괜찮은 녀석들도 많이 포함되어 있다.

그런데도 강 대리의 환심을 얻지 못한 모양이다.

이런 상황에서 현수가 대시하면 거절당할 것이 뻔하다.

그런데 뭣 하러 자존심 상하고 꼴만 우스워지는 괜한 짓을 자초하겠는가!

강 대리가 산행을 제의했을 때 현수는 자신의 역할을 충분히 인지했다. 보디가드 내지는 산행에 편리함을 제공하는 방자 같은 역할이 그것이다.

하인 비슷함에도 기꺼이 이런 역할을 맡은 것은 그렇게 해서라도 같이 있는 것이 좋았기 때문이다.

하여 내내 예의를 갖추었다. 일정한 거리를 두려는 의도이다. 또한 방자 역할을 계속해서 맡고 싶기 때문이다.

자신이 아니더라도 강 대리가 부탁하면 천지건설(주)의 거의 모든 직원이 기꺼이 방자 내지는 향단이가 될 것이다.

비록 비루한 역할이긴 하지만 그렇게 하다 보면 강 대리의 마음을 얻을 수 있을 확률이 아주 조금은 있기 때문일 것이다.

아무튼 이렇게 하여 2박 3일에 걸친 산행은 끝났다.

회사로 복귀한 월요일 오후.

점심 식사를 마치고 돌아온 현수는 구조계산팀의 호출을 받았다. 그리곤 최근에 납품 결정된 자재 하나하나에 대한 트집을 들어야 했다.

건축 자재는 안정성과 시공 품질이 보장되기 위해 적절한 강도를 가져야 한다.

따라서 디자인도 중요하지만 새로 납품받을 자재들을 선정할 때엔 시방서[7]에서 요구하는 강도를 충족시키는지의 여부를 반드시 따져야 한다.

그래서 설계팀에서 내려온 시방서의 내용을 참조하여 몇몇

---

7) 시방서(示方書, Specification):설계, 제조, 시공 등 도면으로 나타낼 수 없는 사항을 문서로 적어서 규정한 것.

자재의 납품을 결정했다.

그런데 휴가를 다녀온 새에 요구 강도를 강화한 모양이다.

결정된 자재가 가진 강도보다 조금씩 높다. 그렇기에 기존의 납품 계약을 철회하도록 압력받았다.

이는 말도 안 되는 이야기이다.

지금껏 사용했던 것과 별반 다르지 않고, 다른 건설사 모두 사용하는 것을 가지고 흠을 잡는 것이기 때문이다.

오히려 이전에 사용하던 것보다 더 좋은 것도 있다.

그러거나 말거나 박 대리는 노골적으로 협박을 한다.

지시대로 하지 않으면 이의를 제기하여 회사 생활하기 어렵게 만들겠다는 것이 그것이다.

현수는 말도 안 되는 트집에 짜증이 났다.

하나 어쩌겠는가! 계급이 깡패다.

참고 또 참으며 머리를 조아릴 수밖에 없었다.

박 대리가 이러는 것은 우연히 들은 소문 때문이다.

지난 주말 업무지원팀 강연희 대리가 자재과 김현수 사원과 덕항산에 다녀왔다는 것이 사내에 알려졌다.

이는 연희가 그냥 지나가는 말로 동료 여직원에게 한 말인데 다른 여사원들이 침소봉대하여 소문을 낸 것이다.

말이란 으레 그러하듯 전해지는 과정에서 점점 부풀려진다.

하여 연희와 현수가 뜨거운 사이라 주말마다 산행을 핑계로 밀월여행을 다닌다고 소문이 났다.

자신들보다 월등한 미모의 강 대리를 시기하는 마음에서 지어낸 헛소문이다.

이를 듣고 열받아 현수를 불러들였던 것이다.

어쨌거나 투덜거리면서 제자리로 돌아온 현수는 잠시 생각을 정리했다.

지금처럼 박 대리의 견제가 계속되면 회사 생활하기 진짜 어렵다. 그렇다고 때려치울 수는 없다.

어떻게 해서 얻은 직장인가!

열받는다고 그만두면 실망하실 부모님의 얼굴 때문이라도 그럴 순 없다.

하여 고심했다. 그러다 문득 떠오른 상념이 있다.

회사에선 1년에 한 번 직원들로 하여금 정기 신체검사를 받게 한다. 이걸 이용할 생각을 한 것이다.

즉시 컴퓨터로 검색을 했다.

그리곤 회심에 찬 미소를 지었다.

이날 밤, 현수는 인적이 드문 곳을 찾았다. 그리곤 파이어 애로우를 시전해 보았다.

처음엔 목표했던 것에 잘 맞지 않았다.

하나 반복해서 해보니 점점 더 정확해진다. 30여 번이 넘어서부터는 대충 겨냥해도 잘 맞았다.

이 과정에서 한 가지 확인한 것이 있다. 파이어 애로우의 최대 사정거리가 약 500m 정도 된다는 것이다.

다음날, 신체검사 예약을 마친 현수는 싱글벙글한 얼굴로 업무를 보았다.

이제 신검을 받고 나면 이상이 있다는 판정이 날 것이다.

그렇게 되도록 마나를 움직일 것이기 때문이다. 그리고 그걸 핑계로 휴직계를 낼 생각이다.

만일 휴직이 곤란하다면 퇴직까지 고려하고 있다.

아무튼 휴직이 결정되면 곧장 전능의 팔찌를 얻었던 덕항산 동굴로 갈 것이다.

그곳은 인적이 아예 없는 곳이다. 경치가 빼어난 곳도 아니고, 수량 풍부한 계류가 흐르는 곳도 아니다.

이번에 가보니 접근성이 좋은 것도 아니다. 따라서 당분간 사람의 발길이 없을 것이다.

그러니 수련을 위한 장소로는 최적인 듯싶다.

멀린이 언급하기를, 5써클 마법사가 되기까지 사람마다 개인차가 있지만 상당한 시일이 소요된다고 한다.

역사상 가장 짧았던 이가 30년이었고, 어떤 이는 평생을 연마했지만 5써클에 이르지 못했다고 한다.

멀린 자신도 70년 만에 5써클이 되지 않았던가!

자신과 마찬가지로 현수 역시 혼자 힘으로 5써클에 이르러야 한다. 하나 머리가 좋아지는 브레인 리프레쉬 마법을 실현시켜 놓았으니 45년 정도면 되지 않을까 싶다고 했다.

안전을 위해 결계를 치고 타임 딜레이 마법을 걸고 들어갈 것이니 외부 시간으로는 3개월 정도 소요된다.

가기 전에 준비도 해야 하고, 나온 다음엔 현실에 적응해야 하는 시간도 필요하다.

하여 이번 휴가는 넉넉잡고 4개월은 되어야 한다.

아무튼 45년 동안이나 마법 수련에 몰두해야 한다.

그동안 얼마나 많은 것이 필요하겠는가!

기본적으로 사람인 이상 먹고, 자고, 싸고, 씻고 해야 한다. 하여 꼼꼼하게 준비물 체크 리스트를 만들었다.

우선 그 긴 기간 동안 맨바닥에서 잘 수는 없지 않은가!

하여 가장 먼저 침구를 준비해야 한다고 써놓았다.

침대도 45년 동안 하나만 쓸 수 없으므로 인터넷으로 수명을 확인해 보았다.

매트리스는 5년에 한 번 교체하는 것이 좋다고 되어 있다. 하여 적어도 열 개는 준비하여야 한다.

물론 이불과 베개도 넉넉하게 필요하다.

다음은 먹는 것이다.

아공간에 넣으면 상하지 않는다고 하지만 어찌 그것만 믿겠는가! 게다가 쓸 수 있는 아공간은 마차로 열 대 분량밖에 넣을 수 없다.

하여 저장성이 좋은 통조림 위주로 구매해야 한다.

이와는 별도로 양념이 된 돼지갈비나 불고기 같은 반 조리 식품도 구매할 계획이다. 이것은 한 번 먹을 분량씩 개별 진공 포장을 해야 할 것이다.

이 밖에도 집어넣고 끓이기만 하면 되는 해물탕이나 칼국수 같은 것도 필요하다.

밥만 먹고살 순 없기 때문이다.

소고기, 돼지고기, 닭고기, 계란, 고추장, 된장, 막장, 김치, 각종 반찬, 설탕, 소금, 후추, 김, 미역, 다시마, 감자, 고구마, 호박, 고추, 파, 마늘, 양파, 참기름 등등도 필요하다.

이외에도 라면과 쌀, 보리, 조, 기장, 메밀, 감자, 당근, 고구마, 옥수수 등도 갖춰야 할 것이다.

이 밖에 이것들을 조리할 도마, 휴대용 가스레인지, 일회용 가스통도 필요하다. 모두 여러 벌씩 준비해야 할 것이다.

하루에 가스통 하나를 소모한다고 했을 때 45년 동안 필요한 양이 무려 16,425개이다.

이를 돈으로 환산해 보니 가스 값만 1,200만 원이다.

휴지도 필요하고 비누, 수건, 샴푸, 치약, 칫솔, 퐁퐁, 수세미도 필요하다.

그러고 보니 온갖 살림이 다 필요한 셈이다.

계산을 해보니 마차 열 대 분량이 들어간다는 아공간만으론 턱없이 부족하다.

하긴 딱 한 사람뿐이지만 45년 간 먹고 마실 양이니 당연히 그러할 것이다.

일 년치 생활비를 뽑아보니 대략 600만 원 정도 된다.

45년이면 2억 7,000만 원이다.

현수는 한숨을 쉬었다. 금화를 처분하는 것이 문제를 일으킬 수 있다는 것을 알기 때문이다.

출처가 불분명한 금화를 처분하러 다니는 동안 의심의 눈초리를 받게 되면 곤란하게 될 것이다.

하여 다시 한 번 고심했다.

결론은 한꺼번에 모든 것을 준비하지 않는 것으로 났다. 필요하다면 수시로 드나드는 것으로 결정된 것이다.

하여 체크 리스트는 또다시 작성되었다.

이번엔 외부 시간으로 보름, 그러니까 결계 내부 시간으로 따지면 7.5년 동안 사용할 것들만 준비하기로 했다.

그래도 엄청난 양이라 적어도 두어 번은 왕복해야 한다.

3일 후 현수는 신검을 받았다. 그리곤 예상보다 긴, 최소 6개월은 절대 안정을 취해야 한다는 판정을 받았다.

진단서 내용은 신장과 간 기능이 현저히 손상되어 이의 회복을 위한 집중적인 치료와 휴식이 필요하다고 기록되어 있다. 정상적인 사회생활을 하기에 부적절하다는 뜻이다.

진단서를 첨부하여 휴직계를 냈더니 인사과 직원이 위아래로 훑어본다.

새파란 신입사원이 세상 무서운 줄 모른다는 표정이다.

이 휴직계 때문에 현수는 향후 진급에 애로사항을 겪게 될 것이다. 또한 회사의 형편이 어려워질 경우엔 구조 조정 1순위가 될 것이다.

그렇기에 그런 표정을 지은 것이다.

근데 그러거나 말거나이다.

6개월 휴직이니 자신의 자리는 누군가가 차지할 것이다.

그렇다면 후임이 책상을 쓸 수 있도록 개인 사물을 꺼내 정리해야 한다. 그래서 사물 정리를 시작했다.

이것이 거의 다 끝나갈 때이다.

“김현수 씨, 이야기 들었어요. 그동안 그렇게 많이 아팠던 거예요? 아픈데도 참은 거냐구요?”

“아, 강 대리님.”

“미안해요. 간이 나빠지면 쉽게 피로해지고 그런다는데 혹시 저 때문에 악화된 건 아닌가 싶어 미안하네요.”

“아, 아닙니다. 괜찮습니다.”

“의사는 뭐래요?”

“그냥 조금 쉬면 낫는다고 합니다. 그래서 쉬려구요.”

“어디서요? 김현수 씨 원룸은 너무 답답하지 않아요?”

“네, 그래서 이 기회에 시골 공기나 실컷 마셔보려 합니다. 강원도 쪽에 방을 얻어 좀 쉬다 오겠습니다.”

“전화해도 되죠?”

“네에, 물론입니다. 언제든 전화 주십시오.”

“이제 같이 등산은 못 다니는 거네요?”

연희는 아쉽다는 표정이다. 현수는 짐짓 본인도 아쉽다는 표정을 지었다.

“아마 당분간은 그럴 겁니다. 절대 안정을 취하라고 했거든요. 그냥 책이나 읽으면서 있으렵니다.”

“이따 저녁이나 같이해요. 앞으로 반년이나 못 볼 테니 우리끼리 회식을 해요.”

"회식이요? 네, 그러지요."

현수는 자신처럼 보잘것없는 사람에게 살갑게 대해주는 강 대리가 고마웠다.

그렇기에 크게 고개를 끄덕이며 미소 지어주었다.

사물을 정리한 후 현수는 귀금속 가게 여러 곳을 찾아다녔다. 그러기 위해 지난밤 네 개의 금화를 꺼내 여러 조각으로 갈라냈다. 그걸 팔러 다닌 것이다.

그렇게 해서 약 4,500만 원을 손에 쥐었다.

이걸로 7.5년치 음식과 각종 물품을 사야 한다.

어디로 갈까 하다 마트에 들렀다.

천지그룹 계열사가 운영하는 대형마트이다. 이곳이라면 한꺼번에 거의 모든 것을 살 수 있다.

그런데 막상 방문해 보니 매대에 있는 물건만으론 부족하다. 하여 마트 직원에게 도움을 청했다.

체크 리스트를 건네고 그만큼을 배달해 줄 수 있느냐고 물었다. 직원이 눈을 크게 뜬다.

하긴 식료품을 포함하여 4,500만 원가량 된다.

액수가 액수인지라 두말 않고 원하는 장소까지 배달해 주겠다고 한다.

문제는 엄청난 양의 식료품 등을 받을 장소가 마땅치 않다는 것이다. 하여 일요일 오전에 회사 자재 창고로 배달해 줄 것을 요구했다.

마침 비어 있는 것이 있기 때문이고, 이번 주 주말엔 자재과

워크샵이 있어 아무도 오지 않을 것이기 때문이다.

CCTV가 설치되어 있기는 하지만 고장 나서 꺼져 있는 상태이니 별 문제 없을 것이다.

배달 일정을 확인하곤 연희와 만나기로 한 장소로 갔다.

가는 동안 문자 메시지 한 통을 받았다.

몸이 아파서 휴직한다며?

혹시 회사 일이 무서워서 도망가는 건 아니겠지?

6개월 휴직이라고 들었어. 나 같으면 차라리 관두겠네.

쉬는 김에 그냥 그만두게. 절대로 회사로 복귀하지 말길 바란다네.

구조계산팀장 박진영 대리가 보낸 문자이다.

현수는 치미는 욕설을 참았다. 그리곤 가차없이 메시지를 지워 버렸다. 그리곤 이렇게 중얼거렸다.

"이런 십장생이……! 두고 봐라. 반드시 복귀할 테니."

"여기에요."

"우와! 여기 멋지군요."

현수는 휘황찬란한 빛을 뿌리는 현란한 샹들리에를 바라보며 감탄사를 터뜨렸다. 이곳은 대한민국에서도 내로라하는 초특급 호텔의 이태리 식당이다.

워낙 음식 값이 비싸서 일반인들은 전혀 모르지만 상류층 사람들에겐 입소문이 난 곳이다.

"여기 음식이 맛있다고 소문이 났어요. 김현수 씨를 위해 특별히 예약했는데 괜찮죠?"

"아, 물론입니다. 강 대리님 덕분에 오늘 호강하나 봅니다. 이태리 음식이라는 건 피자 말고는 먹어본 적이 없거든요."

"호호, 그래요? 그럼 오늘 음식은 제가 주문해 드려도 될까요? 여기 뭐 잘하는지 제가 알거든요."

"네, 강 대리님이 무엇을 주문해 주시든 맛있게 잘 먹겠습니다. 감사합니다."

"호호, 호호호!"

무엇이 그리 좋은지 강연희 대리는 교소를 터뜨렸다.

그리곤 웨이터를 불렀다. 그런데 외국인 웨이터이다.

강 대리가 주문을 하는데 영어는 아니고 이태리어 같다. 한 번도 들어보지 못한 단어의 연속이기 때문이다.

현수는 영어도 제대로 못하기에 기가 죽는 느낌이다.

그러다 문득 전능의 팔찌가 떠올랐다. 하여 슬그머니 빨간 보석에 손을 대고 마나를 불어넣었다.

그러자 둘의 대화가 들리기 시작한다.

"미스터 루까 바도에르, 이분은 신장과 간이 좋지 못하대요. 그러니 몸에 좋은 메뉴 위주로 주문하고 싶은데 무엇이 있을까요?"

뭘 잘하는지 잘 안다는 말은 순 뻥인 듯하다.

아무튼 웨이터가 알 수 없는 메뉴들을 쭉 대자 중간중간 선

택을 한다. 어떤 음식인지는 나와 봐야 알 것 같다.

마늘과 올리브 오일을 곁들인 소고기 콩소메, 다진 해산물로 채운 가지 크림소스의 라비올리가 주문되었다.

그리고 겨자 크림소스로 맛을 낸 바다가재와 오렌지 소스로 맛을 낸 구운 바나나를 달라고 한다.

그리고 또 뭔가를 주문했는데 그건 알아듣지 못했다.

'콩소메[8]는 뭐고 라비올리[9]는 또 뭐지? 그리고 뭔 놈의 음식을 이렇게 많이 시키는 거야? 종류도 많네.'

강 대리가 주문하는 동안 현수는 어색한 시선으로 식당 내부를 둘러보았다.

한눈에 보기에도 좋아 보이는 옷을 걸친 사람들이 담소를 나누고 있는데 여유로워 보인다.

이런 데서 식사를 할 정도면 잘사는 사람들인 모양이다. 부러웠다. 그런 그들이 이쪽 테이블을 보고 있다.

아름다운 강연희 대리의 얼굴을 보고 있는 것이다.

주문을 받은 웨이터가 갔다.

"기대하세요. 아주 맛있을 거예요. 여기 셰프 솜씨가 아주 좋다고 소문이 났거든요."

"네, 덕분에 오늘 제 입이 호강하려나 봅니다."

사실이다. 현수는 평범한 직장인이다.

집안이 부유한 것도 아니다. 복권에 당첨되지 않는 한 이런

---

8) 콩소메(Consomme): 고기나 야채 삶은 물을 걸러서 만든 향이 은은하고 맑은 수프.

9) 라비올리(Ravioli): 이탈리아식 네모, 또는 반달 모양으로 익힌 만두.

식당은 아마 평생토록 단 한 번도 오지 못할 것이다.

그래서 진심을 담아 감사 인사를 했다.

"저어, 잠시 화장실 좀……."

"네, 다녀오세요."

음식을 먹기 전이니 손도 씻고 매무새도 가다듬어야겠다는 생각에 자리에서 일어났다.

잠시 후, 돌아왔을 때 누군가가 테이블 곁에 서 있다. 현수는 다가감을 멈춘 채 잠시 기다렸다.

그때 강 대리의 음성이 들린다.

"죄송한데요, 저 일행 있어요."

"……!"

사내가 뭐라 이야기하는데 등지고 있어 그런지 잘 들리지 않는다. 이때 강 대리가 또 말을 한다.

"네, 제 약혼자와 왔어요. 지금 화장실에 갔거든요? 그러니 이만 물러나 주시면 좋겠네요."

보아하니 누군가 강 대리의 미모에 반해 치근거리는 모양이다. 어찌 기사도를 발휘하지 않을 수 있겠는가!

"연희 씨, 이분, 아는 분이야?"

"어머, 현수 씨! 보세요. 제가 일행이 있다고 했잖아요."

연희의 시선을 받은 사내는 현수를 힐끔 바라보고는 낮은 침음을 낸다.

"으음."

몸을 돌려 현수를 바라보는 사내는 이십대 중반 정도로 보인다. 걸친 옷하며 구두, 장신구 등으로 미루어 짐작컨대 잘사는 집 자식으로 보인다.

"허험, 약혼녀와 식사를 해야 하니 더 이상의 용무가 없다면 비켜주셨으면 합니다."

말을 마친 현수는 당당한 표정으로 자리에 앉았다. 사내는 잠시 째려보는 듯하더니 가볍게 고개를 숙이곤 물러선다.

"저, 잘했죠?"

"호호, 네에. 눈치가 참 빠르셔요."

"근데 누구예요?"

"삼화기업이라는 회사 회장의 막내아들이래요. 저보고 시간있으면 통일로로 해서 파주 쪽으로 드라이브 가는 게 어떻겠느냐고 하더군요."

현수는 문득 떠오르는 어휘가 있었다.

"야타족이군요."

"야타족이요? 그게 뭐죠?"

"그건 나중에 알려 드릴게요. 근데 저 친구, 차가 뭐라고 하던가요?"

"람보 뭐라고 하던데……. 으음, 람보로 시작하는 자동차가 뭐가 있죠?"

"아마 람보르기니를 말하는 걸 겁니다."

"맞아요, 람보르기니. 그거 좋은 건가요?"

"이탈리아의 스포츠카 제조 회사에서 만든 겁니다. 여러 종류가 있는데 비콜로레라는 모델의 가격은 약 3억 5천만 원 정도 하는 걸로 알고 있어요."

"3억 5천만 원이요?"

"네. 조금 비싼 차죠."

"조금 비싼 게 아니라 아주 비싼 차군요. 근데 그런 걸로 유혹하면 제가 넘어갈 것이라 생각했나 봐요."

"근데 실수했군요. 강 대리님은 람보르기니가 뭐하는 건지도 몰랐으니까요."

"네, 전 처음엔 드라이브 가서 람보르기니라는 음식을 먹자는 걸로 알아들었어요."

"네에? 람보르기니를 먹어요? 하하! 하하하!"

현수가 조금 큰 소리로 웃자 모두의 시선이 쏠린다. 그중엔 삼화기업 회장의 막내아들이라는 야타족도 있었다.

"근데 조금 전에 말했던 야타족이 뭐예요?"

"야타족이란 조금 괜찮은 차를 타고 다니다가 마음에 드는 여성을 보았을 때 차를 타고 드라이브하자고 꼬시는 족속들을 칭하는 말이에요. '야, 타!' 그러면 그런 차에 타는 골빈 여자들이 좀 있거든요."

"그래요? 근데 차를 타는 게 나쁜 건 아니잖아요? 좋은 차에 태워준다는 건데 그게 이상한 건가요?"

"그냥 그러면 좋은데 그게 성적 만족을 위해 여자들을 태우려는 것이라는 게 문제지요."

"아, 그렇군요. 알았어요. 야타족이 뭔지. 흥! 그러고 보니 저 사람이 절 만만하게 본 모양이네요."

"아마 그건 아닐 겁니다."

"아니라뇨? 그걸 김현수 씨가 어떻게 알죠?"

"강 대리님이 어디 보통 미인이십니까? 그러니 마음에 들어서 연애하자고 온 걸 겁니다."

"아무튼 조금 전엔 잘하셨어요. 어때요? 잠깐이지만 제 약혼자가 되어보신 소감이?"

"으음! 하늘을 나는 기분이랄까? 아니, 복권에 당첨된 기분이었습니다."

"좋았단 뜻이죠?"

"물론입니다. 하하하!"

둘은 화기애애한 분위기에서 식사를 마쳤다. 강 대리의 말대로 음식은 맛이 매우 좋았다.

식사를 마치고 진한 향기를 뿜는 에스프레소를 사이에 두었다. 이때부터 본격적인 질문이 시작되었다.

그간 왜 몸 아프다는 걸 숨겼느냐는 것으로 시작되었다.

그리곤 요양하러 언제 출발할 것이며, 어디로 갈 것인지, 언제 돌아올 것인지를 꼬치꼬치 캐물었다.

다 나으면 산행을 또 할 수 있는지도 물었다.

현수는 있는 그대로 이야기했다.

요양 준비를 하는 데 며칠 걸릴 것이며, 갖춰지는 대로 떠날 것이라 하였다. 그리고 강원도에 머문다 하였다.

이야기를 하다 보니 영원한 이별을 하는 느낌이 든다.

사실 연희에겐 서너 달이 되겠지만 현수에겐 45년 내지는

60년이나 되는 장구한 세월이기 때문이다.

헤어지기 전 현수는 무례한 부탁 하나를 해도 되느냐고 했다. 이에 연희는 눈을 동그랗게 뜨며 그게 무어냐고 물었다.

하여 사진 한 장을 요구했다.

연희는 그게 왜 필요하냐고 묻지 않았다.

대신 현수의 이메일 주소를 물었다. 지금은 가진 것이 없으니 집에 가는 대로 전송해 준다는 것이다.

커피까지 다 마신 둘은 산책하듯 호텔 정원을 걸었다. 그리곤 헤어졌다.

원룸으로 돌아온 현수는 연희가 보낸 이메일을 열었다. 거기엔 무려 200여 장이나 되는 사진이 첨부되어 있었다.

산행을 가서 찍은 것도 많고 여행지에서 찍은 사진도 많았다.

메일에는 다음과 같은 메시지가 있었다.

현수 씨!

그간 함께하는 산행이 늘 즐겁고 행복했어요.

같이 있으면 믿음직스럽고 기분이 좋았거든요.

빨리 다 나으셔서 또다시 같이했으면 하는 바람이에요.

연희는 어서 그런 날이 오길 바란답니다. ^^

동봉한 사진을 보면서 저를 잊지 마셔요.

—현수 씨를 00하는 연희가.

이날 현수는 잠을 잘 수가 없었다. 빌어먹을 00 때문이다.

사랑, 좋아, 애모, 연모 같은 단어가 들어갈 수도 있지만 미워, 증오, 싫어 같은 반대 의미의 단어도 들어갈 수 있기 때문이다.

다음날 아침 현수는 USB에 연희의 사진 파일을 담아 사진관을 찾았다. 그리곤 그것들을 각기 열 장씩 인화했다.

45년 동안 오매불망 바라볼 요량이다.

일요일 오전, 현수는 회사의 자재 창고로 갔다. 비밀번호를 누르고 문을 여니 안이 휑하다. 최근 들어 공사 현장 여럿이 개설되었기에 안에 있는 것들 대부분을 반출해 간 까닭이다.

잠시 후, 마트의 배달 차량이 줄지어 들어온다. 워낙 양이 많아 파레트에 올려왔다고 한다.

현수는 익숙한 솜씨로 지게차를 운전하여 모든 짐을 내려놓았다. 그리곤 일일이 수량 확인을 하였고, 인수했다는 사인을 해주자 모두 돌아갔다.

현수는 음식물 중 상하기 쉬운 소고기나 돼지고기, 닭고기 등만 골라 아공간에 밀어 넣었다.

미리 당부한 대로 한 번에 먹을 양만큼씩 세심하게 진공 포장되어 있어 기분이 좋았다.

CHAPTER 07

지구 유일의 5써클 마법사

일련의 작업이 마쳐지고 얼마 지나지 않았을 때 예약한 트레일러 네 대가 창고 앞마당으로 들어선다.

이것엔 현수가 보증금을 지불한 40피트 컨테이너가 실려 있다. 12m×2.3m×2.3m짜리이다.

20개씩 든 라면을 박스로 채워 넣을 경우 3,840상자, 즉 76,800개를 담을 수 있다. 한 사람이 하루에 라면 세 개씩 먹을 경우 70년 간 먹을 수 있는 양이다.

어쨌거나 상하기 쉬운 것들은 이미 아공간에 넣었다.

워낙 양이 많아 미어터질 지경이 될 때까지 넣었다. 그리고도 컨테이너 네 개가 가득 찼다.

실로 어마어마한 양이다.

현수가 덕항산 인근 공터에 내린 것은 오후 2시경이다. 트레일러는 컨테이너들만 내려놓고 사라졌다.

짐을 다 내리면 와서 빈 컨테이너를 가져가기로 했다.

혼자 남겨진 현수는 동굴로 가서 고기 종류들을 내려놓았다. 그리곤 서둘러 되돌아와 다른 음식물들을 옮겼다.

두 번을 왕복했더니 기진맥진이다. 저녁나절 여관을 찾았다. 그리곤 씻지도 않고 곯아떨어졌다.

다음날, 현수는 동굴까지 네 번이나 더 왕복했다.

등산로도 없는 곳이다. 하여 다리에 알이 배기는 것 같고 쥐까지 났다. 그럼에도 아직 옮길 것이 많이 남았다.

그렇게 이틀을 보내고서야 간신히 모두 옮겼다.

현수는 트레일러 기사들에게 전화해서 컨테이너를 가져가라고 하였다.

동굴로 되돌아온 현수는 서둘러 앱솔루트 배리어 마법을 구현시켰다. 그리곤 타임 딜레이 마법 또한 구현시켰다.

이렇게 하면 음식이 상하는 속도를 늦출 수 있기 때문이다.

예를 들어, 밖에서 하루면 상하는 음식을 결계 안에 넣어둘 경우 180일이 지나야 상하게 된다.

그래도 아공간에 넣어둔 고기 종류는 꺼내지 않았다. 그게 확실하기 때문이다.

다음은 집기류 정리다.

침대를 놓고 간이 화장실까지 자리를 잡았다.

쏟아낸 용변은 며칠에 한 번씩 앱솔루트 배리어를 해제한 뒤 처리해야 할 것이다.

현수는 제 방에 있는 거의 모든 것을 챙겨왔다. 옷은 물론이고 거울도 떼어 왔 왔다. 심지어 걸레도 가져왔다.

필요할 때가 있을 것이기 때문이다.

덕분에 현수의 원룸은 현재 휑하니 비어 있다. 덩치 큰 장롱 같은 걸 빼면 거의 모든 것을 가져왔기 때문이다.

어쨌든 거울 등은 마땅히 걸 만한 곳이 없기에 일단은 바닥에 두었다.

현수는 모든 것을 마치고 잠시 휴식을 취했다. 그리곤 전능의 팔찌에 마나를 불어넣었다.

멀린의 음성이 들린다. 그런데 불과 며칠 사이였음에도 많이 창노해진 듯한 음성이다.

"모든 준비가 갖춰졌는가?"

"네, 아드리안 대마법사님!"

"좋네, 이제부터 수업을 시작하겠네."

"그런데 마법사님, 음성이 왜 이런지요? 혹시 어디 편찮으신 건 아닌지요?"

"그런 건 알 필요 없네. 우선 메모리 마법을 가르쳐 주겠네. 잘 듣고 이것을 익히게. 완전해졌다 싶으면 그때 다시 팔찌에 마나를 불어넣게."

"네, 알겠습니다."

현수는 꼬치꼬치 캐묻지 않았다.

저쪽에서 말해주기 싫으면 못 들을 것이고, 묻지 않더라도 알려줄 거면 알게 될 것이기 때문이다.

잠시 난해한 내용을 담은 마법에 대한 설명이 있었다.

메모리(Memory) 마법, 1써클 마법이다.

한 번 듣거나 본 것을 반영구적으로 기억하게 해준다. 마나 배열의 순서를 기억하게 하기 위해 만들어진 것이다.

현수가 다시 전능의 팔찌에 마나를 불어넣은 것은 결계 안 시간으로 3일이 지나서였다.

"메모리 마법을 다 익혔는가?"

더 창로해진 음성이다. 하나 묻지 않았다.

"네, 다 익혔습니다."

"시간이 얼마나 걸렸는가?"

"지구 시간으로 약 32시간 정도 걸렸습니다."

먹는 시간과 자는 시간을 제외하고 오로지 마법 익히기에 몰두한 시간이다.

"괜찮군. 자, 지금부터 내가 하는 말을 잘 메모리해 두게."

"네, 말씀만 하십시오."

"내가 기운이 없어 여러 번 반복할 수 없으니 정신 바짝 차리고 듣게. 알겠는가?"

"물론입니다. 세이경청하겠습니다."

"세이경청? 그건 무슨 뜻인가?"

"네, 귀를 깨끗이 씻고 잘 듣겠다는 겁니다."

"그래, 그래야지. 자, 그럼 지금부터 시작하네. 마법에는 여러 종류가 있는데……."

멀린 대마법사는 한 번 설명할 때마다 거의 세 시간씩 했다. 현수는 메모리 마법으로 이것들을 모두 기억하였다.

그럼에도 혹시 잊을까 싶어 들었던 내용을 암송하고 이를 노트북과 헤드셋을 이용하여 녹음했다.

이런 설명이 거의 열흘에 걸쳐 있었다.

30시간이나 설명한 것이다. 점차 멀린의 음성에서 힘이 빠지고 있음을 느낄 수 있었지만 현수는 묻지 않았다.

그런 걸로 시간 낭비할 때가 아니라는 것을 짐작할 수 있었기 때문이다.

현수는 멀린이 가르쳐 준 마법을 익히기 시작했다. 진짜 먹고 자는 시간을 빼곤 오로지 마법에만 몰두한 것이다.

멀린이 통상적인 마법서들을 볼 수 있도록 하지 않은 것엔 이유가 있다.

멀린의 마법은 여타 마법과 궤를 달리한다. 효용성을 강조하였기에 구결이 간결하다는 것이 특징이다.

만일 보통의 마법서를 보게 된다면 혼선이 빚어질까 싶어 제공하지 않은 것이다.

어쨌든 현수는 이루려는 바를 하루속히 달성하기 위해 무진 애를 썼다. 하지만 하루에 딱 한 번, 잠자리에 들 때만은 마법 이외의 것을 생각했다.

강연희 대리! 매일 밤 그녀의 사진을 보며 잠자리에 들었다. 그렇게 세월이 흘렀다.

현수가 또다시 마트를 방문한 것은 약 7년 반이 흐른 뒤였다. 물론 결계 안의 시간이다. 세상을 기준으로 보면 15일이 지났을 뿐이다.

결계 안에서 7년 반을 보냈지만 현수의 외모는 거의 변화가 없다. 신체적으론 외부 시간만큼 지난 것이기 때문이다.

아무튼 생각보다 먹는 양이 적었다. 하여 이번엔 금화 두 개를 팔았다. 그리고 그간 필요하다 여겼던 것들을 구입했다.

전과 마찬가지로 엄청난 양이다.

이것을 옮기기 위해 여덟 번이나 왕복해야 했다.

산행 자체만으로도 몹시 힘들었다.

그간 결계 안에 틀어박혀 오로지 마법에만 매달린 결과 근육이 다 풀렸던 때문이다.

그보다 더 힘든 것은 사람들의 시선을 피해서 이동해야 한다는 것이었다. 워낙 반공 교육이 잘 되어 있어서 수상해 보이면 간첩 신고가 접수될 것이다. 그렇기에 평범해 보이려 애를 썼다. 그런데 이것은 기우였다.

여섯 번 왕복을 한 이후에야 전능의 팔찌로 퍼펙트 트랜스페어런시 마법을 구현할 수 있다는 것을 상기해 냈다.

눈에 보이지 않는 투명 은신 마법이 아니던가!

그간 마법에 골몰하느라 깜박 잊고 있었던 것이다. 어쨌든 이후의 산행은 거리낌이 없었다.

오가는 동안 현수는 아공간을 이용하여 쓰레기를 모두 처리했다.

나온 김에 강 대리에게 전화를 걸었다. 너무 보고 싶었기 때문이다. 그런데 전화를 받지 않았다.

하여 쓸쓸한 마음으로 되돌아갔다.

다시 결계 안으로 들어간 현수는 마법이 이 세상의 전부인 양 오로지 그것만을 파고들었다.

대화 상대 하나 없는 공간이지만 애써 참아냈다. 왠지 그래야 할 것만 같아서이다.

노트북을 펼치면 낫겠지만 그러지 않았다. 그러면 마법 익히는 것을 포기하게 될지도 모르기 때문이다.

어쨌거나 현실 시간으로 다시 보름이 지난 후 현수는 식료품 등을 구하러 밖으로 나왔다.

워낙 양이 많아 이번에도 애를 먹었다.

물건을 구매한 후 강 대리에게 또 전화를 걸었다.

그런데 이번에도 받질 않는다. 회사로 전화를 할까 하다가 그만두었다. 업무 때문에 바쁠 수도 있고, 괜히 다른 사람들에게 오해받을 수도 있기 때문이다.

그래서 문자를 남길까 하다가 그만두었다.

문자를 보내면 답신은 해줄 것 같다. 그런데 그걸 받으면 또 다시 결계 안으로 들어가지 못할 것 같아서이다.

설사 안으로 들어간다 하더라도 그 문자의 내용 때문에 가슴앓이를 할 것만 같아서이다.

현실 시간으론 한 달이지만 현수가 느낀 시간은 15년이다.

그간 강 대리에 대한 그리움은 간절한 사랑으로 변했다. 너무도 보고 싶고 만나고 싶은 사람이다.

할 수만 있다면 되든 안 되든 사랑을 고백하고 싶다.

그랬다가 깨지는 것이 두렵기는 하지만 안 그러면 그녀를 차지할 기회조차 없을 것이기 때문이다.

그래도 이를 악물고 또다시 결계 안으로 들어갔다.

모든 것을 이뤄내면 당당하게 나설 수 있을 것이란 기대 때문이다.

다시 보름 후, 현수는 필요한 물품들을 사러 나왔다.

세 번째 외출이기에 전보다는 수월해야 함이 마땅하다.

하나 그러지 못했다. 왠지 마트에서 물건을 사는 일이 서툴러진 느낌이 든 때문이다.

하긴 7년 반에 한 번씩 물건을 사니 그럴 것이다.

강 대리는 이번에도 전화를 받지 않았다. 현수는 도저히 참을 수 없는 그리움을 이기지 못하여 문자를 보냈다.

강연희 대리님,

안녕하신지요?

시간이 제법 흘렀습니다. 잘 계신지 궁금하네요.

저는 잘 지내고 있습니다.

안부를 알고 싶어 문자 보냅니다.

사무치는 그리움을 그대로 옮긴다면 소설책 한 권 분량을 문자로 보내야 할 것이다. 하나 어찌 그럴 수 있겠는가!

상대는 모르는 외사랑이다. 하여 자격지심 때문에 간결한 몇 줄의 문장만 보낸 것이다.

답신은 물건을 한창 옮기고 있을 때 왔다.

겨울로 접어들어 낙엽이 모두 졌을 때다. 하여 산속이라 할지라도 제법 멀리까지 보인다.

나무 잎사귀들이 모두 사라진 때문이다.

현수는 투명 은신 마법으로 몸을 감추고 있었다. 혹시 있을지 모를 등산객들의 시선을 피해야 하기 때문이다.

이런 상황이기에 전화기는 진동으로 설정되어 있었다. 그래서 걸려온 전화를 받지 못했다.

대신 문자가 길게 와 있다.

오오! 현수 씨!
드디어 소식을 주셨군요. 반가워용. ^^
그간 여러 번 연락을 드리고 싶었어요.
근데 요양하는 데 방해될까 싶어 꾸욱 참았답니다.
헤헷! 건강은 어떠신지요? 많이 좋아지셨지요?
오늘 현수 씨가 보낸 문자를 받고 참 기뻤어요.
아직도 절 잊지 않고 계시니 말입니다. ^^
전 아주 아주 잘 지낸답니다.
혼자서도 잘 먹고, 잘 자고, 잘 놀아요.
근데 되게 심심해요.
헤헷! 현수 씨가 얼른 복귀했으면 좋겠어요.
요즘 산행을 하지 못해 좀이 쑤시거든요.

이건 농담이에요. ^^헤헷!
산행을 못해도 좋으니 어서 오세요.
듬직한 현수 씨를 보고 싶을 때가 많거든요.
자아, 그럼 힘내서 건강해지세요.
연희가 그러라고 기운 보냅니다. 홧팅~!

문자를 읽는데 울컥하더니 눈물이 나온다.

아무도 보는 사람이 없었지만 현수는 한참 고개를 숙이고 있었다. 자신의 마음을 안 때문이다.

답신을 보내진 않았다. 대신 굳은 결의를 하고 결계 안으로 들어갔다.

그리곤 이를 악물고 마법에 매진했다.

현수가 5써클을 이룬 것은 현실 시간으로 59일이다.

결계 안 시간으로 계산하면 약 29년 1개월 만이다.

카이엔 제국의 천재가 세운 30년이란 기록을 깬 것이다. 이는 현수가 천재여서가 아니다.

브레인 리프레쉬 마법으로 두뇌가 상당히 많이 좋아진 것은 사실이다. 하나 아이큐가 300쯤 된 건 아니다.

평범한 사람들 가운데에서도 머리가 좋다는 사람보다 아주 약간 좋아진 것뿐이다.

굳이 아이큐로 가늠하자면 한 180쯤 될 것이다.

그런데 현수는 전공이 수학이다.

마법은 순간적으로 고도의 계산이 필요한 일종의 학문이다.

이런 계산을 아주 능숙하게 한다.

카이엔 제국엔 없는 발달된 수학을 이미 섭렵한 바 있다. 그렇기에 최단 시간이라는 기록을 세울 수 있었던 것이다.

드디어 5써클을 이루었을 때 현수는 아공간 속의 아공간을 열었다.

가장 먼저 희대의 마법서 이실리프를 꺼내보았다. 그간 오매불망 보고 싶었던 것이다.

가로 45㎝, 세로 65㎝ 정도 되는 이 마법서의 표지는 드래곤의 비늘로 이루어져 있다고 하였다.

그런데 실버드래곤의 비늘인 듯싶다. 전체적으로 은은한 은백색을 띠고 있었다.

그래서 그런지 더욱 신비로워 보인다.

이것은 이 세상의 어떤 보검으로도 손상을 입힐 수 없다.

드래곤의 비늘 자체가 그런 효능이 있지만 여기에 보호 마법까지 걸려 있기 때문이다.

현수는 표지에 쓰인 카이엔 제국의 문자를 보았다.

제국의 말은 알지만 문자는 처음 보았는데, 꼬불꼬불한 것이 인도의 문자와 비슷하다는 생각이 들었다.

표지의 문자는 이실리프라 쓰인 것 같다.

현수가 저도 모르게 이실리프의 표지를 쓰다듬을 때 한동안 들을 수 없던 멀린의 음성이 들린다.

"아아! 인연자여, 드디어 5써클을 이루었는가! 경하하네. 참으로 대단한 일을 해주었네."

"아……! 아드리안 대마법사님, 그간 안녕하셨습니까?"

"그래, 잘 있었네. 어쨌든 그대의 노고를 치하하는 바이네. 자, 기왕에 이실리프를 꺼냈으니 맹약을 맺게 해주겠네."

"네? 맹약이라니요?"

현수는 마법서 한 권 보는데 무슨 복잡한 절차인가 싶었다. 하나 또다시 반문하지 않았다.

멀린의 시간을 낭비하지 않게 하려는 것이다.

"우선 두 손 모두 펼쳐 이실리프의 표지에 대게. 그리고 끝났다 할 때까지는 절대 손을 떼어서는 안 되네."

시키는 대로 했다. 그리곤 입을 열었다.

"네, 했습니다."

"마법을 하찮게 여기지 않겠는가?"

"네, 그렇게 하겠습니다."

"아니, '나 김현수는 마나를 걸고 맹세합니다' 라고 말하게. 다시! 마법을 하찮게 여기지 않겠는가?"

"네, 나 김현수는 마나를 걸고 맹세합니다."

"마법으로 악한 일을 하는 자가 있으면 처단하겠는가?"

"네, 나 김현수는 마나를 걸고 맹세합니다."

"이실리프의 마법을 더욱 발전시키겠는가?"

"네, 나 김현수는 마나를 걸고 맹세합니다."

"흑마법사는 세상에서 사라져야 할 사악한 존재, 그들을 멸함에 힘쓰겠는가?"

"네, 나 김현수는 마나를 걸고 맹세합니다."

멀린의 물음은 계속되었다.

대답을 할 때마다 심장의 마나 링이 맹렬한 회전을 한다. 만일 맹약을 깨면 이것들이 파괴된다. 더 이상 마법을 시전할 수 없게 되는 것이다.

"이제부터는 내가 하는 말을 따라 하게. 그리고 내가 손을 떼라고 할 때까진 절대 손을 떼어선 아니 될 것이네."

"네."

"세상 마법의 근원이 될 이실리프는 나 김현수에게 종속되어 생명이 다하는 날까지 함께하리라!"

"세상 마법의 근원이 될 이실리프는 나 김현수에게 종속되어 생명이 다하는 날까지 함께하리라!"

현수가 복창하자 멀린의 창노한 음성이 들린다.

"θγφξβγ φξζγζ γφτψφ ηθγζγ λσυρτ θγζαηυρτ φτψφξ Γ φδβγζγ ετэ!"

나직한 음성으로 이루어진 주문이다. 마법 문자인 룬 문자로만 이루어진 구결이다.

마지막에 말을 마치는 순간 현수는 손바닥 아래서 무언가가 튀어나와 찌르는 것이 느껴진다.

통증이 있다. 하나 손을 떼진 않았다.

많이 아픈 것도 아니고, 떼면 안 된다 하여 주의를 기울이고 있었던 때문이다.

그때 멀린의 음성이 또 이어졌다.

"θγζγ μλσυЖ δβγζγ ψφ!"

주문을 마치자 이실리프로부터 밝은 빛이 나온다.

그러고 보니 표지 전체에 선혈이 묻어 있다. 이것이 표지 안에 스며들고 있다. 그와 동시에 빛이 점차 줄어든다.

"헉! 이게 왜?"

빛이 완전히 사라지자 이실리프도 사라졌기 때문이다.

"언제든 이실리프를 펼쳐 보고 싶으면 '이실리프여, 열려라!' 라고 하게. 이제 자네에게 종속되어 오로지 자네만 볼 수 있게 되었네. 닫을 때는 '이실리프여, 닫혀라!' 라고 하면 되네."

"알겠습니다. 이실리프여, 열려라!"

나직이 중얼거리자 방금 전에 사라졌던 이실리프가 허공에 둥둥 떠 있다. 대단한 마법이다.

표지를 넘겨보았다.

큰 크기의 책이지만 무게감이 전혀 느껴지지 않는다.

표지가 완전히 넘어가자 '이실리프를 쓰면서' 라는 서문이 보인다. 이것을 읽으려 할 때이다.

"인연자여, 이제 그만하게. 내게 남은 시간이 얼마 되지 않는 것 같으니. 일단 트랜스퍼 디멘션 마법을 발현시키게."

"알겠습니다. 이실리프여, 닫혀라."

이실리프가 눈앞에서 스르르 사라졌다. 자동으로 아공간 속으로 옮겨진 것이다. 신기한 현상이다.

하나 이런 신기함에 정신 팔고 있을 새가 없는 듯하다.

하여 전능의 팔찌에 마나를 불어넣었다. 그리곤 처음으로 초록색 보석에 손을 대며 나직이 소리쳤다.

"트랜스퍼 디멘션!"

화아아아악!

순식간에 허공이 일그러지는가 싶더니 현수의 신형이 사라졌다. 2012년 11월 28일에 일어난 일이다.

"어서 오게. 그간 고생 많았네."

"아! 아드리안 대마법사님!"

현수는 앞으로 나오려다 앉아 있던 의자에서 굴러 떨어지려는 멀린을 황급히 부축했다.

현수를 만나는 것이 몹시 반가웠던 모양이다.

이젠 눈으로 봐도 100살은 훨씬 넘은 노인이다. 굳이 나이를 따지자면 120살쯤 된 듯 보인다.

바싹 말라 있다. 그리고 얼굴 가득 저승꽃이라 칭하는 검버섯이 퍼져 있다.

호호백발이지만 숱이 빠져 머릿속이 훤히 들여다보인다. 수명이 얼마 남지 않았음을 직감할 수 있는 모습이다.

"자넬 이렇게 만나게 되다니… 바, 반갑네."

"대마법사님, 고정하십시오. 우선 절을 올리겠습니다."

"절……? 무슨 절?"

무슨 뜻인지를 묻었지만 현수는 대답 대신 큰절을 했다.

지구상에 하나밖에 없는 마법사로 만들어준 스승이다.

그래서 최대한 공손히, 그리고 장중하게 절을 했다.

두 손 모아 땅에 대고 그 위에 이마를 대었다.

일찍이 영국에서 산 바 있지만 한 번도 경험하지 못한 정중함에 멀린은 잠시 말을 잃었다.

"……!"

"아드리안 대마법사님께 김현수가 인사 여쭙습니다."

절을 마친 현수는 그 앞에 공손히 무릎 꿇고 앉았다.

멀린은 여전히 아무런 말도 없었다.

"제게 마법을 가르쳐 주셔서 고맙습니다. 제가 감히 대마법사님께 스승님이라 하여도 될지 모르겠습니다만 앞으로 스승님으로 모시고 싶습니다. 부디 허락하여 주십시오."

"허허허, 허허허."

멀린은 힘없는 미소를 지었다. 그러면서도 고개를 위아래로 끄덕이는 것을 잊지 않았다.

"아! 고맙습니다, 스승님!"

현수가 환한 웃음을 지었다.

이에 멀린이 창노한 음성으로 말을 한다.

"김… 현수라고 했던가? 제자가 되어주어 고맙네. 자넨 이제 하나뿐인 나의 제자이네."

"고맙습니다, 스승님!"

"내가 오히려 더 고맙네. 늘그막에 제자를 두게 되다니. 그나저나 자네에게 당부할 말이 있네."

"네, 말씀하십시오, 스승님!"

"이실리프는 이실리프 마탑 탑주만의 소유물이 되어야 하네. 너무 많은 것을 담고 있어 세상을 혼란케 할 수 있으니 부디 이실리프의 존재를 감춰주게."

무슨 뜻인지 어찌 모르겠는가!

"알겠습니다, 스승님."

"나중에, 아주 나중에 제자를 두더라도 딱 하나에게만 그것을 전하게. 약속하겠는가?"

"네, 반드시 그렇게 하겠습니다, 스승님. 그런데 스승님, 우선 조금 쉬셔야 할 듯합니다. 너무 피곤해 보이십니다."

사실 멀린 대마법사는 벌써 세상을 하직했어야 한다. 하나 현수를 기다리는 일념으로 지금껏 버텨왔다.

지금의 이 모습은 무협 소설에서 흔히 언급하는 회광반조(回光返照) 현상이다.

회광반조란 해가 지기 직전 하늘이 아주 잠깐 환해진다는 뜻이다. 따라서 멀린은 이제 죽음이 가까운 상황이다.

하나 현수는 이러한 사실을 모른다.

"아닐세. 내가 이제 세상을 뜰 때가 되어 그러는 것이네. 힘이 없어 긴 말은 못하겠네."

"……!"

"이제부턴 이곳에서 마법을 익히게. 공국을 구하려면 최소 7써클 마스터에는 이르러야 한다네."

"네, 스승님의 뜻을 받들어 마법을 익히겠습니다. 부족하지만 많은 지도 편달 바랍니다."

"아니, 이젠 자넬 도울 힘조차 없네. 너무 늙은 거지. 그래서 거의 모두 자네 혼자의 힘으로 이뤄야 할 것이네. 만일 내게 문제가 생기면 저기……."

멀린은 탁자 위엔 두툼한 책 한 권을 가리켰다.

"자네를 기다리는 동안 저 책에 내가 하고 싶은 말들을 써놓았네. 참고하게. 그리고 아드리안 공국을 지켜주게."

"네, 스승님. 반드시 그리하겠습니다."

"으음, 힘이 드는군. 날 자리에 눕혀주겠는가?"

"네, 스승님."

현수는 멀린의 신형을 안아 들었다.

신장이 180㎝를 훨씬 넘기는 것 같은데 너무나 가볍다. 앙상한 뼈 위에 가죽만 얇게 씌워놓은 상황이니 그럴 것이다.

침상에 눕혀놓고 물러서려는데 이상한 기분이 든다. 하여 내려다보니 멀린의 눈이 감겨 있다.

황급히 맥을 짚었다. 그런데 맥동이 느껴지지 않는다.

"스승님! 스승님!"

심장 부위에 귀를 댔지만 아무 소리도 들리지 않는다.

"스승님! 아아, 만난 지 30분도 안 되었는데… 스승님!"

위대한 대마법사 멀린 아드리안 반 나이젤!

카이엔 제국에선 건국 일등공신인 아드리안 후작으로 불렸고, 영국에선 궁정 마법사 멀린이라 불렸던 인물.

카이엔 제국의 영광의 마탑 탑주이자 7써클 마스터를 이룬 헬리온 드 스타이발 후작이 무릎 꿇고 존경을 표했던 단 하나의 인물.

마법의 신기원을 열어 지금껏 인간이 이루지 못했던 진정한 9써클 마스터가 된 대마법사.

10년의 시간만 더 주어졌다면 신의 반열에 오를 10써클을 완성했을 위대한 마법사. 그런 멀린 아드리안 반 나이젤이 마나의 품으로 되돌아갔다.

현수는 태어나서 지금까지 친인의 죽음을 목도한 경험이 없다. 친조부모와 외조부모 모두 아주 어릴 때 돌아가셨기 때문이다.

부모님에겐 다른 형제가 없기에 남들 다 있는 큰아버지나 작은아버지, 고모, 이모, 외삼촌이 하나도 없다.

그렇기에 멀린의 죽음이 어쩌면 친한 사람의 첫 번째 죽음일 수도 있다.

그래서 그런지 저도 모르게 눈물이 흘러나온다.

처음 전능의 팔찌를 얻었을 때에만 모습을 보았고, 그 뒤론 음성으로만 만날 수 있었던 마법의 스승이다.

그런 스승을 드디어 만났다. 그런데 겨우 30분도 안 되는 시간 만에 스승이 세상을 등졌다. 괜스레 안타까운 마음이 든다.

하여 한참을 울었다.

반 시간쯤 흐른 후 냉정을 되찾은 현수는 멀린의 레어를 돌아다녔다.

공간 확장 마법을 걸어놓았는지 제법 넓었다.

그런데 있는 게 별로 없다. 거의 모든 것을 현수의 아공간에 넣어 보낸 때문이다.

있는 것이라곤 약간의 음식과 가구뿐이다. 그리고 탁자 위의 책 몇 권과 펜, 잉크 등 필기도구가 있다.

그러다 이곳에 와서 가장 큰 물건을 발견했다.

모서리 진 귀퉁이에 아마포 비슷한 것으로 덮어놓아 처음엔 아무것도 아닌 줄 알았던 것이다.

그것은 미스릴로 도금한 관이다.

현수는 뚜껑을 열고 멀린의 시신을 그곳에 넣었다. 그리곤 시신의 보전을 위해 아공간에 보관했다.

멀린은 아드리안 공국의 개국시조이다.

그렇기에 나중에 아드리안 공국이 위기를 모면하고 나면 국장(國葬)을 치를 수 있도록 하기 위함이다.

연후에 새삼스레 레어를 살폈다.

그 결과 이곳이 마법 익히기에 최적인 장소라는 것을 인정하지 않을 수 없었다.

우선 넓고 쾌적하다. 사시사철 온도의 변화를 느끼지 않도록 기후 조절 마법이 걸려 있기 때문이다.

먹을 수 있는 샘이 있으니 식수 걱정은 하지 않아도 된다. 그리고 샤워실이라 부를 수 있는 곳도 있다.

정화 마법이 걸린 화장실도 있다. 이제 냄새나는 배설물을 처리하러 다니지 않아도 된다.

가장 좋은 것은 마음껏 마법을 시전해 볼 수 있는 연습장 비슷한 곳이 있다는 것이다.

하여 아공간에 있던 음식물을 모두 꺼내 식품 창고에 넣었다.

보존 마법이 걸려 있으니 아무리 오래 두어도 상하지 않을 것이기 때문이다.

대강의 정리를 마친 현수는 덕항산의 수련지로 차원 이동했다. 쓰레기로 버릴 것은 모두 처분했다.

한참 만에 자신이 있었던 흔적을 모두 지울 수 있었다.

"흐음! 생필품이 다 떨어졌으니 사야겠군. 거기에 얼마나 있어야 할지 모르니 조금 넉넉하게 사야지."

그러고 보니 옷도 모두 낡았다.

텅 빈 멀린의 레어를 채워 넣어야 쾌적한 삶을 살 수 있을 것이다. 하여 이번엔 가구도 사야겠다는 생각을 했다.

5써클이 되면서 사용할 수 있는 아공간의 부피가 어마어마해졌으니 아무리 많아도 단 한 번에 옮길 수 있다.

현수는 콧노래를 부르며 하산했다. 그리곤 서울로 와서 금화 열 개를 처분해 1억 1천만 원을 만들었다.

CHAPTER 08

마트에서 벌어진 일

5써클이 되어 아공간 속의 아공간을 열었을 때 현수는 감탄사를 터뜨렸다. 어마어마한 보물이 담겨 있었기 때문이다.

금화, 은화는 물론 각종 보석이 어마어마하게 쌓여 있다. 다이아몬드, 에메랄드, 루비, 사파이어 등등이 그것이다.

양으로 따지자면 각각 실중량 800㎏을 담을 수 있는 곡물 자루를 하나 가득 채울 양이다.

이걸 내다 팔면 단번에 세계 최고의 부호가 될 것이다.

그렇기에 금화를 처분하면서 가격에 크게 연연해하지 않았다. 주는 대로 받은 것이다.

어찌 되었든 모든 걸 처분한 현수는 대여 금고에 돈을 넣어두고 찜질방에 들렀다.

출처 불분명하기에 은행에 입금시켰다간 세무서의 추적을 받을 수 있기 때문이다. 그런 그의 손에는 가방 하나가 들려 있다. 돈을 담아왔던 가방이다.

어쨌거나 29년하고도 1개월이 조금 넘는 기간 만에 처음 가는 목욕탕이다.

뜨끈뜨끈한 물에 몸을 담그니 나른해지며 피로가 풀리는 듯했다. 사우나에도 드나들었다.

오랜만에 와서 그런지 되게 뜨겁다는 느낌이다.

그러다 무심코 문질렀는데 때가 나온다.

하여 때밀이에게 몸을 맡겼다. 그런데 때가 국수처럼 밀려 나와 몹시 창피했다.

피부청결사라 불러달라는 때밀이는 평생 이처럼 때가 많이 나오는 사람은 처음이라면서 투덜댔다.

밀어도 밀어도 때가 나오니 돈을 더 받아야 한다는 것이다. 실제로 돈을 두 배로 냈다.

한 번 밀고 한참을 더 있다가 또 밀었던 것이다.

그래도 때가 많이 나왔기에 몹시 부끄러웠다. 그러면서 목욕을 하고 나가면 체중이 1kg쯤 줄었을 것이라 생각했다.

실제로 그럴 리야 없겠지만 그만큼 때가 많이 나온 것이다.

일회용 면도기를 사서 면도를 하다가 문득 새 면도기와 날을 사야 한다는 것을 상기했다. 쓰던 게 망가진 것이다.

목욕을 마쳤지만 상쾌한 기분은 아니다. 걸치고 있는 옷에서 냄새가 났기 때문이다.

현수는 5써클 마법사임이 분명하다.

하나 카이엔 제국이 자리 잡고 있는 아르센 대륙의 다른 5써클 마법사들에 비하면 모르는 마법이 훨씬 더 많다.

그 가운데 하나가 청결 마법과 정화 마법이다. 1써클이지만 한 번도 배운 적이 없기 때문이다.

덕항산 동굴엔 전기가 들어오지 않는다. 따라서 세탁기를 가져다 놓아봤자 아무 소용이 없는 곳이다.

덕분에 손빨래는 원없이 했다. 하지만 대강대강 했다.

두 달에 한 번 빠는데 그 양이 얼마나 많겠는가!

팬티 30장, 러닝셔츠 30장, 양말 60개, 상의 20장, 하의 20장, 수건 30장이 기본이다.

꼼꼼히 하면 하루 종일 빨래만 해도 시간이 부족할 판이다. 빨리 마법을 익혀야 하는데 어찌 그럴 수 있는가?

하여 물에 담갔다가 대강대강 흔들어서 빨았다.

그래서 빨아도 냄새가 가시지 않는 것이다.

"흐음! 옷도 전부 새로 사야겠군."

입던 옷 전부가 후줄근해진 데다 낡았다. 그래서 모두 버리기로 마음먹은 현수는 인근에 있는 백두마트로 향했다.

천지그룹과는 경쟁 관계인 재벌의 계열사이다.

이번엔 전과 달리 천천히 물건을 골라가면서 구매할 생각이다. 멀린의 기대보다 빨리 성취를 이룬 덕에 시간적 여유가 생긴 때문이다.

"어떻게 면도기 대부분이 외국 브랜드지? 국산은 없나?"

나직이 중얼거린 현수는 새삼 외국 상품에 대한 경각심을 느꼈다. 어물어물하는 사이에 시장을 잠식당한 국내 기업들이 많을 수 있음을 상기한 것이다.

살펴보니 같은 품질이라도 국산이 외국 브랜드보다 저렴하다. 그런데 대부분이 외국 브랜드 제품을 가져가고 있다.

혹시 상품에 하자가 있는 것은 아닐까 싶어 샘플 상품을 면밀히 살펴보았다.

면도를 해보기 전엔 알 수 없을 것이다. 어쨌든 겉보기엔 별 이상 없는 듯하다. 하여 수첩을 꺼내 구매하려는 국산 브랜드 면도기와 날의 모델명과 수량을 기록했다.

다음에 간 곳은 치약과 칫솔이 있는 매대다.

이곳에서도 한참을 머물며 상품들을 비교했다. 다음은 비누 매대다. 이곳에선 세면용과 세탁용을 결정했다.

상품을 결정하는 데 있어 현수는 한 가지 원칙을 세운 바 있다. 자신이 방문하게 될 아르센 대륙의 환경을 오염시키지 않을 것으로만 가져간다는 것이다.

그렇기에 세탁기용 세제는 고르지 않았다.

이렇게 마트 순방을 마치는 데 걸린 시간이 무려 여섯 시간이다. 그도 그럴 것이, 사야 할 품목이 워낙 많기 때문이다.

그동안 배가 고파 푸드 코트에서 비빔밥 한 그릇을 사 먹었을 뿐이다.

아무것도 손에 쥔 것이 없기에 현수는 계산대가 아닌 출입구를 통해 밖으로 나왔다. 그리곤 화장실로 향했다.

그런데 몇 발짝 떼기도 전에 마트 보안요원 둘이 앞을 가로 막는다. 얼굴은 멀끔하지만 제법 덩치가 크다.

"손님, 잠시 멈춰주십시오."

"네? 왜요?"

"저희랑 같이 보안실로 가주셔야겠습니다."

"보안실이요? 거기가 뭐하는 데죠?"

"그건 알 거 없고, 일단 따라와 주십시오. 미리 경고하는데 순순히 따라오는 게 좋을 겁니다."

"뭐라고요? 아니, 지금 누굴 뭐로 보고……?"

현수는 자신이 절도범으로 오인되고 있음을 깨닫고 버럭 소릴 질렀다. 보안요원들은 현수의 반응 따윈 아랑곳하지 않고 양쪽에서 팔짱을 끼운다.

"놔요! 이거 왜 이래요? 놓으란 말이에요!"

현수는 당연히 저항을 했다. 멀쩡한 사람을 절도범으로 모는데 어찌 저항하지 않겠는가!

"당장 이 손 놓지 못해! 이이익!"

어깨를 좌우로 흔들며 손을 빼려 했으나 역부족이다.

하긴 시간이 거의 멈춰 있다시피 했지만 29년이 넘는 세월 동안 운동을 거의 하지 않았다.

따라서 근력이 형편없다. 그러니 운동으로 단련된 보안요원들의 근육을 어찌 감당하겠는가!

"야, 이 새끼, 가방 뺏어!"

보안요원 가운데 상급자인 듯한 자의 말이 끝나기가 무섭게 현수의 손에 들려있던 가방을 가로채 간다.

그러는 사이에도 현수는 보안요원들의 근육으로부터 자유로워지려 힘을 줬다. 하나 이겨내지 못했다.

이들은 현수의 두 팔과 목덜미를 움켜쥔 채 보안실로 끌고 갔다.

가는 동안 매대에서 계산을 하려 기다리고 있던 아줌마들의 시선이 느껴진다.

'어디서 감히 도둑질이야? 젊은 놈이 벌써부터 도둑질이나 하고. 쯧쯧쯧!' 이라는 시선이다.

더럽게 창피하다. 그리고 억울하다. 하나 힘이 없어 끌려가고 있다. 한데 어찌 저항하지 않을 수 있겠는가!

아무런 죄도 없는데…….

하여 계속해서 손을 빼려 힘을 주었다.

그러자 보안요원이 한마디한다.

"아, 그 새끼, 참 더럽게 반항하네. 콱 한 대 갈기기 전에 얌전히 있어, 이 도둑놈의 새끼야!"

"뭐라고요? 도둑놈이라니요?"

"이 새끼가! 도둑놈 주제에 반항하지 말라고 했다. 왜? 티꺼워? 그럼 훔치질 말았어야지, 이 씨방새야!"

"최 대리님, 이 새끼 반항이 심한데 몇 대 패고 끌고 가죠. 그럼 좀 덜하지 않을까요?"

"야, 지금은 손님들 보고 있어. 그러니 조금 이따가. 얼른 엘리베이터 문이나 열어."

잠시 후, 현수는 두 보안요원과 함께 엘리베이터에 탔다. 그리곤 지하 4층까지 내려갔다. 이곳은 손님들이 드나드는 장소가 아니다. 그렇기에 즐비하던 CCTV가 드문 곳이다.

"따라와, 이 도둑놈의 새끼야!"

보안요원은 절도 현행범이라 생각했기에 현수의 목덜미를 움켜쥔 손에 힘을 주었다. 그래도 되는 곳이기 때문이다.

아프다. 하나 참을 수 없을 지경은 아니다. 그보다 속에서부터 치미는 분노 때문에 머리끝까지 화가 난 상태이다.

'이걸 확 인페르노로 지져 버려?'

화염 계열 공격 마법은 여럿이 있다.

1써클이 파이어 애로우다.

2써클은 파이어 볼로 파이어 애로우보다 범위도 크고 더 큰 타격을 줄 수 있다.

3써클 화염 마법은 파이어 웨이브(Wave)와 파이어 버스트(Brest), 그리고 파이어 랜스(Lance)가 있다.

4써클이 되면 블레이즈(Blaze), 인페르노(Inferno), 파이어 월(Wall), 룬 플레어(Rune Flare), 플레임(Flame)을 시전할 수 있게 된다.

5써클 화염 마법은 세 가지로 파이어 필드(Field), 파이어 캐논(Cannon), 번 플레어(Burn Flare)가 그것이다.

6써클에 이르면 파이어 레인(Rain), 플라즈마 볼(Plasma Ball), 익스플로전(Explosion), 플레임 캐논(Flame Cannon)을 구

현시킬 수 있게 된다.

7써클은 더욱 강력한 마법이 가능해진다.

플레어(Flare)와 라그나 블라스트(Ragna Blast)는 적을 순식간에 잿더미로 만드는 초강력 화염 마법이다.

8써클이 되면 그 이름도 유명한 헬 파이어(Hell Fire)를 사용할 수 있다.

뿐만 아니라 블레이즈 템페스트(Blaze Tempest), 뉴클리어 블라스트(Nuclear Blast), 프로미넌스(Prominence)까지 가능하다.

제아무리 치열했던 전장이라 할지라도 적군 전체를 말살시킬 엄청난 화염의 폭풍우라고 생각하면 된다.

9써클이 되면 상상 이상으로 강력해진다. 파이어 퍼니쉬먼트(Punishment) 한 방이면 모든 것을 끝내기 때문이다.

화염 마법엔 범위 마법과 대상 마법이 있다.

다시 말해, 일정 범위 전체에 타격을 주는 것과 한 가지 목표만 골라 공격하는 것이다.

현수가 생각한 인페르노는 걷잡을 수 없는 불이란 뜻으로 지옥과 같은 고통 속에 타 죽게 만드는 대상 마법이다.

현재 시전할 수 있는 화염 마법은 1써클 파이어 애로우와 인페르노뿐이다. 너무도 화가 났기에 알고 있는 가장 강력한 마법을 사용할 생각을 한 것이다.

하나 그럴 순 없다. 어디에 있는지 알 수 없는 CCTV 때문이다. 찍히기만 하면 살인범으로 몰려 인생을 망치게 된다.

하여 분노를 꾹꾹 눌러 참았다.

하마터면 죽을 수도 있다는 것도 모른 채 보안요원들은 험악한 소리를 쏟아낸다.

"너 같은 도둑놈 새끼는 한번 뜨거운 맛을 봐야 해! 개새끼! 너 오늘 죽었다고 복창해!"

"최 대리님, 이 도둑놈 새끼, 경찰에 넘기기 전에 적당히 두들겨야지요?"

"당연하지. 이런 새끼는 그냥 둬선 안 돼. 그럼 또 훔치러 오거든. 씨발, 그러면 실장님한테 또 욕먹잖아. 그러니 때려도 멍 안 드는 데만 골라서 죽지 않을 정도로 패."

"네, 알겠습니다. 따라와, 이 씨발 놈아! 어쭈, 안 따라와? 이게 감히 겁도 없이 개기겠단 말이지?"

퍼억!

"으윽!"

심하게 엉덩이를 걷어 채인 현수가 나직한 신음을 냈다.

"씨발놈, 엄살은! 얼른 얼른 안 따라와?"

"내가 뭘 훔쳤다는 거야? 난 아무것도 안 훔쳤어! 왜 죄없는 사람을 가지고 이래? 당신들 이래도 되는 거야?"

"그래, 된다, 이 씨방새야! 이 새끼가 아직도 지가 무슨 죄를 지었는지 모르나 보네! 너, 한번 뒈져 봐라!"

퍼억!

"으윽!"

무방비 상태로 있다가 갑작스럽게 명치를 얻어맞은 현수가 허리를 숙이자 기다렸다는 듯 엉덩이를 걷어찬다.

퍼억 ! 콰당탕!

"야! 이 싸가지없는 새끼! 밟아!"

퍽! 퍼퍽! 퍼퍽! 퍼퍼퍼퍽!

"윽! 으윽! 윽! 으으윽!"

현수는 두 팔로 머리를 감싼 채 신음만 냈다. 그러는 사이 두 보안요원은 무자비하게 걷어차거나 밟아댔다.

"으으으!"

현수의 움직임이 줄어들자 그제야 구타를 멈췄다.

"일어나, 이 새끼야!"

"아아악!"

머리카락을 움켜쥔 채 끌어당김을 당한 현수는 비명을 토했다. 당연히 너무도 고통스럽기 때문이다.

"이 새끼, 이제 조금 고분고분해졌군. 따라와!"

잠시 후, 현수는 엉망이 된 모습으로 보안실이란 곳으로 끌려들어 갔다.

현수가 이런 꼴을 당하는 것은 우연이 겹친 때문이다.

며칠 전, 백두마트에선 대대적인 재물 조사를 실시했다. 그 과정에서 상당수 상품이 사라졌다는 것이 파악되었다.

누군가의 손을 탄 것이다.

그 결과 보안실장을 비롯한 직원 전부 강력한 경고와 더불어 감봉 6개월이란 징계를 당했다.

당연히 화가 단단히 났다. 하여 눈에 불을 켜고 훔치는 사람을 적발하려 하였다. 걸리기만 하면 갈아 마시겠다는 말을 할 정도로 살벌한 상황이었다.
그런데 하필이면 이때 현수가 방문했다.
현수는 매대에 다가가 서성거렸고, 물건을 만지작거리며 요모조모를 살피곤 도로 넣는 행동을 반복했다.
그 과정에서 흐트러진 것들을 대강 정리하기도 했다.
자신이 어질러놓은 것이기 때문이다.
그런데 하필이면 현수가 CCTV를 등지고 선 경우가 많았다.
또는 묘한 각도로 서 있어서 무엇을 하는지 제대로 살피기 어려운 경우도 여러 번 있었다.
그때마다 주위를 둘러보고 머뭇거리는 움직임을 보였다.
같은 종류의 상품들을 살피는 움직이었고, 어떤 것이 더 좋을지 생각하곤 했던 것이다.
아무튼 흐트러진 상품들을 정리해 놓고 나면 안에 있는 물건의 유무는 CCTV로 확인하기 어렵다.
이런 상황이 여러 번 반복되자 절도 현행범으로 오인된 것이다. 게다가 마트에 오래 머물었으니 의심받은 것이다.
"앉아, 이 새끼야! 그리고 니 손으로 가방을 열어!"
퍼억 !
현수는 탁자에 동댕이쳐진 자신의 가방을 보며 반문했다.
"가방은 왜……?"
"왜긴, 이 씨발 놈아. 니가 훔친 물건이 그 안에 있으니까 열라고 하는 거지."
"그러니까 내가 물건을 훔쳤고, 그걸 이 가방에 넣었단 말입니까?"

"그래, 이 개새끼야! 얼른 열어. 얼마나 훔쳤는지 봐서 훈방을 할 건지 경찰서에 넘길 건지 결정할 테니."

보안실 안에는 네 명이 있었다.

임무 교대하고 쉬던 중인 모양이다.

그런 그들 모두 어슬렁거리며 다가왔다. 마치 먹이를 노리고 슬슬 다가서는 하이에나 같은 분위기이다.

그들 가운데 하나가 입을 연다.

"애가 뭐 훔쳤어? 그럼 그냥 경찰에 넘기지 귀찮게 왜 끌고 와? 좋아, 그건! 근데 왜 이렇게 애새끼가 멀쩡해? 설마 그냥 끌고 온 건 아니지?"

"물론입니다. 이 새끼가 반항을 해서 조금 만져줬습니다."

"아! 상처가 나거나 멍이라도 들면 곤란해."

"걱정 마십시오. 멍 안 드는 곳만 골라서 만졌습니다."

"그래? 잘했군. 근데 이 새끼 눈빛 봐라? 어쭈? 눈 안 깔아? 뒈져 볼래?"

다가온 놈도 현수를 데리고 온 놈이나 별반 다를 바 없는 모양이다. 현수는 대답 대신 실내를 살폈다.

다행히 CCTV는 없다. 그렇다면 깡그리 죽여 버려도 아무도 모를 것이라는 생각을 했다.

물론 죽일 생각은 없다.

그저 지옥과 같은 고통을 오래도록 받게 할 생각이다.

세 가지 마법, 뮤트(Mute)와 스테츄(Statue), 그리고 멘탈 애고니(Mental Agony) 정도면 충분할 것이다.

가장 먼저 스테츄를 구현시킨다.

이는 3써클 홀드 퍼슨과 비슷한 것이다. 홀드 퍼슨은 일정 시간 동안 움직일 수 없도록 하는 것이다.

하나 눈을 깜박이거나 말을 할 수는 있다.

반면 스테츄는 글자 그대로 동상이 되게 하는 것이다. 눈조차 깜박일 수 없는 완전한 정지 마법이다.

다만 숨은 쉴 수 있다.

다음은 뮤트 마법이다. 일시적으로 아무런 소리도 낼 수 없도록 한다.

마지막으로 멘탈 애고니가 시전되면 당하는 사람은 자신이 상상할 수 있는 가장 무서운 광경에 빠져 고통받게 된다.

정신적인 것이기에 당연히 육체엔 아무런 변화가 없다.

하나 깨어나서까지 정신적인 고통의 후유증이 오래간다는 단점이 있다. 이것 모두 세상엔 없는 멀린만의 마법이다.

이런 생각을 하고 있을 때 누군가 소리친다.

"야, 경찰에 전화했어?"

"네, 아까 이 새끼가 잡혀올 때 연락했습니다."

"그래……? 좋아, 경찰이 오기 전까지 5분쯤 남았다. 그동안 친절하게 만져준다. 실시!"

대장인 듯한 자의 말이 끝나기가 무섭게 현수는 소파에서 굴러 떨어졌다. 누군가의 발길질이 어깨를 격타한 때문이다.

이어 무수한 구타가 이어졌다. 하나 어느 것 하나 얼굴을 겨냥하진 않았다.

퍼퍽! 퍼퍼퍼퍽! 퍼퍼퍽! 퍼퍼퍼퍼퍼퍽!

"윽! 으윽! 으으으윽! 으윽! 으윽!"

생각을 하던 중이기에 미처 마법을 구현시키지 못한 현수는 무차별적인 발길질에 고스란히 노출될 수밖에 없었다.

그렇게 2~3분 시간이 지났다.

"그만! 경찰 올 때 되었으니 이제 끌어다 앉혀."

잠시 후, 두 명의 경찰이 왔다. 순경과 경장이다.

"수고하십니다. 신고 받고 왔습니다."

"아! 어서 오십시오. 이놈이 절도범입니다."

"증거는 확보해 두셨습니까?"

"네, 이 가방 속에 들어 있을 겁니다."

"그래요? 그럼 가방부터 보겠습니다."

찌이이익!

지퍼 열리는 소리에 이어 가방이 벌어졌다.

"흐음! 낡은 잠바 하나와 쓰던 수첩밖에 없는데 어떤 게 증거물이라는 거죠?"

"네……? 그럴 리가 없는데요?"

보안요원 가운데 하나가 다가와 가방 속을 살핀다. 하나 안에는 목욕하기 전에 입었던 낡은 점퍼 하나뿐이다.

"어, 이럴 리가? 야, 이 새끼, 아까 잡혀오면서 반항 심하게 했다고 했지?"

"네. 그래서 끌고 오느라 애먹었습니다."

"그럼 CCTV 돌려봐. 틀림없이 공범이 있거나 이 새끼가 반항하는 동안 어디론가 빼돌렸을 거야."

"네, 알겠습니다."

"허투로 보지 말고 샅샅이 뒤져."

"걱정 마십시오. 이 잡듯 살펴보겠습니다."

말을 마친 보안요원 하나가 CCTV 검색을 시작했다. 경찰은 말없이 그 과정을 지켜보고 있을 뿐이다.

한편 소파에 앉혀진 현수는 치미는 분노를 삭이느라 여념이 없었다.

진짜 인페르노로 확 죽여 버리고 싶은 놈들이다.

어찌 아무 죄 없는 사람을 잡아다 확인도 안 하고 이렇게 린치를 가할 수 있단 말인가?

법망을 피하기 위해 멍 안 드는 곳만 골라서 때린다고 하였다. 그렇다면 이놈들은 전문가이다. 군인이나 경찰 출신이 될 수도 있고, 아예 뒷골목 조폭 출신일 수도 있다.

하여 놈들을 바라보았다.

그런데 아까 대장 노릇을 했던 놈이 CCTV 장면을 보겠다고 고개를 숙이는 순간 목덜미의 문신이 보인다. 그렇다면 조폭 출신이다. 경찰과 군인은 문신을 하지 않기 때문이다.

'흐음! 그랬단 말이지? 근데 왜 이런 놈들을 쓰지?'

내심 이를 갈던 현수는 의아하다는 표정을 지었다. 재벌인 백두그룹에서 운영하는 마트이기 때문이다.

이들이 채용된 과정을 어찌 알겠냐 싶어 더 이상은 생각지 않겠다고 마음먹고 주위를 둘러보았다.

어느 사무실에나 있을 법한 월간 일정표가 붙어 있다.

오늘은 2012년 11월 29일 목요일이다.

그런데 월요일인 12월 3일 오전 3시부터 6시까지 연막 소독 일정이 잡혀 있다.

아래엔 A4용지에 인쇄된 업무 협조 공문이 보인다.

현수는 텔레스코프(Telescope) 마법을 시전했다. 그러자 깨알 같던 글씨가 읽기 좋게 큼지막해진다.

연막은 살균 및 해충 제거 효과가 있어 호흡기를 통해 인체에 해를 줄 수 있으므로 반드시 전원 퇴거해야 한다고 메모되어 있다. 공문 하단엔 연막 소독이 실시되는 영업점에 관한 내용이 표로 그려져 있다.

그다음 주 월요일인 12월 10일엔 같은 시각에 송파점에서 연막 소독이 실시된다.

그다음 주 월요일인 12월 17일은 평촌점 차례이다. 이걸 보는 순간 문득 스치는 상념이 있었다.

'으음! 개새끼들, 어디 두고 보라지.'

현수가 이를 갈고 있을 때 긴급한 연락을 받고 달려온 보안실장이라는 자가 다가온다.

대기업 직원답게 번지르르한 모습이다.

보안요원들에게서 보고를 받으며 고개를 끄덕이던 보안실장은 현수의 수첩을 대강대강 훑어보았다. 그리곤 다가선다.

"당신, 어느 업체에서 보냈어?"

"뭐라고요?"

"왜 우리 점포에 와서 이런 걸 적어? 당신 산업 스파이야?"

보안실장이 내민 수첩엔 품목과 모델명, 그리고 구입해야 할 숫자가 기록되어 있다.

"무슨 소립니까?"

"좋은 말로 할 때 말하는 게 좋을 거야. 산업 스파이는 죄질이 나빠 판사들도 별로 봐주지 않거든?"

"산업 스파이라니요? 뭘 보고 산업 스파이라고 하는 겁니까? 증거 있어요?"

경찰이 있기에 더 이상의 폭력 행위는 없을 것이라 생각한 현수는 강하게 나갔다.

"그래! 여기 적어놓은 게 우리 점포에 대해 조사한 거 아냐. 안 그래? 이걸 갖다 주고 얼마 받기로 했어?"

현수가 말을 하려는 순간 경찰 가운데 하나가 나선다.

"저어, 말씀 중에 죄송하지만 이런 일이 잦습니까?"

"물론입니다. 요즘은 물건값 10원 차이에 손님들 숫자가 달라지는 세상입니다. 그래서 우리 같은 대형마트들은 가격 보안에 각별히 신경 쓰고 있습니다."

"그래요?"

"네. 그렇지 않아도 요즘 경쟁사에서 최저가 정책을 쓴다면서 대대적으로 선전하기 때문에 우리 마트에선 가격 보안을 철저히 유지하는 중이었습니다."

"잠깐만요. 아까는 나더러 물건을 훔친 도둑이라고 했는데 지금 와선 왜 산업 스파이로 말을 바꾸죠?"

현수의 항의에 순간적으로 할 말을 잃은 보안실장은 잠시 머뭇거렸다.

"그건… 그야……. 하여간 이걸 왜 적었느냐고 물었어. 당신 어느 마트에서 보낸 사람이야?"

"조금 전에 마트끼리 가격 경쟁을 해서 가격 보안을 한다 했습니다. 맞습니까?"

현수의 물음에 보안실장의 고개가 크게 끄덕여진다.

"맞아. 그래서 우리 보안요원들이 경쟁사의 스파이들을 잡아내느라 애를 먹고 있지."

"그럼 그 수첩을 보십시오. 상품의 모델명 말고 값이 쓰여 있습니까?"

"여기……?"

보안실장이 무의식적으로 내민 수첩엔 마침 구입해야 할 면도기와 날의 숫자가 적혀 있다.

"이 점포에선 설마 면도기가 3원인 건 아니지요? 면도기의 날 네 개가 들어 있는 것은 6원입니까?"

"그건……!"

보안실장이 보니 상품의 모델명 옆엔 숫자들이 쓰여 있는데 가격은 아닌 듯 싶다.

수첩을 넘겨보니 의류들의 명칭이 쓰여 있다. 청바지 옆에는 3이라 쓰여 있고, 운동화에는 2라 쓰여 있다.

도마는 2, 주방용 식칼도 종류별로 전부 2라 쓰여 있다.

뒷장을 넘겨보았다.

냉장고 1이다. 노트북도 1이다. 이건 분명 가격이 아니다.

"자아, 아무런 죄도 없는 사람 잡아다 욕하고 무지막지하게 구타하고, 그런 걸 무엇으로 보상하겠습니까? 아! 미안하다는 말과 돈 몇 푼은 거절합니다."

"……!"

보안실은 고요했다. 경찰들은 현수가 구타당했음을 눈치채고 있었으나 아무런 말도 하지 않았다.

이 사건의 결말이 어찌 될지 궁금한 모양이다.

"제가 원하는 보상은 여러분 전부의 사표입니다."

"……!"

"손님, 그건……."

보안실장이 한마디하려는 순간 현수가 말을 잘랐다.

"손님이요? 아까 저더러 씨발 놈이라 했습니다. 도둑놈의 새끼라는 말도 했고, 싸가지없는 개새끼라고도 했습니다. 그러면서 걷어차고 짓밟고, 온갖 행패를 부렸습니다. 근데 이제 와서 손님이라고요?"

"……!"

현수는 분노에 부들부들 떨면서 경찰에게 시선을 돌렸다.

"경찰관님, 이 사람들이 멍 안 드는 곳만 골라서 때린다고 하고 때렸습니다. 아마 멍이 안 들었겠지요. 근데 이 사람들 처벌할 방법 없습니까?"

"그건… 증거가 없으면 곤란합니다. CCTV에 촬영된 것이라도 있으면 되지만 조금 전에 보니 그런 상황은 전혀 찍히지 않았습니다."

"으음, 알겠습니다."

유착 관계가 있는지 어떤지는 알 수 없으나 경찰의 말대로 처벌할 방법은 없는 모양이다.

분하지만 어쩌겠는가!

"손님, 물의를 일으켜 죄송합니다. 저의 영업점에서 손님께 사과의 의미로 상품권을 드리겠습니다. 그러니 노여움을 푸시기 바랍니다. 어이, 최 대리, 가서 상품권 좀 가져와."

"네, 실장님!"

아까 현수를 개 패듯 하던 최 대리라는 놈이 쏜살처럼 달려가 무언가를 꺼내온다. 실장은 그중 일부를 꺼내 봉투에 담았다. 백두마트의 로고가 새겨진 봉투이다.

"얼마 되지 않지만 너그럽게 용서해 주시기 바랍니다."

보안실장이 봉투를 내밀었지만 현수는 움직이지 않았다. 그렇게 5초 정도 지났을 때 경찰이 먼저 입을 연다.

"억울하겠지만 증거가 없습니다. 그러니 화해하시는 편이 좋을 것 같습니다. 그냥 받으시죠. 화난다고 안 받으면 본인만 손해이니."

"으음, 알겠습니다."

현수는 봉투를 받아 가방 속에 넣었다. 그리곤 최 대리와 그 졸개를 째려보았다. 미안한지 고개를 숙인다.

"손님, 죄송합니다. 그럼 살펴 가십시오."

보안실 직원 전부 고개를 숙인다. 현수는 진심이 담겨 있지 않은 인사에 이맛살을 찌푸렸다.

"경찰관님, 저 가도 되는 거죠?"

"물론입니다. 우리도 갈 건데 같아 나가시죠."

말을 마친 경찰은 보안실 직원들을 보며 한마디한다.

"다음부터는 확인하고 신고하십시오. 그리고 현행범이라 할지라도 구타는 절대 안 됩니다. 아시겠습니까?"

"……!"

"오늘은 증거가 없어 그냥 가지만 다음에 또 이런 일이 발생되고 증거가 있으면 우린 여러분을 체포할 수밖에 없습니다. 아시겠습니까?"

"……!"

보안실 직원들은 대답없이 알았다는 듯 고개만 끄덕였다.

경찰을 따라 엘리베이터를 탔다. 그때 둘이 이야길 한다.

"아, 대체 이 마트는 왜 조폭 같은 애들을 고용해서 쓰지?"

"몰라. 뭔가 있겠지. 그나저나 괜찮으십니까?"

"네? 아, 네에. 여기저기 조금씩 쑤시고 결리기는 하지만 참을 만합니다."

"근데 수첩에 쓴 거, 그거 왜 쓴 겁니까?"

"아, 그거요?"

현수는 순간적으로 말문이 막혔다. 혼자서 쓰려고 산다고 하면 이상하게 생각할 것이 분명하기 때문이다.

"회사 기숙사에서 쓸 것들 모델명 확인한 거예요."

"아, 그래요?"

별다른 점이 없기에 경찰 둘은 순찰차를 타고 사라졌다. 현수 역시 택시를 잡아탔다. 의도하는 바가 있기 때문이다.

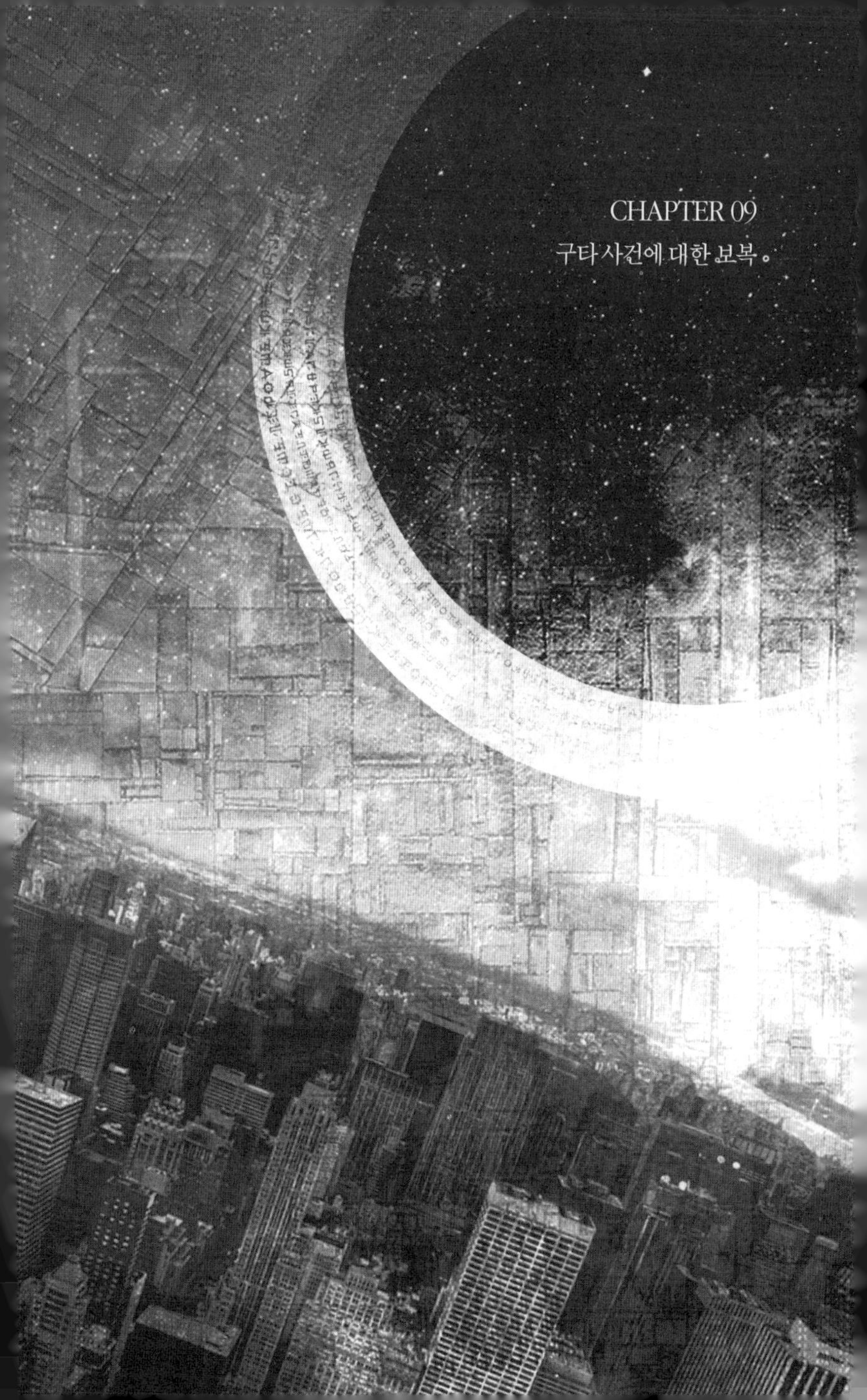
CHAPTER 09
구타 사건에 대한 보복 。

"오랜만이군. 29년하고도 한 달 만인가?"

자신의 원룸으로 돌아온 현수는 감개무량한 눈길로 여기저기를 둘러보았다.

그러다 생각났다는 듯 서둘러 보일러를 가동시켰다. 외출로 해놓았기에 냉기만 감돌고 있었던 때문이다.

현관 옆에 있던 우편물 함에는 각종 고지서들이 꽂혀 있었다. 전기, 전화, 가스, 신문, 상하수도, 통신, 카드사 등에서 돈 내라고 보낸 것이다.

돈 안 내면 가스, 전기를 끊겠다는 경고장도 있다.

"쩝! 이 생각을 못했군. 그나저나 진짜 독하다. 돈 준다는 건 하나도 없고 모조리 돈 내라는 것만 있다니."

현수는 고지서들을 정리했다. 수북하다. 물론 액수는 얼마 되지 않는다. 쓴 게 있어야 청구하지 않겠는가!

“그래도 그렇지, 전기 요금 1,840원 안 냈다고 전기를 끊어? 가스 요금도 그래, 1,230원 안 냈다고 차단해? 참 너무들 하는군. 하여간 인정머리없는 놈들이야.”

현수는 혀를 찼다. 그러면서 냉장고를 열었다. 텅 비어 있다. 하긴 몽땅 쓸어 담아갔으니 있을 게 없다.

수도를 틀어봤다. 당연히 잘 나온다.

잠시 후, 현수는 밖으로 나갔다. 그리곤 인근 마트를 찾았다. 백두마트와는 다른 회사에서 운영하는 것이다.

“어서 오세요, 손님. 무엇을 찾으세요? 말씀만 하시면 제가 도와드리겠습니다.”

명찰을 보니 아르바이트 대학생이다.

“괜찮아요. 옷을 사려고 하니까 신경 쓰지 마세요.”

“네, 손님. 그래도 도움이 필요하시면 언제든 불러주셔요.”

참 사근사근하기도 하다. 하여 싱긋 웃음 지어 주었다.

“네, 필요하면 꼭 부르겠습니다. 후후.”

“어머나, 호호호!”

현수는 기분 좋은 웃음소리를 뒤로하고 옷을 골랐다.

이제 곧 겨울이 시작될 모양이다.

그렇다면 방한 효과가 좋은 옷을 골라야 한다고 생각했다.

그래서 물었더니 등산복 코너에 기능성 의류가 많다고 한다. 언뜻 생각해 보니 맞는 말이다.

하여 등산복 코너에서 옷을 골랐다. 바지는 기모가 들어 있는 것으로 골랐다. 이게 따뜻하다고 해서 고른 것이다.

상의는 폴라플리스 재질로 만들어진 것으로 골랐다. 최고의 보온 소재로 검증된 원단이라고 한다.

양말도 바닥이 두툼한 등산 양말을 여러 켤레 샀다.

발목까지 올라오는 등산화도 샀다.

이제 곧 아르센 대륙으로 갈 텐데 그곳은 대한민국과 달리 발달된 도로가 없는 곳이기 때문이다.

당장 입을 팬티도 없어 그것까지 모두 사자 한 짐이다.

기분 좋은 쇼핑을 마친 현수는 집 근처에서 김치찌개를 사 먹었다. 오랜만이라 그런지 더욱 맛이 있는 듯하다.

"어머, 김현수 씨! 지금 어디에요?"

"회사 근처입니다."

"그래요? 어딘지 문자로 넣어주시고 기다리세요. 이제 곧 퇴근이니. 건강은 괜찮은 거예요? 이렇게 나와서 다녀도 돼요? 그동안 얼마나 걱정했는지 알아요?"

"……!"

"어머, 제가 너무 많은 걸 한꺼번에 물었죠? 하여간 어디 있는지 문자로 넣어주시고, 넉넉잡고 한 시간만 기다려 줘요. 금방 갈게요."

"네, 알겠습니다."

수화기를 통해 흘러나오는 강연희 대리의 음성엔 반가움이 그득했다. 그래서 괜스레 기분이 좋아진다.

강 대리처럼 아름다운 여자가 자신의 전화에 이처럼 반색할 것이라곤 생각지 못했던 때문이다.

그래서 기다리는 시간도 지루하지 않았다.

29년하고도 1개월 만의 만남이다.

강산이 세 번쯤 변했을 세월이지만 강 대리는 별반 달라진 것이 없을 것이다.

그녀의 시간으론 두 달이 흐른 것이기 때문이다. 그래도 못 견디게 보고 싶어 마음이 설레었다.

강연희 대리가 현수의 눈앞에 나타난 건 통화를 하고 정확히 1시간 34분 만이다.

오는 동안 조금 늦는다고 문자가 왔기에 걱정하진 않았다.

"미안해요. 갑자기 구조계산팀에서 업무 협조 요청이 들어와서. 오래 기다렸죠?"

강 대리는 말을 하며 입고 있던 코트를 벗었다. 그리곤 그걸 가지런히 접어 무릎에 올려놓는다.

조신하다는 말이 절로 나올 정도이다.

"어머! 안색이 창백해요. 진짜 괜찮은 거예요?"

걱정스런 눈빛이다. 현수는 일순 울컥하는 기분이 들었다.

부모를 제외하곤 이 세상 어느 누구도 자신에게 관심 가져주는 사람이 없었기 때문이다.

"네, 강 대리님 염려 덕분에 많이 좋아졌어요."

현수는 선의의 거짓말을 할 수밖에 없었다. 그런 그의 시선은 강 대리의 얼굴에 고정되어 있었다.

너무도 보고 싶었던 얼굴이다. 긴긴 세월 동안 마음의 위로가 되어주었던 유일한 존재이기도 하다.

그리움은 어느새 사랑으로 발전해 있다. 그래서 예전엔 안 그랬지만 이젠 목숨마저 걸 수 있는 존재이다.

"어머, 제 얼굴에 뭐 묻었어요?"

현수의 따가운 시선을 느낀 연희가 얼른 콤팩트[10]를 꺼낸다. 입술을 오물거리며 이쪽저쪽을 살피는 모습이 콱 깨물어 주고 싶을 만큼 사랑스럽다.

"치이, 아무것도 안 묻었잖아요. 근데 왜 그렇게 뚫어져라 바라봤어요?"

"강 대리님이 너무 아름다워서요. ……. 사랑합니다."

"네……? 뭐라고요?"

현수의 나직한 중얼거림을 듣지 못한 강 대리가 반문했다.

"아, 아닙니다. 그냥 뭐가 묻은 거 같아서 봤습니다."

"그랬군요. 근데 아무것도 안 묻었네요. 병 때문에 시력이 조금 나빠지셨나? 그나저나 그동안 잘 있었어요?"

"네, 덕분에 잘 지냈습니다."

"머무는 데는 대체 어디에요? 어딘지 가르쳐 주면 찾아가기라도 하잖아요. 근데 아무것도 안 알려주고 전화를 해도 받질 않으니. 궁금했단 말이에요."

---

10) 콤팩트(Compact):휴대용 화장 도구. 보통 거울이 붙어 있고 분, 연지 따위가 들어 있다.

토라져서 쫑알대는 여인의 전형적인 모습이다.

"제가 있는 곳은 깊은 산속이에요. 근데 올라가는 길이 좀 험해서. 강 대리님이 오실 만한 곳은 아니에요. 그래서 알려드리지 않은 겁니다."

"어머, 무슨 말씀을 그렇게 하세요? 제가 못 갈 곳이 어디 있어요. 산행 잘하는 거 잊으셨어요? 그리고 전화는 왜 안 받은 거예요? 얼마나 많이 했는지 알아요?"

그간 수십 통도 더 전화가 왔다는 기록이 있다. 하지만 이상하게도 결계 안에서는 통화가 안 되었다.

그래서 나중에야 안 것이다.

"죄송합니다. 전화를 못 받은 것은 통화가 어려운 지역이라 그렇습니다. 물어봤더니 근처에 군부대가 있는데 전파를 차단해서 그렇다고 합니다."

"좋아요. 그건 그렇다 쳐요. 어디에 머무는지 약도 그려줘요. 안 그럼 오늘 못 가요. 아셨죠?

현수는 진땀을 흘렸다. 순간적으로 둘러대야 하는데 갑작스레 말문이 막힌 때문이다.

보아하니 진짜 약도를 안 그려주면 안 보낼 모양이다.

그러는 한편 대체 왜 이러나 싶다.

퀸카 중의 퀸카인 강연희 대리가 같은 부서도 아닌 곳에 근무하는 후배 사원을 대함에 있어 너무 살갑다.

마치 열렬히 사랑하는 연인인 것처럼 느껴질 정도로.

하여 얼떨떨한 기분이 되었지만 긴장을 늦춰선 안 된다.

"한 가지 말씀 안 드린 게 있는데, 제가 머무는 곳에 계시는 어르신이 외인, 특히 여자들을 꺼리십니다."

"네에? 왜요?"

"정확히는 모르지만 아무튼 여자들이 올라오는 것을 너무도 싫어하십니다. 그래서 못 알려 드리는 겁니다."

"치이, 괜히 가르쳐 주기 싫어서 그러는 거죠?"

"아, 아닙니다. 진짜 아닙니다."

"좋아요. 언제 그리로 가요?"

"내일쯤 내려가야 합니다."

"근데 서울엔 왜 온 거예요? 공기도 탁한데."

"그곳 어르신이 심부름을 시키셔서 뭘 좀 사러 왔습니다."

"그래요? 그게 뭔데요? 샀어요?"

말을 하며 현수의 옆자리를 살핀다. 당연히 아무것도 없다. 그렇기에 얼떨결에 대답했다.

"아, 아뇨."

"그럼 잘 되었네요. 저랑 같이 가서 사요."

"네……? 아, 네에."

"오늘은 늦었으니 내일 갈 거죠?"

"내일이요? 아, 그럼요. 내일 사야죠."

현수는 계속해서 당황하고 있다. 하나 연희는 현수의 이런 허둥거림을 전혀 눈치채지 못하고 있었다.

"호호, 그럼 우리 내일도 또 만나야 하는 거네요? 그렇지 않아도 내일 월차를 내놨는데 정말 잘됐어요."

"월차요? 그럼 뭔가 용무가 있는 거 아니에요?"

"아니에요. 회사 방침이 의무적으로 월차를 쓰게끔 바뀌었어요. 현수 씨 없는 사이에 회사 참 좋아졌죠?"

"아, 그렇군요."

현수와 연희는 담소를 나누며 저녁 식사를 했다. 그리곤 천천히 산책하듯 거리를 누볐다.

가는 동안 맛있어 보이는 거리 음식을 사 먹기도 했다.

하루빨리 나아지기 위해 많이 먹어야 한다면서 연희가 이것저것 권하는 바람에 배가 빵빵해졌다.

그러고 보니 강 대리는 생긴 것과는 달리 참 소탈하다.

생긴 것만으로 따지면 거리 음식 같은 건 질색할 줄 알았는데 전혀 안 그렇다. 뭐든 맛있게 먹는다.

어쨌거나 좋은 분위기였다. 어떤 술 취한 미친놈이 연희의 미모에 혹해 졸졸 따라다닌 것만 빼면.

무서워하거나 질겁해야 함에도 연희는 그러지 않았다. 하도 많이 당해 이젠 만성이 되었다고 한다.

현수가 나서려 했으나 환자가 어딜 나서냐고 만류를 하곤 아주 침착하게 경찰서에 신고를 한다.

잠시 후 순찰차가 나타났고, 스토커 노릇을 했던 놈은 연행되어 갔다.

능숙한 처리에 현수는 고개를 끄덕였다. 연희 정도 되는 여자라면 쫓아다닐 놈이 많았을 것이기 때문이다.

다음날, 현수는 연희와 더불어 동의보감이나 동의수세보원

등 한의학과 관련된 책들을 샀다.

또한 오행침법이 기록된 침술서 등도 구매했다.

내친김에 멸균 침과 알코올, 그리고 솜도 구입했다. 그래야 구색이 맞기 때문이다.

현수가 한의학과 침술에 관련된 책들을 구매한 것은 나름대로 생각이 있어서였다.

한동안 머물게 될 아르센 대륙엔 현대의학이 없을 것이다.

치유 마법 중에 힐(Heal), 그레이트 힐, 컴플리트 힐, 리커버리 등이 있다. 그런데 아직 익히지 못했다. 다른 걸 익히는 게 더 급했기 때문이다. 그래서 만일의 경우를 대비하여 응급용으로 쓸 생각을 하고 구입한 것이다.

그리고 산속에 있다는 어르신이 볼 책이라 둘러댔으니 그에 합당한 것을 고른다고 고른 것이다.

하나 연희 입장에선 약간 달리 받아들였다.

현재 현수가 있는 곳은 강원도의 깊은 산속이다. 요양 차 들어가면서 6개월치 약을 가지고 갔을 것이다.

그런데 그곳엔 특이한 능력을 지닌 노인이 있다.

현수가 약을 먹지만 별 효과를 보지 못하는 듯하자 이를 안타깝게 여겨 나서기는 했다.

그런데 기억이 가물거려 참고 서적으로 책을 구해오라고 한 듯하다. 그래서 한방 관련 서적과 침 등을 산 것이다.

꿈보다 해몽이라더니 참 기막힌 추리이다.

어찌 되었든 현수가 구입한 것은 한의과 대학생들이 전공

공부할 때 쓰는 전문 서적들이다.

예전의 현수였다면 단 한 권도 독파하지 못할 어려운 내용들이 즐비하다.

하나 이젠 다르다.

전능의 팔찌에 각인되어 있는 브레인 리프레쉬 마법에 장시간 노출되어 있으면서 IQ가 180쯤 되었다.

하여 웬만한 것은 한 번 읽는 것만으로도 이해가 된다. 정신 차려 읽는다면 외우는 것도 불가능하지 않다.

돌아다니는 내내 연희는 재잘거리며 즐거워했다.

오후가 되어 돌아갈 시간이 되자 자신의 차로 데려다 주겠다고 한다. 한데 어찌 그럴 수 있겠는가!

자신의 원룸으로 돌아가야 할 현수는 애써 고사했다.

다음날, 현수는 청계천 상가들을 돌아다녔다.

그리곤 방독면을 구입했다. 페이스 스트레인(Face Strain) 마법으로 외모를 바꾼 뒤 현금을 주고 샀다.

2012년 12월 3일 월요일 새벽이 되자 현수는 수모를 당했던 마트로 갔다. 백두마트 서초점이다.

출입구마다 월간 계획표에 쓰여 있던 대로 새벽 3시부터 살균 및 해충 구제를 위한 소독 작업이 진행되어 일찍 문을 닫는다는 공고문이 붙어 있다.

새벽 2시 45분, 마트에서 제법 떨어진 주택가 어두운 골목에 있던 현수는 방독면을 쓴 뒤 마나를 팔뚝에 모았다.

전능의 팔찌가 나타나자 주황색 보석에 손을 올려놓고 마나를 불어넣으며 나직이 소리쳤다.

"퍼펙트 트랜스페어런시(Perfect Transparency)!"

새벽 2시 58분.

현수는 마지막으로 보안요원이 나가면서 닫히는 문 사이로 스며들었다.

잠시 후, 희뿌연 연기가 드넓은 매장을 가득 채운다. 대체 무엇으로 만드는지 몰라도 엄청나게 빠른 속도이다.

"오울 아이(Owl Eye)!"

매장 안은 희뿌연 연막으로 가득하여 아무것도 분간되지 않는다. 하나 현수에겐 아니다.

어제와 그제 이틀 동안 이실리프를 뒤져서 찾아낸 마법을 익혔기 때문이다. 오울 아이는 올빼미의 눈이란 뜻으로 어둠이나 안개를 뚫고 볼 수 있는 4써클 마법의 명칭이다.

물론 세상엔 없다. 멀린이 만든 것이기 때문이다.

매대 위의 물건을 본 현수는 나직이 중얼거렸다.

"나쁜 놈들, 니들도 한번 당해봐라. 아공간 오픈!"

현수가 발걸음을 옮길 때마다 매대 위의 모든 것이 아공간 곳으로 빨려들어 간다. 지하 1층에서 시작하여 지상 3층까지 매장에 있던 모든 물건이 사라졌다.

창고 속의 모든 물건들 역시 사라졌다.

현수가 연막을 뚫고 마트 밖으로 나온 것은 새벽 4시가 조금 넘었을 때이다. 어마어마한 양의 물건들을 위치 이동시킨 것치고는 짧은 시간이다.

마트에서 제법 떨어진 곳까지 이동한 현수는 주위에 단 하나의 CCTV도 없다는 것을 확인하고는 마법을 풀었다.

그리곤 유유히 걸어 집으로 향했다.

다음날 아침, 현수는 일부러 가판대까지 나가 신문을 샀다. 예상대로 1면 톱기사이다.

'내가 이럴 줄 알았지.'

희대의 절도 사건 발생!
투명인간이 아니라면 절대 불가능한 절도 행각!

굵은 활자 아래엔 누군가 써 내려간 기사가 실려 있다.

3일 새벽 3시에서 6시 사이에 서울 서초구 잠원동 소재 백두마트 서초점의 모든 상품이 사라지는 일이 벌어졌다.

이날 대형 할인마트인 백두마트에서는 살균과 해충 구제를 위한 연막 소독이 실시되었다.

소독 직전까지 멀쩡하던 상품들이 소독을 마쳤을 땐 모두 사라지고 없었다. 기가 막힐 일이다. 불과 3시간 만에 대형 할인마트의 모든 상품이 싹쓸이된 것이다.

그러나 전무후무할 대담한 범행의 증거는 아무것도 없다.

백두마트 관계자에 의하면 엄청난 물량의 상품을 모두 가져가려면 15톤 카고 트럭이 적어도 200여 대는 동원되어야 가능하다고 한다.

하지만 이날 주변의 모든 CCTV의 화면을 살펴보았으나 동시간대에 트럭이 접근한 흔적은 없다.

그럼 대체 누구의 소행인가?

또한 어떤 방법으로 그 많은 상품을 가져갔을까?

마트에는 껌 하나, 라면 한 봉지도 남아 있지 않았다. 그야말로 신출귀몰하고 기절초풍할 일이다.

현재 경찰은 범행의 윤곽조차 잡지 못하고 있다.

누가 범행을 저질렀던 간에 이번 행위는 역사책에 기록되어야 할 정도로 엄청난 행각이다.

경찰은 특별수사대를 구성하여 유사 범죄 행위 전과자들을 중심으로 탐문 수사를…….〈하략〉

신문을 보던 현수는 히죽 웃었다.

'미친놈들. 유사 절도 행위란 게 존재할 수나 있어? 총 물량이 3,000톤이라는데.'

다른 신문의 기사도 대동소이하다. 엄청난 사건이 벌어졌는데 아무도, 아무것도 아는 바가 없다.

그러니 신문사마다 나름대로 소설을 쓴다고 쓰고 있다. 하나 어찌 상상이나 하겠는가!

5써클 마법사가 모든 상품을 아공간에 쓸어 넣었다는 상상은 판타지 소설을 읽은 학생들이나 할 수 있는 일이다.

신문을 접고 TV를 켜 24시간 뉴스 방송으로 채널을 옮겼다. 기자가 누군가와 인터뷰하는 장면이다.

그런데 낯이 익다.

하여 아래의 자막을 보니 백두마트 보안실장이다.

나중에 확인해 보니 이놈이 준 봉투엔 5만원어치 상품권이 들어 있었다. 사람 놀리는 것도 유분수라 생각한 현수는 즉각 전화를 걸었다.

그리곤 사람 가지고 장난하느냐고 물었다. 그랬더니 이렇게 대답했다.

"야, 이 개새끼야, 넌 분명 산업 스파이야. 근데 증거가 없어서 풀어준 거야. 경찰만 없었다면 고문을 해서라도 자백을 받았을 거야. 그날 운이 좋은 줄이나 알아. 안 그랬으면 아주 피똥을 싸게 조져 버렸을 테니까. 만일 다시 한 번 이런 전화를 하면 네놈 어디 사는지 아니까 애들 보내서 확 보내 버리는 수가 있어. 알았어?"

그때 현수는 대기업 직원이라는 놈이 조폭과 거의 다를 바 없음에 어이가 없었다.

하여 상대하기조차 귀찮아 전화를 끊었었다.

이렇듯 아무 죄도 없는 사람을 개 패듯 패고는 겨우 5만 원으로 무마하려 한 놈이니 마음에 들 리 없다.

'후후, 모가지 1순위가 인터뷰를 하는군.'

보안을 담당하다 일을 당하였으니 파면당할 일만 남은 놈이다. 아울러 이놈 밑에 있던 조폭 떨거지들 역시 찍소리 못하고 잘릴 것이다.

현수가 마트를 턴 궁극적인 이유가 바로 이것이었다.

'나, 알고 보면 뒤끝 있어. 어디 곧 백수가 될 놈이 뭐라 지껄이는지 볼까?

"그러니까 연막 소독을 시작하기 전까지는 상품이 있었는데 소독을 마치고 나니 아무것도 없었다는 말씀입니까?"

"그렇습니다. CCTV에 찍힌 것을 확인해 보니 그렇습니다."

"연막 소독은 몇 시부터 몇 시까지 했습니까?"

"3시간입니다. 새벽 3시부터 6시까지 딱 3시간이었습니다.

"그렇다면 단 3시간 만에 그 많은 물건이 사라졌다는 겁니까?"

"그렇습니다."

"마트 안에 있던 상품의 총량은 어느 정도 됩니까?"

"15톤짜리 카고 트럭으로 약 200대 분량 정도 됩니다."

"그럼 약 3,000톤이란 건데 이걸 모두 가져가는 데 3시간이 걸렸다는 말씀이시죠?"

"그렇습니다."

"경찰이 범행 당일 마트의 CCTV는 물론이고 인근에 설치된 모든 CCTV의 화면을 검색한 것은 알고 계십니까?"

"네, 보안책임자로서 저도 같이 있었습니다."

"그럼 그날 그 시간대에 트럭이라곤 단 한 대도 접근하지 않았다는 발표가 사실입니까?"

"그렇습니다. 마트 인근에 주차하는 것은 물론이고 근처를 지난 것도 없었습니다."

"그럼 아무런 운반 수단도 없었는데 3,000톤이나 되는 물량이 사라졌다는 말씀이시죠?"

"그렇습니다."

"그럼 그날 그 시각에 누군가가 마트로 숨어드는 광경은 보지 못했습니까?"

"네, 분명히 없었습니다. 연막 소독이 실시되는 동안 저희 보안요원들이 모든 입구 앞에 서 있었거든요. 따라서 누군가의 접근이라는 것은 불가능한 일입니다."

"그러니까 드나든 사람도 없다는 거지요?"

"그렇습니다."

"혹시 말도 안 된다는 생각은 안 해보셨습니까? 아무도 접근하지 않았고, 아무런 운반 수단도 없는데 3,000톤이나 되는 물량이 사라졌습니다. 이걸 설명할 방법이 있습니까?"

"그, 그건……."

보안실장이 대답을 못하자 화면이 클로즈업되어 기자의 못생긴 얼굴이 단독으로 비춰진다.

"아시다시피 3,000톤은 아무나 들 수 있는 무게가 아닙니다. 또한 15톤 카고 트럭 200대 분의 부피 또한 작은 게 아닙니다. 그런데 트럭도 없고 드나든 사람도 없는데 물건은 모두 사라졌다고 합니다. 그럼 이 많은 물량은 대체 어디로 갔을까요? 모든 것이 의혹투성이입니다. 이상 YTM 뉴스의 이상해 기자였습니다."

이날 모든 언론이 하루 종일 이 사건에 대해 떠들었다.

그러는 동안 국회에서는 슬며시 자신들의 세비를 인상하는 안을 전격적으로 통과시켰다.

또한 보좌관들의 급여 인상안도 통과되었다.

웃기는 것은 그간 격렬한 대립 관계를 맺고 있던 여야가 합의해서 거의 만장일치로 법안을 통과시켰다는 것이다.

같은 날, 정부는 도시가스 요금 4.8% 인상과 수도 요금 4.5% 인상, 그리고 전기 요금까지 4.6%를 인상했다.

얼마 전에 끝난 보궐선거 때 여당은 서민 경제를 위해 절대 올리지 않겠다고 공약했었다.

그런데 혼란을 틈타 기습적으로 인상해 버린 것이다.

어쨌거나 현수는 밀린 공과금을 모두 내고 차원 이동을 하여 멀린의 레어로 갔다.

그리곤 가장 먼저 멀린이 남긴 비망록을 보았다.

거기엔 현수를 위해 기록해 놓은 것들이 있었다.

지구는 마나가 초희박인 세상이다.

그렇기에 5써클에 이르기까지 전능의 팔찌 덕을 보아야 했다. 마나석으로부터 마나를 공급받은 것이다.

하나 카이엔 제국이 있는 아르센 대륙은 지구에 비하면 대기 중 마나의 양이 액체처럼 많은 곳이다.

그럼에도 7써클에 이르기 위해선 막대한 양의 마나가 필요하다고 되어 있다.

하여 가장 먼저 마나 집적진을 그리라고 한다. 다시 말해 마나가 모여들게 하는 마법진을 그리라는 것이다.

연후에 앱솔루트 배리어 마법으로 결계를 치고 다시 타임 딜레이 마법을 실현시키라고 한다.

그러고 나서 마법을 익혀야 아드리안 공국이 멸망당하기 전에 위기에서 구할 수 있다는 것이다.

멀린의 마법진은 특이하게도 마나석의 가루로 그리는 게 아니다. 마나석 그 자체를 촘촘하게 늘어놓아 진을 완성하도록 되어 있다.

아직 마법진의 정수를 모르기에 현수는 그냥 그런가 보다 했지만 실상 멀린의 마법진은 대단한 효용이 있는 것이다.

마나석을 소모해 버리는 것이 아니기 때문이다.

멀린의 마법진을 그리면 마나 집적진뿐만 아니라 세상엔 없는 5써클 오토 리차지 마법진까지 같이 그리게 된다.

진 위에 다른 진이 겹치도록 설계된 것이다.

그럼에도 두 진 사이에 충돌이 없도록 했다. 가히 천재적 발상에 의한 혁신적인 마법진 설계이다.

이럴 경우 마나는 마나대로 집적대고, 진을 유지하기 위해 늘어놓은 마나석은 진을 위해 사용한 마나보다도 많은 양의 마나를 충전하게 되는 것이다.

다시 말해 멀린의 마법진은 마나석이 상당히 많이 필요하기는 하지만 소모되는 건 하나도 없다는 것이다.

현수는 멀린이 그려놓은 대로 마나석들을 늘어놓았다. 그리곤 결계를 치고 타임 딜레이를 걸었다.

마나심법을 시전하자 현수는 단 한 번도 경험해 보지 못한 마나의 해일을 만날 수 있었다.

처음엔 물속에 잠긴 것 같은 느낌이 들어 당황할 정도였다. 그 상태에서 이실리프를 펼쳤다. 그리곤 멀린이 수첩에 기록한 순서대로 마법을 익히기 시작했다.

당연히 1써클 마법으로부터 시작되었다.

세상의 마법사들은 1써클 마법을 약 스무 가지 정도 익힌다.

라이트, 윈드, 파이어, 파이어 애로우, 아이스 애로우, 아쿠아 애로우, 윈드 애로우 등등이다.

그런데 멀린의 마법은 약 서른여 가지이다.

2써클도 마찬가지이다. 세상엔 열다섯 가지밖에 없지만 이실리프엔 스물다섯 가지 정도가 기록되어 있다.

3써클, 4써클, 5써클도 마찬가지이다.

아무튼 외부에서의 하루는 결계 안에서의 6개월과 같다.

하여 외부 시간으로 6일, 내부 시간으로 3년 6개월 정도 흘렀을 때 결계 밖으로 나왔다.

연후에 차원 이동하였는데 조금 이상하다. 예상했던 날짜는 12월 9일인데 12월 4일이다.

고개를 갸웃거렸지만 그 이유를 알 수 없어 현수는 다시 차원 이동하여 결계 안으로 들어갔다.

현수는 모르지만 멀린의 레어는 이미 타임 딜레이가 걸려 있는 상태이다. 멀린이 죽었음에도 마법이 유지되는 것은 거대한 마법진으로 둘러싸여 있기 때문이다.

다시 말해 레어 곳곳에 마나석으로 이루어진 대형 마법진이 설치되어 있다.

그것은 앱솔루트 배리어와 타임 딜레이, 그리고 7써클 마나 집적진인 어큐므레이션(Accumulation)이다.

그 안에 다시 결계가 쳐진 것이고, 타임 딜레이 마법이 중첩된 것이다. 원래는 불가능해야 한다.

하나 멀린이 누군가!

멀린의 마법은 시전자가 다르면 중첩이 가능하다.

그렇기에 지구 시간으로 하루지만 결계 안에서는 엄청난 시간이 되어버린다.

이론적으로는 1일×180×180=32,400일(약 88년)이다.

두 개의 진이 설치된 때문이다.

하지만 똑같은 설계인지라 손실이 발생되어 지구에서의 하루가 약 30년이 된다. 그래도 1대 10,950이라는 어마어마한 타임 딜레이가 되는 셈이다.

현수는 두 번이나 결계를 나와 차원 이동해서 날짜를 확인했다. 그럼에도 예상했던 시간이 되지 않았다.

하여 자신이 들어가 있었던 시간과 밖에서의 시간을 직접 측정했다. 그 결과 1대 10,000쯤 된다는 것을 확인했다.

처음엔 깜짝 놀랐다.

사람의 한평생을 80년으로 잡는다면 이 안에선 80만 년이나 살 수 있기 때문이다.

어쨌거나 현수는 5써클까지 마스터한 뒤 6써클에 도전했다. 그리고 깨달음을 얻어 6써클도 마스터할 수 있었다.

7써클을 이루기 전 현수는 지구로 되돌아왔다.

30년이 넘는 세월을 소모한 끝에 6써클 마스터가 되고, 7써클을 이루려는 찰나에 지겨움을 느낀 때문이다.

가장 먼저 한 일은 당연히 강 대리에게 전화를 한 것이다.

사무치도록 그리웠던 여인이기에 차원 이동 즉시 연락한 것이다. 물건을 사러 강원도 삼척시에 나왔는데 생각이 나서 연락했다고 했다.

물론 되게 반가워했다.

강 대리가 처음 전화를 받을 때 현수는 주르륵 눈물을 흘렸다. 30년 가까운 세월 만에 처음으로 사랑하는 이의 목소리를 들었으니 오죽하겠는가!

통화를 마친 현수는 스포츠 용품점에 가서 온갖 운동 기구를 사들였다. 마법만 익히느라 근력이 너무 떨어졌음을 체감한 때문이다.

체계적이고 효과적인 운동을 위해 각종 동영상과 관계 자료들을 구입해 갔다. 그리곤 근력 운동 및 유산소 운동을 하면서 날짜 가기를 가다렸다.

CHAPTER 10

라면 1,400만 봉자

지구 시간으로 2012년 12월 10일 새벽 3시 10분.

백두마트 송파점이 털리고 있다.

연막 소독이 실시되는 동안 거대한 점포 내부의 모든 것들이 깡그리 사라지고 있는 것이다.

다음날 아침, 신문은 물론이고 방송까지 온통 이 사건으로 떠들썩했다.

누군가의 범행임이 틀림없다. 그런데 범인은 물론이고 방법조차 알 수 없는 희대의 사건이기 때문이다.

CNN 같은 외신조차 비중있게 이번 사건을 다뤘다.

불과 일주일 사이에 거대한 할인마트의 모든 상품이 사라지는 사건을 어찌 해외토픽으로 다루지 않겠는가!

백두마트를 계열사로 둔 백두그룹은 겉으로는 울상을 지었지만 속으론 웃었다. 국내뿐만 아니라 전 세계에 기업 홍보를 하는 효과를 얻었기 때문이다.

이는 도난당한 물품 가액 전체보다도 컸다. 그렇기에 표정 관리하느라 애썼다.

아무튼 이날, 백두마트 본점에선 모든 영업점에 긴급 공문을 보냈다.

예정되어 있던 연막 소독을 취소하라는 것이다.

다음날, 신문을 보던 현수는 뭔가 떠올랐다는 표정을 지었다. 그리곤 인터넷으로 여러 자료를 찾아보았다.

그리곤 차원 이동을 했다.

현수가 결계 안에서 마법을 익히며 몸을 만드는 사이 한반도엔 엄청난 폭우가 쏟아졌다.

라니냐로 인한 기상 이변이다.

한겨울에 마치 여름철 폭우 같은 엄청난 양의 비가 뿌려진 것이다. 일일 강수량이 무려 600㎜이다.

3일 간 내린 빗물의 총량은 1,800㎜이다.

한반도의 1년 평균 강수량은 약 1,250㎜이다. 그것의 1.5배가 불과 3일 만에 쏟아진 것이다.

이로 인해 홍수가 난 곳이 있으며, 도로가 유실되어 교통이 마비된 곳이 한두 군데가 아니다.

겨울인지라 비가 내릴 경우 그대로 흘러내렸다. 그런데 하천을 정비한다면서 파헤쳐 놓은 것이 피해를 키웠다.

보를 설치해 놓은 곳은 인근 농지로 물이 흘러넘치게 하는 화를 불렀다. 아직 완공되지 않은 곳은 공사 이전과 거의 다름없이 변해 버렸다.

덕분에 인근 농지나 주택가가 진흙 밭으로 변했다.

당연히 비 피해 때문에 난리법석이 벌어졌다.

어쨌거나 사흘 만에 폭우는 멈췄다.

그 다음날, 현수는 다시 한 번 차원 이동을 했다.

그리곤 새벽이 되자 백두그룹의 계열사인 제과 공장과 라면 공장을 차례로 방문했다.

그곳엔 지난 사흘 간 생산한 것들이 고스란히 쌓여 있었다. 공장 앞 도로가 유실되어 반출이 불가능했기 때문이다.

라면 공장의 경우 1일 생산량이 약 400만 봉지이다.

기존 재고에 3일치 생산량을 더해 모두 1,400만 봉지가 창고 가득 쌓여 있었다.

그런데 모두 사라졌다.

제과 공장의 경우엔 과자뿐만 아니라 껌이나 캔디, 초콜릿 외에도 빙과류 같은 것들도 생산한다.

이곳에서 사라진 껌과 캔디만 180톤이다.

과자는 570톤, 빙과류는 600톤이 사라졌다.

신문과 방송에 희대의 절도 사건에 대한 기사가 났다.

외신 또한 이 사건을 다루기는 했다. 하나 워낙 비 피해가 컸기에 세인들의 관심은 전만 못했다.

그런 가운데 12월 17일엔 백두마트 수원 평촌점의 모든 상품이 털리는 사건이 또 벌어졌다. 내부 수리를 위해 3시간쯤 영업을 중지했을 때 일어난 일이다.

이번엔 연막 소독을 하지 않았다. 하여 사건 직후 CCTV를 살폈지만 증거를 찾지 못했다.

어떤 연유에서인지 모든 CCTV의 가동이 중지된 상태에서 일어난 사건이기 때문이다.

사람들은 백두마트가 사람들 모르게 못된 짓을 했고, 천벌을 받았다는 소문을 냈다. 그도 그럴 것이, 당한 기업 모두 같은 백두그룹 소속이기 때문이다.

"이제 그만하자."

현수는 나직이 중얼거렸다.

자신에게 폭행을 가하고도 전혀 반성하지 않았던 백두마트에 대한 복수를 끝내기로 한 것이다.

"흐음, 7써클 마스터가 되었으니 아르센 대륙으로 가서 아드리안 공국의 상황을 살펴봐야겠어."

2012년 12월 18일.

현수는 차원 이동하여 멀린의 레어에 당도하였다.

멀린이 말했던 7써클 마스터를 이루었고, 희미하지만 여덟 번째 고리가 형성되려는 상황이다.

따라서 본격적으로 아드리안 공국의 위기에 개입해야 한다. 이에 현수는 한 번도 열지 않았던 레어의 문 앞에 섰다.

"자아! 이제 7써클 마스터가 된 내가 간다. 아드리안 공국이여, 조금만 기다리시라."

말을 마친 현수가 레버를 당겼다.

우르르르르릉!

낮은 저음을 내며 거대한 석문이 옆으로 밀려간다. 그와 동시에 강렬한 햇빛이 눈부시다.

아르센 대륙에서 최초로 느껴보는 햇빛이다.

"흐으으읍! 아, 공기, 진짜 맑다."

대한민국의 수도 서울과는 비교할 수 없고, 비교적 청정하다는 강원도에서조차 느낄 수 없는 청량함이 폐부 깊숙이 파고든다.

그런데 조금 서늘하다.

"여기도 겨울인가? 다행이군. 계절이 같아서 혼동할 일은 없겠어."

현수는 마법사들이 걸치는 로브를 걸치고 있다. 로마에 가면 로마의 법을 따르라는 말이 있다.

아르센 대륙을 돌아다니면서 청바지에 티셔츠를 입고 다닐 순 없지 않은가!

하나 겉만 그렇다.

속에 입은 옷은 한국에서와 별반 다를 게 없다.

사각팬티와 러닝셔츠, 그리고 폴라플리스 재질의 등산복을 입었다. 바지는 검정색 기모 바지이며, 등산 양말을 신었고, 등산화를 신은 상태이다.

그리고 안전을 위해 방검복을 걸치고 있다. 최첨단 제품이라 비싸게 주고 구입한 것이다.

아무튼 현수는 멀린이 남긴 스태프를 들고 있다.

약 2m 50㎝쯤 되는 것으로 들고 다니면 폼은 나지만 거치적거린다는 느낌이 드는 것이다.

그런 그의 옆구리엔 장검 한 자루가 패용되어 있다. 아공간에 있던 것 중 제법 좋아 보이는 것을 골라서 찬 것이다.

그러고 보니 현수의 체형이 달라졌다.

전엔 키만 크고 마른 몸매였는데 지금은 아니다.

가슴 부위가 제법 두툼해졌다. 다리의 근육 역시 전과 비교할 수 없을 만큼 발달되었다.

런닝머신과 벤치프레스, 덤벨 등으로 한동안 근력 키우기에 몰두한 덕분이다.

시간이 널널해지자 현수는 발전기를 구입했다. 하여 레어 안에서 전기 사용이 가능해졌다.

이걸로 DVD 플레이어를 가동시켰다. 그리곤 효과적인 운동법 동영상을 보며 운동했다.

그 결과 제법 탄탄하고 멋진 근육의 소유자가 된 것이다.

같은 기간 동안 또 다른 수련을 병행했다.

해동검도를 비롯한 각종 검법 DVD를 구해 검술을 수련했던 것이다. 정수를 모르기에 고수까지는 아니지만 나름대로 검을 다루는 정도는 되었다.

이곳 아르센 대륙을 기준으로 하면 소드 익스퍼트 중급쯤 되는 수준이 된 것이다.

검에 마나를 주입하는 방법을 몰라서 이 정도이다.

그의 심장에는 일곱 개의 확실한 써클과 한 개의 희미한 써클이 존재한다.

뿐만 아니라 단전 가득 마나가 채워져 있다.

마나 집적진에서 체력 단련과 검법을 연마하는 동안 단전호흡을 병행한 결과이다. 따라서 검에 마나를 실을 수 있게 되는 순간 소드 마스터가 될 수도 있을 것이다.

어쨌거나 현재의 실력은 정식 기사로 채용될 수준이다. 따라서 폼으로 검을 패용한 것은 아니다.

"흐으음! 동남쪽으로 곧장 1,500km쯤 가면 아드리안 공국이라고 했지? 좌표를 몰라 텔레포트를 할 수 없으니 가는 동안 이곳을 경험해 보면 어떤 곳인지 알겠군."

멀린이 죽으면서 딱 하나 실수한 것이 있다면 방금 현수가 언급했던 텔레포트 좌표를 누락시킨 것이다.

또한 레어에 곧장 아드리안 공국 왕성으로 갈 수 있는 마법진이 있음에도 이를 알려주지 않은 것이다.

너무도 당연해서 잊은 것이다.

어쨌거나 그 결과 현수는 무려 1,500km를 걸어가야 한다.

도로가 없으니 자동차는 있어도 무용지물이고, 오토바이, 또는 산악자전거는 나름대로 쓸모가 있기는 하겠으나 아직은 사용할 생각이 없다.

얼마나 오래 아르센 대륙에 머물지 모르니 하나하나를 세심히 느껴보고 싶기 때문이다.

"나중에 평화로워지면 여기다 전원주택 하나 지을까? 아, 상쾌한 공기. 경치도 끝내주는구만."

현수는 기분이 좋았다.

"그나저나 레어 근처엔 몬스터들이 없다고 했지만 이제 곧 만나겠지? 고블린이나 오크 정도면 좋겠는데. 처음부터 트롤이나 오우거를 만나면 조금 힘겨울 수도 있어. 혹시 드래곤을 만나면 우선은 도망가야겠지? 하여간 가보자."

레어를 떠난 현수는 촉각을 곤두세운 채 주변을 살피며 천천히 전진했다.

패밀리어 마법으로 작은 짐승을 척후로 보내는 방법도 있으나 아직 마법을 효과적으로 다루는 지경은 아니다.

수련만 했지 실전에서 써본 적이 한 번도 없기 때문이다.

그렇기에 조심스럽게 이동했다.

첫날은 괜찮았다. 별다른 조우 없이 이동할 수 있었던 것이다. 저녁이 되자 텐트를 쳤다.

굳이 불을 켜지 않아도 어둠 속을 꿰뚫어 볼 수 있기에 저녁 식사를 마친 후엔 그냥 우두커니 앉아서 전방을 주시했다.

참 평화로운 풍경이다.

약간 쌀쌀한 바람이 살랑인다. 그런 바람이 불 때마다 아직 지지 않았던 나뭇잎들이 낙엽이 되어 휘날린다.

진짜 자연이다.

시간이 흘러 해가 떨어지자 예상했던 소리들이 들린다.

바람에 나뭇잎 비벼지는 소리, 흔들리는 가지끼리 부딪치는 소리, 정체를 알 수 없는 짐승들의 울부짖는 소리, 어디에선가 목숨을 건 혈투가 벌어지는 소리 등이다.

혹시 몰라 앱솔루트 배리어를 치니 소리마저 차단된 듯 고요하다. 현수는 그 안에서 깊은 잠에 빠졌다.

다음날 아침, 현수는 가볍게 몸을 풀고는 텐트를 걷었다. 그리곤 아공간에서 라면을 꺼내 그것을 끓여 먹었다.

"크으음, 입맛 없을 땐 라면도 괜찮군. 그나저나 공기가 상쾌해서 그러나? 피곤이 덜한 것 같군."

어제 제법 먼 거리를 긴장한 채 걸어 밤엔 조금 피로를 느꼈었다. 그런데 말끔히 풀린 것이다.

출발하고 얼마 지나지 않았을 때이다. 100여 m 정도 떨어진 곳에 무언가가 있음을 알 수 있었다.

감각을 예민하게 하는 샤프 히어링(Sharp Hearing) 마법 덕이다.

'뭐지? 오크? 고블린? 아무튼 준비해야겠군. 아직 안개가 끼어 있으니 체인 라이트닝이 좋겠어.'

준비를 마친 현수는 천천히 걸었다. 그렇게 50m쯤 갔을 때이다.

"취이익! 인간이다! 먹자!"

"취이익! 먹을 거다!"

"아, 저건! 오크구나! 으윽, 이게 무슨 냄새야?"

자신을 향해 돌진하는 두 마리 오크를 본 현수는 이맛살을 찌푸렸다. 구역질을 유발하는 악취 때문이다.

이런 냄새는 시골 돈사에서 맡아본 적이 있다.

"젠장! 생긴 것도 돼지 같은데 냄새까지 비슷해? 에잇! 체인 라이트닝!"

파지직! 파지지직!

"케에엑! 크와아아악!"

현수가 레어를 벗어나 아르센 대륙에 와서 처음 만난 존재들은 고압 전류에 의한 감전사를 당했다.

보자마자 마법으로 이들을 해치운 것은 멀린이 남긴 기록을 통해 이들이 어떤 존재인지를 알기 때문이다.

하나 처음으로 생명체를 죽였다는 찝찝한 기분 때문에 한참 동안이나 가만히 서서 마음을 다스렸다.

그러다 가까이 다가가 살펴보니 오크들은 정말 흉측하게 생겼다.

어디서 주운 건지 알 수 없지만 녹슨 도끼를 들고 있었는데, 그것에 의해 상처를 입으면 파상풍이 우려되었다.

'음……! 지구에 가면 파상풍 예방주사부터 맞아야겠군.'

발로 툭툭 오크의 사체를 건드리던 현수는 이내 관심을 끊고 가던 길로 나섰다.

나흘 동안 오크는 열세 번, 고블린은 열한 번, 트롤도 한 번 만났고, 오우거도 두번이나 만났다.

그런데 너무 쉽다.

비교적 저써클 마법인 파이어 랜스, 또는 체인 라이트닝만으로도 모두 물리칠 수 있었기 때문이다.

현수는 몰랐다.

자신이 펼친 3써클 파이어 랜스가 아르센 대륙 6써클 마법사들의 익스플로전과 비교될 만큼 강력하다는 것을.

물론 멀린의 마법이기에 이런 위력을 보이는 것이다.

레어를 떠난 지 닷새 만에 현수는 숲 가장자리에 도달했다.

몬스터들을 만나서 싸우는 것에 흥미를 잃었기에 플라이 마법을 펼쳐 고속 이동한 결과이다.

그럼에도 이동한 거리가 200㎞ 정도밖에 되지 않는다.

처음 며칠 동안 어디가 어딘지 가늠할 수 없어 길을 잃고 헤맨 때문이다.

멀린의 레어는 바세론 산맥의 중심부에 위치해 있다.

그곳에서 외곽까지의 거리가 이 정도이니 산맥은 그 폭이 무려 400㎞에 달하는 것이다.

"헛……! 이건 연기 냄새?"

아주 어릴 때 시골에 위치한 외가에서 맡았던 냄새이다.

반가운 마음이 든 현수는 황급히 전방을 주시했다. 멀리 얼기설기 엮어놓은 목책이 보인다.

"30가구쯤 되는군. 화전민인가?"

현수는 자신이 이방인임을 잊지 않고 있다. 하여 마을을 한참 동안이나 바라보았다. 아이들이 뛰어노는 모습이 보이는 것으로 보아 위험한 산적 소굴은 아닌 듯하다.

사실 산적 소굴이라 해도 문제될 것은 없다. 7써클 마스터는 마탑 탑주와 비교했을 때 우월한 경지이다.

100여 명으로 구성된 기사단 10개와 대적한다 할지라도 전체를 몰살시킬 능력을 지녔으니 산적 따위들이 어찌할 존재는 아닌 것이다.

"좋아, 일단 부딪쳐 보자."

현수는 상대방에서 자신을 알아차릴 수 있도록 느리지도 빠르지도 않은 걸음으로 다가갔다.

"게서 멈추시오. 어디서 오는 누구시오?"

창을 들고 긴장된 시선으로 물은 이는 30대 후반쯤 되는 사내다. 굵은 팔뚝과 건장한 체격으로 미루어 짐작컨대 고된 농사일로 단련된 듯하다.

경계하는 시선으로 현수의 아래위를 훑어보는 사내의 눈에는 긴장된 빛도 담겨 있었다.

"반갑소. 나는 바세른 산맥에서 내려왔소. 지나던 길인데 이 마을에서 잠시 쉬어가도 되겠소?"

멀린이 남긴 비망록엔 아르센 대륙에서 마법사라는 존재가 어떤지 기록되어 있다.

평민이라도 마법사는 귀한 대접을 받는다. 더구나 7써클 마스터쯤 되면 평민 출신이라 할지라도 제국의 후작위를 받을 수 있다.

그렇기에 대부분의 마법사들은 똑같은 평민이면서도 마치 제 집 종 부르듯 거만하게 하대를 한다.

하나 현수는 이 대륙에 와서 처음 본 사내를 위압적으로 대할 생각이 없기에 반말은 하되 부드럽게 응대했다.

이에 사내는 믿을 수 없다는 표정을 지었다.

"뭐요? 방금 저 산에서 내려왔다고 했소? 그럼 일행은 어디에 있소? 설마 혼자 내려온 것은 아니겠지요?"

사내가 손가락으로 가리키는 곳은 조금 전 현수가 있던 곳이다. 그러니 당연히 고개를 끄덕였다.

"아, 나는 일행이 없소. 혼자 내려왔소이다. 그리고 저 산에서 내려온 것 맞소."

로브를 걸쳤고, 거창한 스태프를 들고 있어 사내는 현수가 마법사일 것이라 짐작은 했다. 하나 검까지 차고 있어서 혹시 폼은 아닌가 했다.

가끔 이러고 다니는 사기꾼들이 있기는 하다. 물론 매우 드물다. 진짜 마법사에게 걸리면 죽음이기 때문이다.

아무튼 바세른 산맥에서 혼자 내려왔다면 마법사가 틀림없다. 그것도 상당히 고위 마법사일 것이다.

산속엔 고블린과 오크는 물론이고 트롤과 오우거가 우글거린다. 그런 곳을 단신으로 뚫고 나오려면 그만한 능력이 있어야 하기 때문이다.

그렇기에 사내의 음성이 금방 공손해진다.

"저어… 혹시 마법사님이십니까?"

"마법사요? 흐음, 마법을 익히긴 했소. 근데 그게 무슨 문제라도 되오?"

"아, 아닙니다. 어서 들어오십시오."

"감사하오."

현수는 가볍게 고개 숙여 인사했다.

"마법사님, 소인은 엘베른이라고 합니다요."

"하인스 킴이라 불러주시오."

현수라는 이름을 대봐야 발음하기 쉽지 않을 것이다. 대마법사 멀린도 그러지 않았던가!

그렇기에 하산하며 이곳에서 사용할 이름을 작명했다.

자신의 이름인 현수와 가장 가까운 걸 골랐기에 하인스라 정한 것이다.

"헉……! 귀족이십니까?"

사내의 음성은 더욱 공손해졌다. 평민은 성이 없다. 그런데 킴이라는 성이 있다는 사실에 놀란 것이다.

"하하, 그런 게 중요하오? 그냥 잠시 쉬어갈 것이니 너무 신경 쓰지 마시오."

"네, 알겠습니다. 먼저 저희 알베제 마을에 오신 것을 환영합니다. 근데 워낙 마을이 적어 여관이 없습니다. 촌장님께 모셔다 드리겠습니다요."

"고맙소. 그냥 길만 알려줘도 되는데……."

"아닙니다요. 촌장님께서 귀빈께서 마을을 방문하면 반드시 알리라 하셨으니 제가 안내해 드리는 것은 당연한 겁니다."

엘베른은 대답은 들을 필요가 없다는 듯 앞장을 섰다. 현수는 그 뒤를 따를 수밖에 없었다.

다 똑같이 생긴 집이라 어떤 것에 촌장이 있는지 알 수 없기 때문이다.

“어서 오십시오. 이 마을의 촌장인 마레바라 합니다.”

고개 숙여 인사하는 사내는 50대 후반이다.

그런데 한쪽 다리를 절고 있다. 지저분한 붕대 비슷한 걸로 감아놓은 걸 보니 상처 입은 듯하다.

“반갑소. 하인스 킴이라 하오.”

“귀한 마법사님께서 오셨는데 마땅한 곳이 없습니다요. 불편하고 누추하더라고 오늘은 제 집에서 머물러 주십시오.”

“배려에 감사드리오. 하나 나는 텐트에서 머물 것이니 마음 쓰지 않아도 되오.”

“네에……? 텐트라니요?”

“아, 그건 내가 잠을 잘 때 쓰는 일종의 집이라 생각하면 되는 것이오.”

“네에……? 집을 들고 다니십니까?”

촌장인 마레바는 현수의 말에 화들짝 놀라는 표정을 지었다. 마법사들이 대단한 능력을 가졌다는 것은 안다.

하나 집까지 들고 다닌다 하기에 놀란 것이다.

텐트를 한 번도 본 적이 없어 이런 반응일 것이다. 하여 현수는 환한 웃음을 지었다.

“생각하는 것만큼 큰 집이 아니오. 그저 잠만 잘 수 있는 것이오. 근데 그러려면 약간의 공터가 필요하오.”

“공터라면… 아, 마법사님께서 편하신 곳을 쓰십시오. 농토만 아니면 됩니다.”

"그렇소? 알겠소."

말을 마친 현수는 주변을 휘휘 둘러보았다. 아까 왔던 목책 안쪽에 제법 너른 공터가 보인다.

"저기 저쪽의 땅을 조금 쓰겠소."

"편하신 대로 하십시오. 그런데 식사는?"

"그것도 걱정하지 마시오. 내가 알아서 해결하겠소."

"아! 그렇습니까? 그거 다행입니다. 변변히 대접할 만한 것이 없어 걱정이었습니다."

"그렇소? 아무튼 감사하오. 이곳에서 며칠 쉬었으면 하는데 그것도 가능하오?"

현수는 이곳에서 아르센 대륙에 대한 것들을 알아보기로 마음먹었다. 책에서 보기는 했지만 이론과 실제는 늘 다르지 않던가! 하여 며칠 머물 생각을 한 것이다.

"물론입니다. 원하시는 만큼 아주 오래 계셔도 됩니다."

"하하! 고맙소. 이따 텐트를 다 치고 나면 한번 와주시오. 상처를 입은 듯한데 내가 한번 살펴보겠소."

"네에. 아이고, 고맙습니다요."

촌장을 뒤로하고 목책 쪽으로 다가가는데 아이들은 물론이고 온 동네 사람들이 졸졸 따라다닌다.

아마도 신기해서 그럴 것이다.

피식 실소를 지은 현수는 아공간에서 텐트를 꺼냈다. 꺼내서 던지기만 하면 펼쳐지는 원터치 자동 텐트이다.

현수가 텐트를 던지자 허공에서 자동으로 모양을 잡더니 펼쳐진다.

"우와아아……!"

사람들의 함성이 들린다.

한국에선 별일 아닌 것이지만 이곳 사람들의 눈엔 영락없이 신기한 마법으로 보일 것이다. 하여 피식 실소를 지었다.

사람들의 시선을 한몸에 받으면서 텐트 안으로 들어간 현수는 공간 확장 마법을 구현시켰다.

그러자 일어서서 걸어 다닐 정도로 넓어진다.

텐트 내부는 평수로 따지자면 1평 조금 넘는다. 그런데 이것이 20평 정도로 넓어진 것이다.

아공간에서 싱글 침대를 꺼내 한쪽에 내려놓았다. 이어서 이불과 베게까지 꺼내놓았다.

다음엔 식탁을 꺼냈다. 물론 의자들도 꺼냈다. 다음엔 구급약품을 꺼냈다. 백두마트를 털 때 딸려온 것들이다.

설치를 끝내고 밖으로 나오자 촌장이 감탄스럽다는 표정을 짓는다.

"마법사님, 정말 대단하십니다."

"응? 아, 하하! 뭐, 별거 아니오."

"별게 아니라니요? 제 생전에 이토록 신기한 마법은 처음 봅니다요. 혹시 안을 들여다봐도 되는지요?"

"그러시오. 들어오는 김에 상처도 한번 봅시다."

"아이고, 고맙습니다요."

텐트로 들어선 촌장은 밖에서 볼 때완 달리 상당히 넓다는 것에 놀라는 표정을 지었다. 설명이 필요하다.

"흐음, 실내 공간에 공간 확장 마법을 걸어 밖에서 볼 때보다 안이 훨씬 넓은 것이오."

"아, 그렇군요. 정말 대단하십니다."

"자아, 이쪽에 앉아보시오."

현수가 식탁 의자를 권하자 두말 않고 앉는다.

환부를 보려 고개를 숙이는 순간 썩는 냄새가 난다.

천천히 붕대를 풀었다. 본시 붕대가 아니라 옷가지였는데 찢어서 감은 모양이다.

고름이 얼마나 흘러나왔는지 묵직한 느낌이 든다.

붕대가 모두 풀린 뒤 드러난 상처는 끔찍했다. 붕대가 고름에 젖는 바람에 공기가 통하지 않아 살이 불어 있다.

그런데 더러운 고름과 진물이 뒤섞여 흘러나온다.

"어쩌다 이렇게 된 것이소?"

"얼마 전부터 마을 밖에 새끼 딸린 샤벨타이거가 살기 시작했습니다. 이건 놈에게 당한 흔적입니다."

보아하니 날카로운 발톱에 할퀴을 당했다. 제법 큰 살점이 떨어져 나갔는데 적절한 조치를 취하지 않아 화농된 것이다.

"상처는 얼마나 된 것이오?"

"한 열흘 되었습니다요."

"이 정도면 통증이 심했을 텐데 어떻게 견뎠소?"

"그냥 참아야지 뭐 어쩌겠습니까?"

"근처에 신관은 없소?"

"아이고, 마법사님! 신관이 어찌 이리 조그만 마을에 있답니까? 대처로 가야 간신히 보는 게 신관입니다요. 게다가 돈이 없으면 만나주지도 않습니다요."

"흐음, 그도 그렇겠군."

"여긴 촌구석이고 저는 돈도 없습니다요. 그러니 신관을 만난다는 것은 아예 생각지도 못했습죠."

말을 들으며 현수는 응급처치용 의약품 통을 개봉했다.

가장 먼저 솜을 잘게 찢어 핀셋으로 두텁게 엉겨 붙은 상처의 고름을 닦아냈다. 닿을 때마다 통증이 느껴지는지 움찔거리지만 어쩌겠는가!

어찌나 심했는지 거의 십여 분에 걸쳐 고름을 닦아냈다.

심하기도 했지만 혹시 통증을 느낄까 싶어 세심히 닦아낸 때문이다.

드디어 환부가 드러난다. 한 2㎝ 깊이로 살이 푹 파여 있다. 이 정도면 꽤 많은 피를 흘렸을 것이다. 변변한 것 하나 없는 이곳에서 어찌 지혈을 했는지 알 수 없는 노릇이다.

"꽤 큰 놈인가 보군."

"네, 몸통 길이만 6m쯤 되는 놈이었습니다."

"몸통만 6m? 크군. 음! 이제 고름은 모두 닦아냈소. 다리를 펴서 발을 이쪽 의자에 올려놓으시오."

"네에, 마법사님."

현수는 촌장의 다리를 움직여 환부가 수평을 이루도록 했다. 그리곤 거즈 몇 장을 꺼내 환부 위에 올려놓았다.

"자아, 이제 소독이란 걸 할 것이오. 잠시 따끔거릴 수 있소. 하나 아주 고통스런 것은 아니니 꾹 참으시오."

"네에."

대답과 동시에 현수는 거즈 위에 과산화수소를 듬뿍 뿌렸다. 상처를 소독하기 위함이다.

"헉……! 으윽! 으으으으윽……!"

상처에 과산화수소가 상처에 닿으면서 부글부글 기포를 발생시키는 느낌을 언제 경험해 보았겠는가!

촌장은 이를 악물어 이상한 감촉을 견뎌냈다. 그런데 그 시간이 그리 길지 않다.

의외로 아프지 않았기 때문이다. 이는 화농으로 인해 상처 부위 신경 조직 대부분이 괴사한 때문이다.

아무튼 현수는 핀셋으로 거즈를 들어 그것으로 덜 닦인 고름을 처리했다. 그리곤 잠시 기다렸다가 후시딘을 꺼내 상처 주위에 골고루 발라주었다.

상처 전체가 번들거리자 나지막이 중얼거렸다.

"마나의 효능으로 상처를 치료한다. 힐(Heal)!"

아직 치료 마법은 서툴지만 그냥 놔두는 것보다는 낫겠다 싶어 시전한 것이다.

아무튼 너무 심해서 그러는지 원상 복구는 되지 않지만 상당히 좋아졌다는 것을 알 수 있었다.

현수는 마음에 든다는 듯 고개를 끄덕이고는 거즈를 꺼내 환부보다 약간 크게 접었다.

다음엔 반창고를 길게 잘라 그것을 고정했다. 그리곤 붕대로 전체를 감쌌다. 거즈가 떨어질까 싶었던 것이다.

촌장은 현수가 하는 것을 지켜보고만 있었다.

그러거나 말거나 현수는 의약품들을 뒤져 소염진통제와 항생제, 그리고 소화제를 꺼냈다.

소염진통제는 상처가 곪는 것을 완화시키는 소염 작용과 통증을 완화시키는 진통 작용을 모두 갖는 약물이다.

항생제는 병원균이 생산하는 대사산물로서 소량으로 다른 미생물의 발육을 억제하거나 사멸시키는 물질이다.

소화제는 이 두 가지 약품이 잘 소화되어 약효를 발휘하도록 촉진시키는 약물이다.

아무튼 현수는 약국에서 쓰는 기구들을 이용하여 마치 약사처럼 한 번 먹을 분량씩 조제했다.

다만 현대인과 달리 양을 반 이하로 줄였다.

현대인들은 평소에 많은 약물을 복용하면서 산다.

대표적인 것이 항생제 남용이다. 그렇기에 내성이 생겨 적은 양으론 별 효과를 보지 못할 수도 있다.

하나 단 한 번도 약을 복용해 보지 못한 이곳 사람들에게 같은 양을 복용시켜선 안 된다.

자칫 너무 과할 수도 있기 때문이다.

이 같은 지식은 약국에서 알바할 때 짠돌이 약사가 가끔 하던 말을 귀담아 들어두었던 것이다.

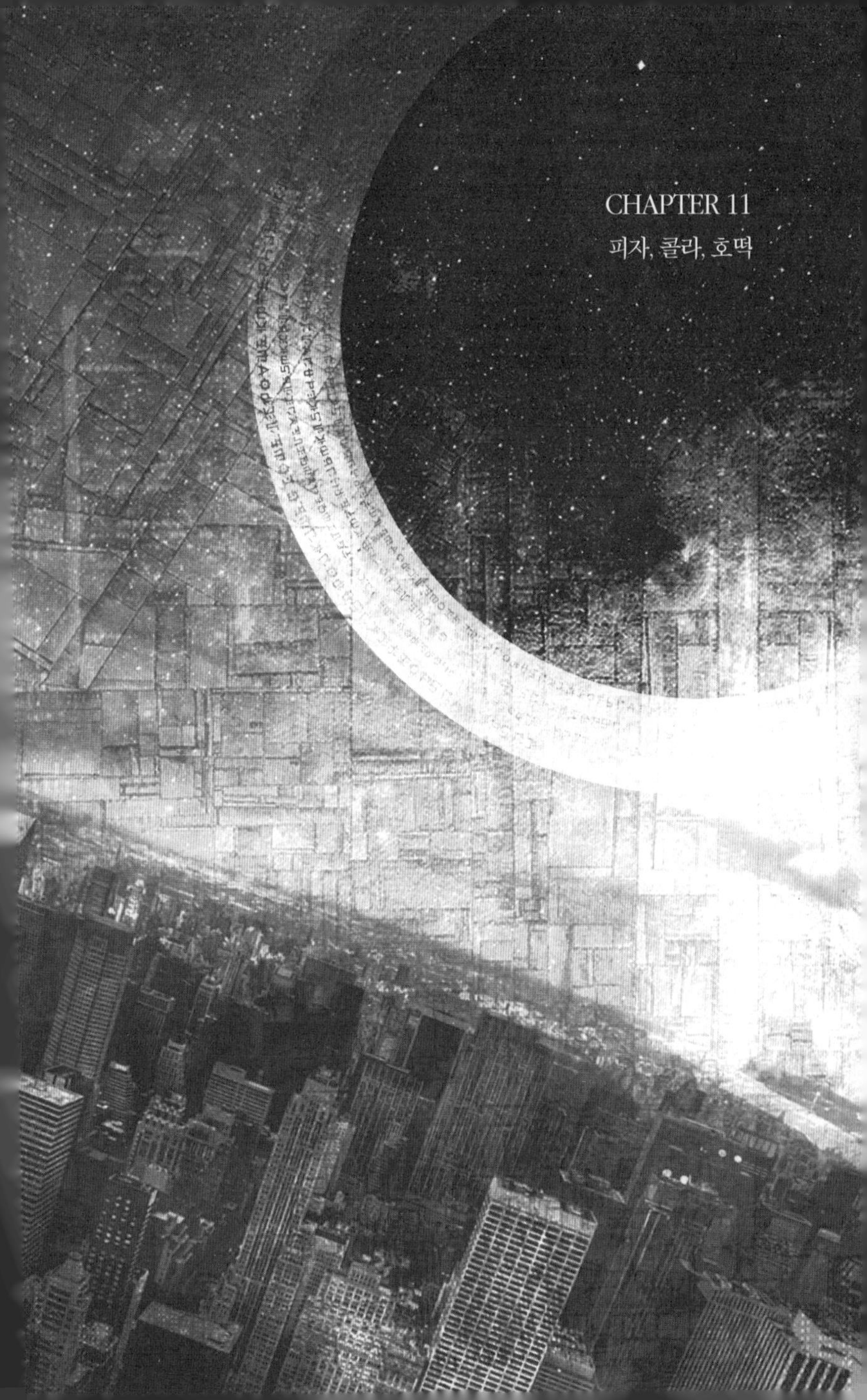

CHAPTER 11
피자, 콜라, 호떡

"상처가 너무 많이 곪아 그냥 놔뒀으면 다리를 절단하게 되거나 목숨까지 잃을 수 있었소. 하지만 조치를 잘 취했으니 이제 괜찮을 것이오."

"아이고, 고맙습니다요. 정말 고맙습니다."

"고맙긴……. 이거 받으시오. 이건 약이라고 하는 것이오. 하루에 세 번 음식물을 섭취하고 한 30분쯤 있다가 한 봉지씩 뜯어서 물과 함께 드시오."

"30분이요? 그리고 하루에 세 번 음식 먹은 뒤예요?"

"그렇소. 하루에 세 번 드시오."

"저어, 30분이 뭘 말씀하시는 건지는 알겠습니다. 한데 우린 하루에 두 번 먹기도 바쁜데……."

현수는 말 안 해도 무슨 뜻인지 이해했다.

너무 가난해서 하루에 세 끼를 다 먹을 수 없다는 것이다.

사실 이 마을에 처음 발을 들여놓는 순간 몹시 가난한 곳이라는 것을 직감할 수 있었다.

걸치고 있는 의복, 천으로 대강 감싼 더러운 발, 버짐 핀 얼굴, 바싹 마른 체구 등등이 그것의 증거이다.

알베제 마을은 현수가 이 세계에 와서 처음 만난 마을이다. 게다가 멀린의 레어에서 가장 가까운 마을이기도 하다.

이곳까지 오는 동안 현수는 세력의 필요성을 느꼈다.

아드리안 공국을 위기에서 구해준다 하여 끝나는 것이 아니라는 생각을 한 것이다. 하여 쓸 만한 인재들을 발굴하여 제자 내지는 조력자로 삼을 계획을 세웠다.

이들은 아드리안 공국 내에 있어선 안 될 것이다.

마법사들이 나쁜 마음을 품은 결과 나라를 망친 사실이 아르센 대륙 역사책에 여러 번 기록되어 있기 때문이다.

따라서 제자 내지 부하들은 멀린의 레어 근처, 또는 모종의 장소에서 수련시키리라 마음먹었다.

그러려면 일상 생활용품부터 온갖 것들까지 구해야 하는 문제가 생긴다. 그중 식료품은 중요한 품목이 된다.

나중에 어찌 될지 알 수는 없지만 이곳에서 농사를 지어 식량을 조달하면 어떨까 싶은 생각이 문득 스쳤다.

하여 선의를 베풀기로 마음먹었다.

"그럼 하루에 세 번 오시오. 음식을 나눠 주겠소. 약도 그때

줄 것이오. 그럼 되겠소?"

"아이고, 마법사님, 그게 무슨 말씀이십니까? 이렇게 상처 치료까지 해주셨는데 음식 대접은 저희가 해야지요."

"아니오. 이렇게 마을에 머물게 해주는데 이 정도는 해줘야 하지 않겠소? 그러니 부담 갖지 마시오."

"네에, 정말 고맙습니다. 흐흑! 사실 아파도 하소연할 데도 없었습니다. 어젯밤은 고열 때문에 잠도 못하고……. 선량하신 마법사님을 만나 이렇게 치료를 받으니… 흐흑! 정말 고맙습니다요. 흐흐흑!"

"고맙긴, 그나저나 그 샤벨타이거라는 놈은 마을에 자주 내려옵니까?"

"네, 그래서 정말 걱정입니다요. 다행히 야행성이라 낮엔 마을을 덮치지 않습니다. 하여 해가 떨어지면 문단속을 단단히 하고 안에만 있는 형편입죠."

상황이 짐작되기에 현수는 나직한 침음을 냈다.

"흐으음!"

"그저께 밤에도 놈이 마을을 습격하여 기르던 염소를 세 마리나 잡아갔습니다요."

"흐으음!"

현수는 연속해서 침음을 냈다.

보아하니 변변한 무기도 없는 촌구석이다. 사람 수도 적어 샤벨타이거 같은 맹수는 상대할 엄두조차 내지 못한다. 다시 말해 맹수가 습격하면 몸을 숨기는 것이 고작이라는 뜻이다.

"어떻게 이러고 사는 것이오?"

"휴우! 별수가 있어야지요. 이 마을 사람 대부분이 도망친 농노입니다요. 대처로 나가면 모두 잡혀가 죽을 고생을 하게 되니 여길 떠날 수 없는 겁니다요."

어느새 촌장은 하소연하는 어투로 말을 하고 있다.

마법사들은 그 성품이 괴팍하여 조금만 실수해도 버럭 화를 내거나 마법으로 사람을 죽인다고 하였다.

하여 마법사라면 벌벌 떤다. 그런데 이 마법사는 전혀 안 그런 것 같다. 그래서 이처럼 하소연하고 있는 것이다.

솔직히 도움의 손길을 받고 싶음이다.

한편, 현수는 촌장의 마지막 말을 듣고 생각을 굳혔다.

이 마을 사람들 거의 전부가 도망친 농노라고 했다. 이는 이곳을 다스리는 영주가 없음을 의미한다.

그렇다면 이곳을 레어를 위한 전진기지로 삼는 것도 괜찮겠다 싶은 생각을 한 것이다.

"흐음, 알겠소. 일단 며칠 머무를 테니 어찌 되는지 한번 두고 봅시다."

마음은 먹었지만 실제를 알아야 하기에 며칠 머물기로 한 것이다.

"네에. 그럼 이만 물러가겠습니다요. 편히 쉬셔야 하는데 이 천한 놈의 상처를 봐주시느라 애쓰셨습니다요."

"아니오. 별로 힘든 것도 없었는데, 뭘."

촌장은 마법사의 안식을 방해하면 안 된다는 듯 마을 사람들을 모두 몰아갔다.

잠시 휴식을 취한 현수는 천천히 걸어 마을을 둘러보았다.

"흐음, 튼튼하긴 하겠네."

거의 모든 집이 지름이 최하 30㎝ 정도는 되는 통나무로 지은 것들이다. 그래야 맹수나 몬스터의 습격으로부터 안전하기 때문일 것이다.

그런데 이건 사람 사는 꼴이 아니다. 너무도 엉성해서 겨울엔 어떻게 지내나 싶다.

나무라는 놈은 인간들 좋으라고 곧게 자라는 놈이 아니다. 하여 목재와 목재 사이로 틈이 보인다. 그나마 진흙 같은 걸로 대강 메운 모양이다. 흔적이 남아 있었던 것이다.

그런데 마르면서 다 떨어져 나간 듯 속이 훤히 보인다.

현수가 마을을 둘러보는 동안 일곱 살쯤 된 꼬맹이들이 줄줄 따라다닌다. 머리는 봉두난발이요, 의복은 넝마다. 얼굴엔 땟물 흔적이 그득하고 몸은 비쩍 말라 있다.

'거지나 다름없군. 근데 아이들 영양이 너무 나쁘구나.'

이곳의 주식은 지구에서의 밀과 아주 비슷하다고 했다.

하여 농토를 둘러보았다. 수확을 마쳤는지 지푸라기만 남아 있다. 그런데 그리 넓지도 못하다.

마을을 둘러보는 데 걸린 시간은 불과 10분이다. 워낙 규모가 작아 볼 것이 없었던 때문이다.

텐트로 와보니 누군가 물과 밀가루 비슷한 것을 가져다 놓았다. 그리고 종지 같은 것에 무언가가 담겨 있다.

"흠흠, 이게 뭐지? 꿀이구나."

꿀을 섞은 물에 밀가루를 반죽한 뒤 이를 익혀 먹는 것이 이곳 음식인 듯하다.

"섬유질이 풍부하여 변비 해소엔 좋겠구나."

나직이 중얼거릴 때 촌장이 다가온다.

"아이구, 마법사님! 죄송합니다. 마누라에게 마법사님 드실 윗플을 가져다 드리라 했는데 이놈의 마누라가 말을 잘못 알아들은 모양입니다요. 죄송합니다."

"응?"

"후딱 가서 윗플을 만들어 오겠습니다요. 조금만 기다려 주십시오."

말을 마친 촌장은 아픈 다리를 끌고 밀가루 비슷한 것과 벌꿀 종지를 들고 갔다.

"윗플이 뭐지? 흐음, 그나저나 저녁 먹을 때가 되었군. 가만 오늘은 뭘 만들어 먹을까? 피자! 그래, 생각난 김에 피자나 한번 먹어보자."

현수는 아공간에서 피자를 꺼냈다.

"흐음! 좀 식었군. 마나의 힘이여, 사물을 따뜻하게 데워라. 히팅(Heating)!"

피자는 갓 만든 것처럼 따끈따끈해졌다.

"흐음, 마법이란 참 생활을 편리하게 하는군."

전자레인지에 넣고 적어도 2~3분은 기다려야 하는 과정이 생략된 것만으로도 기분이 좋아진다.

"참, 콜라가 빠졌군."

아공간에 손을 넣으니 시원한 콜라가 잡힌다. 1.5리터짜리 큰 병이다. 또다시 손을 넣어 일회용 컵을 꺼냈다.

식탁에 앉은 현수는 앉은 자리에서 네 조각을 해치웠다. 그러는 사이 콜라를 세 잔이나 마셨다.

"끄으으윽!"

탄산음료를 마신 티를 낸 현수는 문득 시선을 밖으로 두었다가 새까만 눈동자 몇을 보았다.

아까부터 현수를 따라다니던 아이들이다.

그것은 현수가 남긴 피자 네 조각을 뚫어져라 쳐다보고 있었다. 그러던 중 한 아이가 침을 꿀꺽 삼킨다.

무슨 뜻인지 어찌 모르겠는가!

"얘들아, 이리 와서 이거 먹어볼래?"

후다다닥!

현수의 말이 끝남과 동시에 아이들은 사방으로 도망쳤다.

하나 그리 멀리 간 것은 아니다. 근처에 있던 나무 뒤에 몸을 숨긴 아이들의 시선은 여전히 피자에 고정되어 있다.

세어보니 일곱 명이다. 네 조각으론 부족하겠다 싶은 현수는 두 판의 피자를 더 꺼냈다.

"마나의 힘이여, 사물을 따뜻하게 데워라. 히팅(Heating)!"

금방 따끈따끈해진다.

이번 것은 소갈비살과 얇게 저민 마늘, 그리고 발사믹 소스로 양념한 것이다.

현수는 다가오기 꺼려하는 아이들을 배려하여 텐트 밖에 이것들을 가져다 놓았다.

아울러 콜라도 일곱 잔을 만들어놓았다. 이곳 아이들은 톡 쏘는 탄산음료를 경험한 바 없을 것이다. 하여 흔들어서 김을 뺀 것이다. 그리곤 텐트로 돌아와 지퍼를 내렸다.

후다닥거리는 소리가 들리고 허겁지겁 먹는 소리도 들린다. 괜히 웃음이 난다. 그리고 유쾌한 기분이다.

15분쯤 있다가 지퍼를 내렸다.

찌이이익 !

깨끗하다!

아이들은 현수가 나타났지만 이번엔 도망가지 않았다.

"아직도 배가 고프냐?"

"……!"

대답 대신 모두의 고개가 위아래로 끄덕여진다.

"쬐끄만 놈들이 먹기는 엄청 먹는구나. 좋다. 오늘 피자 파티 한번 해보자꾸나."

보아하니 저녁때가 되었음에도 음식을 만드는 기척이 느껴지지 않는다. 겨울이 되면서 하루에 두 끼 먹던 끼니를 한 끼로 줄인 때문이다.

현수는 아공간에 손을 넣어 피자를 꺼냈다. 그리곤 계속하여 히팅 마법으로 데워냈다.

콜라도 꺼냈다. 아이들의 눈이 빛난다.

하긴 먹을 게 지천으로 널린 한국에서도 아이들은 피자와 콜라를 좋아한다. 그런데 이곳 아이들은 굶주림이라는 것이 뭔지를 처절하게 체험하는 중이다.

그런 상태에서 달디단 콜라는 그야말로 기가 막힌 음식이다.

현수가 꺼낸 피자는 32판이다. 이번 것은 가장 평범한 토핑이 된 냉동 피자다. 콜라 역시 32개를 꺼냈다. 이것들을 일일이 흔들어 김을 쏙 뺐다.

모든 것이 준비되자 현수가 한마디했다.

"자아, 이걸 한 집에 하나씩 가져다줄래?"

"네에!"

아이들이 이구동성으로 합창을 한다.

그리곤 마법사 현수가 무섭지도 않은지 와르르 달려들어 각기 피자를 들고 움직이기 시작했다.

곧 마을 가득 구수한 피자 냄새가 진동했다.

"마법사님, 고맙습니다요. 정말 고맙습니다요."

나이 지긋한 할머니 한 분이 감사의 뜻을 전하러 왔다.

현수는 대답 대신 고개를 끄덕임과 웃음으로 괜한 발걸음하지 말라는 뜻을 전했다.

30분도 지나지 않아 텐트 앞은 또다시 아이들 차지가 되었다. 초롱초롱 빛나는 눈동자로 현수의 일거수일투족을 살피고 있었다.

커피 한 잔을 마시는 동안 아이들이 침을 삼킨 횟수가 무려 60여 번이다.

"에구, 이놈들아! 이건 니들이 마실 게 아냐. 나야 괜찮지만 이거를 마시면 니들 오늘밤에 잠은 다 잘걸?"

식탁에 앉아 물끄러미 밖을 내다보던 현수는 나직이 중얼거렸다. 그러다 문득 생각났다는 듯 아공간에 손을 넣었다.

"큭큭, 니들 아마 이 맛을 평생 못 잊을 거다."

땅콩, 아몬드 등 견과류를 초콜릿으로 감싼 것의 봉지를 일일이 뜯었다. 자칫 봉지까지 먹을까 싶었던 때문이다.

아이들 1인당 두 개씩 먹을 수 있도록 껍질을 제거한 뒤 피자를 담았던 종이 상자에 넣었다.

그리곤 아이들이 있는 곳으로 다가갔다.

"너희들, 이거 한번 먹어볼래?"

"……!"

대답이 없다. 그렇게 잠시 시간이 지나자 한 아이가 일어난다. 그리곤 쭈뼛쭈뼛 거리며 다가왔다.

현수는 일부러 초콜릿 바를 씹어 먹었다.

아이들이 보기에 시커멓기만 한 이것을 음식이 아니라 생각할 수 있기 때문이다.

몇 걸음 밖까지 다가온 아이에게 하나를 내미니 잽싸게 받아 들고는 튄다. 그러자 아이들의 시선이 쏠린다.

초콜릿 바를 든 아이는 이게 뭔가 싶어 이리저리 살핀다. 그러다가 현수처럼 입안에 넣고 씹었다.

그런데 표정이 묘하다.

도저히 믿을 수 없다는 바로 그 표정이다. 그러더니 혹여 누가 빼앗아 먹을까 싶어 두렵다는 듯 허겁지겁 먹는다.

빙그레 미소 지은 현수는 초콜릿 바가 담긴 피자 상자를 내려놓고는 또다시 텐트로 돌아갔다.

당연히 난리가 벌어졌다.

현수는 피식 실소를 베어 물었다. 그러다 문득 아까 방문했던 촌장의 집이 떠올랐다. 그곳에서 머물라고 했을 때 곧바로 거절한 것엔 분명한 이유가 있다.

첫째, 몹시 지저분했다.

둘째, 침상 위를 기어다니는 벌레들이 있었다. 보나마나 이, 벼룩, 빈대 같은 것일 것이다.

셋째, 들보 위를 돌아다니는 쥐들이 보였다.

벌레와 쥐, 그리고 악취. 사람이 사는 집이다.

어찌 그런 곳에서 잘 수 있겠는가!

하여 단칼에 거절하고 텐트를 친 것이다.

'하긴 위생이라는 것이 뭔지 모르는 세상이니……. 그나저나 있기는 한가?'

아공간을 더듬어 구충제를 찾았다. 회충, 촌충, 십이지장충, 요충 같은 기생충을 녹여서 없애는 것이다.

다행히 마을 사람 전부에게 먹이고도 남을 정도가 있었다.

밖에서의 소란이 끝나자 현수는 구충제를 까서 아이들 하나하나에게 먹였다. 그리곤 각자 집으로 가서 어른들에게도 먹도록 일러주었다.

혹시 이것도 음식일까 싶어 여러 알을 삼킬 아이가 있을까 싶어 한 알 이상을 먹으면 몬스터의 먹이가 될 것이라 하였다.

잔뜩 겁을 집어먹은 아이들은 현수의 설명이 계속되는 동안 고개를 끄덕이다 사라졌다.

해가 떨어지자 마을은 고요해졌다. 모두 문단속하고 제 집 안에서 꼼짝도 않았기 때문이다.

하나 현수는 그럴 이유가 없다. 앱솔루트 배리어가 쳐져 있기 때문이다.

안전을 위해 아르센 대륙에 머무는 동안엔 늘 이것을 구현시키리라 마음먹었다.

힘이 드는 것도 아니고 체내의 마나가 줄어드는 것도 아니다. 그렇다면 있는 걸 안 쓸 이유가 없지 않은가.

결계는 투명하다. 그렇기에 밖이 훤히 내다보였다.

그런데 오늘 따라 월광이 그윽하다. 하늘을 보니 두 개의 달이 떠 있는데 하나는 만월, 다른 하나는 반월이다.

"확실히 지구는 아니군."

나직이 중얼거린 현수는 마나 집적진을 그리고는 그 가운데 앉았다. 그리곤 마나심법을 운용하며 마나를 쌓는 한편 감각을 넓혀 보았다.

2써클 와이드 센스(Wide Sense) 마법이다. 물론 멀린만의 독창적인 마법이다.

감각의 경계를 조금씩 넓혀가자 주변 모든 생물체의 움직임이 느껴지기 시작했다.

지상뿐만 아니라 허공과 지하 일부까지 느껴진다.

500m 이내엔 위험한 것이 없다.

현재로선 이것이 감각의 한계이다. 천천히 마나심법을 거둔 현수는 이번엔 단전호흡을 시작했다.

멀린이 마나라 부른 것은 지구에선 기(氣)라 하는 것이다.

그런데 현수가 최근에 깨달은 것이 하나 있다.

마법을 위한 마나가 따로 있고, 검법을 위한 기가 따로 있는 것이 아니라는 것이다.

오랜 전통에 따라 심장에 써클을 형성하는 것일 뿐이다.

마법사들이 이를 단전에도 모을 수 있으나 그러지 않는 것엔 분명한 이유가 있다.

그럴 경우 기초 마법부터 전부 새로 배워야 한다. 마나 로드가 완전히 달라지기 때문이다.

게다가 기존 마법의 수식은 전부 폐기되어야 한다.

마법 구현에 필요한 마나 배열 순서가 완전히 바뀌어야 하기 때문이다.

뭐라고 이런 상황을 일부러 만들겠는가!

그렇기에 마법사들이 심장에 써클을 형성하는 걸 고수하는 것이다.

검법을 수련하는 검사들 가운데 마법을 병행하는 이가 드문 이유도 비슷한 맥락이다. 그럼에도 마검사는 존재했다.

이들 대부분은 4써클 내지는 5써클 유저 정도로서 소드 익스퍼트 하급이나 중급 정도 되는 실력을 지녔다.

이들은 쉽게 말하자면 돌연변이, 또는 기연으로 인한 특별한 결과일 뿐이다. 그래서 인위적으로 마검사를 배양하는 방법이 없는 것이다.

현수 역시 심장의 써클과 단전이 현재로선 별개로 존재한다. 다시 말해 둘 사이에 유기적인 관계 없이 독자적으로 움직인다는 뜻이다.

마법을 구현할 때는 심장의 써클이 작용하고, 검법을 시전할 때엔 단전의 마나가 사용된다.

그런데 지금처럼 마나심법을 운용하다 완전히 마무리되지 않은 상태에서 단전호흡으로 바꿀 때가 있다.

또는 반대의 경우가 되면 가끔 마나 로드에서 혼란이 벌어진다. 이 방면에 무식한 현수이기에 자칫 주화입마가 될 수도 있음에도 종종 연이은 수련을 했다.

지금도 그렇다.

단전호흡으로 바꾸자 심장의 써클들이 혼란을 일으켰다.

고리와 고리가 분명히 구분되어 돌아야 하며, 각각의 고리가 도는 방향과 속도가 달라야 한다.

그런데 한꺼번에 한쪽 방향으로 도는 상황이 벌어진 것이다. 그러거나 말거나 현수는 명문혈을 통해 물밀 듯 몰려드는 기를 단전에 휘감았다.

그리곤 이 기운이 발끝까지 내려갔다가 회음혈 주위로 몰려든다는 생각을 했다. 그와 동시에 두어 번 괄약근을 쫑긋거림으로써 근육을 수축시켰다.

이 순간 좁은 통로를 통해 기운이 이동한다.

넓은 곳을 흐르던 물이 좁은 지역을 통과하게 되면 압력이 높아지면서 속도가 빨라진다. 그러다 다시 넓어지게 되면 그 부분에서 소용돌이가 형성되기도 한다.

이때 마구누스 효과(Magnus Effect)가 발생된다.

이는 축구공이나 야구공같이 회전하는 물체의 궤도가 회전 방향으로 이동하는 현상을 일컫는 말이다.

예를 들어, 야구공에 오른쪽 방향으로 회전을 주어 던지면 마구누스 효과에 의해 비행 궤도가 오른쪽으로 휘게 된다.

이는 독일의 저명한 과학자인 구스타프 마구누스(Gustav Magnus)의 이름에서 유래된 것이다.

아무튼 다리로부터 올라온 기가 회음혈을 통과하는 순간 양쪽에서 기의 소용돌이가 발생된다.

이때 후속으로 통과하는 기들이 이 회전에 영향을 받아 역삼각형 모양으로 기를 분산시킨다.

이 상황이 되면 스위스의 물리학자 다니엘 베르누이가 체계화한 베르누이의 정리(Bernoulli' s Theorem)가 적용된다.

점성이 없는 어떤 유체가 관 속을 끊임없이 흐를 때 속도와 압력, 그리고 높이의 총화가 일정하다는 것이다.

이것을 간단히 설명하자면 다음과 같다.

유체가 흐르는 관의 직경이 일정치 않을 때 관의 직경이 작아지면 속도가 빨라진다는 것이다.

반대로 직경이 넓어지면 유속이 느려진다.

고무호스의 끝을 누르면 단면적이 좁아지는 만큼 물이 더 힘차게 뿜어지는데 이것이 바로 이런 현상이다.

이렇게 흐름이 빨라진 기운은 뒷목까지 한달음에 치솟는다. 그리곤 상체 각지로 흩어졌던 기운이 백회혈에 모인다.

다음엔 입천장을 타고 혀를 통해 백회혈을 지난 기가 목을 타고 가슴 가운데로 내려와 중정혈을 지난다.

이것은 기해혈로 몰려들게 되는데, 인체 곳곳을 지나는 동안 수거한 탁한 기운은 날숨을 쉬는 동안 명문혈을 통해 배출하게 되어 있다.

이것이 바로 현수가 익힌 단전호흡이다.

이는 현수가 구입했던 각종 한의서의 내용과 그간 읽었던 무협 소설의 내용을 종합하여 현수가 창안해 낸 것이다.

따라서 무협 소설에 등장하는 상승 내가 심법과는 거리가 멀다.

아무튼 한 시간 정도 눈을 감고 단전호흡을 한 현수는 무심한 시선으로 전면을 응시했다.

이때 멀리서 무언가가 움직인다.

다시 와이드 센스를 구현해 보았다. 감각의 경계 끝부분에서 커다란 덩치를 지닌 맹수가 어슬렁거린다. 그러더니 쏜살처럼 산속으로 튀어간다. 먹이를 발견하고 이동한 듯싶다.

현수는 침대로 가 숙면을 취했다.

다음날, 새벽!

현수의 텐트 앞에는 아이들이 모여 있다.

어제처럼 뭔가 신기하고 맛있는 먹을거리를 주지 않을까 하는 기대 때문이다.

현수는 모른다. 이 녀석들은 물론이고 거의 모든 마을 사람들이 새벽부터 아랫배에 힘을 줬다는 사실을.

평범한 냉동 피자였지만 이들에겐 너무도 기름진 음식이었기에 한바탕 설사를 한 것이다.

'후후, 녀석들. 한창 자랄 나이인데 배가 고픈가 보군.'

촌장을 제외한 어느 한 집도 연기가 피어오르지 않는다. 이로 미루어 짐작컨대 하루에 한 끼만 먹는다는 말이 사실인 듯하다.

"아이고, 하인스 마법사님! 안녕히 주무셨습니까요?"

"아, 마레바 촌장. 다리는 좀 어떠시오?"

"네에, 마법사님 덕분에 열흘 만에 처음으로 깨지 않고 잘 수 있었습니다요."

"그거 다행이군. 온 김에 상처 소독을 한 번 더 합시다. 자, 이쪽으로 앉으시오."

"아이구, 아닙니다요. 어찌 마법사님을 번거롭게 하겠습니까? 그나저나 이거 맛 좀 보십시오. 마누라가 새벽 댓바람부터 애써 만든 겁니다. 마을이 가난하여 이런 것밖에 대접할 것이 없어 너무 죄송하구만요."

촌장이 내민 것은 두께가 7㎜ 정도 되었는데, 손바닥보다 조금 큰 크기의 허연 빈대떡 비슷했다.

"이건 처음 보는 음식이군요. 이름이 뭡니까?"

"네에, 윗플이라고 하는 겁니다."

"윗플? 흐음, 맛있게 생겼군요."

말을 마친 현수는 쭉 찢어 입에 넣고 오물거렸다.

껍질을 완전히 벗기지 못한 거친 곡물 가루에 계란과 꿀 섞은 물을 부어 반죽한 뒤 구운 듯하다.

쉽게 설명하자면 호떡 비슷한 건데 알맹이가 없는 것이다.

당연히 현수의 입엔 맛이 없다. 하나 가져온 성의가 있는데 어찌 그럴 수 있겠는가!

하여 맛있게 먹은 척했다. 그러다 문득 생각이 났다.

"흐음! 그러고 보니 내 고향에도 이런 음식이 있소. 호떡이라는 건데 한번 만들어볼까 하오."

"저어, 그런데 재료가……. 죄송합니다."

"하하, 재료 걱정은 마시오. 대신 날 도와줄 손길은 필요하오. 그러니 아주머니들을 불러 모아주겠소?"

"네, 그리합지요. 한데 얼마나……?"

"세 명 정도면 적당하겠소. 불러줄 수 있겠소?"

"아이고, 물론입죠. 잠시만 기다리십시오."

촌장이 후다닥 달려가려는 순간 현수가 붙잡았다.

"잠깐! 상처는 보고 가야지."

"아!"

촌장의 상처는 단 하루가 지났건만 상당히 호전되었다. 우선 화농되는 것이 멈춘 듯하다.

하긴 항생제라는 것을 단 한 번도 복용해 본 적이 없는 몸이다. 그러니 그 효과를 한마디로 표현한다면 '즉빵' 정도 될 것이다.

남아 있던 고름을 닦아낸 뒤 간단히 소독을 마쳤다. 다음엔 힐 마법을 한 번 더 시전하고 후시딘을 발랐다.

힐 마법은 여전히 능숙치 않았다. 그간 공격과 방어 마법 위주로 연마를 한 때문이다.

그래도 사흘 이내에 완치에 가까울 정도는 되었다.

촌장은 욱신욱신 쑤시고 아프던 다리가 편안해지자 기분이 좋아진 듯 연신 사람 좋아 보이는 순박한 미소를 지었다.

촌장이 아낙네들을 데리러 간 사이에 현수는 아공간에서 각종 재료를 꺼냈다.

먼저 휴대용 가스레인지 세 개, 큼지막한 프라이팬 세 개를 꺼냈다. 그리곤 반죽을 할 플라스틱 볼 여러 개를 꺼냈다.

다음엔 재료인 식용유와 밀가루, 찹쌀가루, 흑설탕, 우유, 버터, 이스트, 소금, 생수 차례였다.

아낙네들이 오자 반죽 만드는 방법부터 가르쳤다.

"우와아! 이런 맛이라니……!"

"와아! 달다! 엄청 달아!"

"캐캑! 앗, 뜨거! 입천장 데었다."

"세상에! 어찌 이런 맛이……!"

30여 가구 150여 명이 사는 자그마한 산골 마을에서 호떡 잔치가 벌어졌다. 애 어른 할 것 없이 너무들 좋아한다.

흐뭇해진 현수는 재료를 달라는 대로 다 꺼내주었다. 강력

분 20㎏짜리 포대가 벌써 두 개째이다.

호떡을 먹다 입안을 델까 싶어 음료수도 꺼내놓았다.

아이들이 좋아할 오렌지 맛 환타다. 이것 역시 김을 뺀 것이다. 예상대로 아이들의 반응은 폭발적이다.

한마디로 표현하자면 '환장' 이다.

오전부터 시작된 마을 잔치는 오후가 되도록 이어졌다.

사람들은 정말 좋은 마법사님이라며 입에 침이 마르도록 칭송하고 또 칭송했다.

대놓고 칭찬을 하니 어찌 계면쩍지 않겠는가!

하인스 마법사가 된 현수는 난리법석이 벌어진 텐트 앞을 떠나 마을 어귀로 갔다.

"엘베른, 오늘도 보초를 서는가?"

"아! 하인스 킴 마법사님이시군요. 네에, 매일 이 시간엔 제가 보초를 섭니다. 그런데 마법사님께서는 어쩐 일로 여기까지 오셨습니까?"

"그냥 구경 좀 하려고. 그런데 식사는 했나?"

"네, 아이들이 호떡이라는 걸 가져다 줘서 정말 오랜만에 배불리 먹었습니다요. 정말 감사합니다."

"감사는 무슨. 괘념치 말게."

"저어, 마법사님, 하나 여쭤보고 싶은 게 있는데요."

"말해보게."

"귀족들은 항상 이런 음식을 먹고삽니까?"

"뭐어?"

현수는 무슨 뜻이냐고 눈을 크게 떴다.

"마법사님은 귀족이시잖아요. 이놈은 호떡이란 게 너무 맛이 있어서 음식을 먹다가 눈물까지 흘렸습니다요. 그런데 이처럼 맛있는 것을 우리 데리지는 먹어보지도 못하고……."

"데리지? 무슨 일이 있었소?"

엘베른의 붉게 상기된 눈엔 금방 습기가 차오르고 있었다.

"열흘쯤 전에 샤벨타이거가……. 데리지는 겨우 여섯 살이었습니다요. 그 귀여운 것을 그놈이……. 흐흑! 힘이 없는 것이 너무나 원통합니다. 흐흐흑!"

"으으음!"

현수는 침음을 낼 수 있었을 뿐이다. 그러다 생각난 것이 있어 물었다.

● 실제의 베르누이 방정식은 다음과 같습니다.

$$\frac{v^2}{2} + gh + \frac{p}{\rho} = constant$$

v :유선 내 한 점에서의 유동 속도.

g :중력 가속도.

h :기준면에 대한 그 점의 높이.

p :그 점에서의 압력.

ρ :유체의 밀도.

CHAPTER 12

알베제 마을을 위하여

"샤벨타이거 말고 고블린이나 오크, 트롤, 오우거 같은 몬스터들은 접근하지 않는가?"

"전에는 가끔 왔었습니다. 그런데 샤벨타이거가 이 근처에 자리 잡은 이후엔 얼씬도 하지 않습니다요."

"으음, 그렇군. 잘 알겠네."

현수는 샤벨타이거에 대한 지식이 있다. 멀린이 준비해 준 몬스터 도감이란 책을 통해 배웠다.

이놈은 몬스터라 하지 않는다. 붉은 피를 흘리기 때문이다.

맹수로 분류된 이놈은 오크의 천적이라 할 수 있다. 숲의 제왕이라는 오우거도 이놈을 보면 슬슬 피한다.

사투를 벌여도 이길 확률이 반반이기 때문이다. 설사 이긴다 하더라도 싸움 도중의 상처 때문에 결국 죽는다.

다시 말해 오우거와 샤벨타이거는 우열을 가리기 힘들며, 격돌하게 되면 양패구상한다. 그렇기에 이놈이 서식하는 인근에는 몬스터들이 드물다.

"잠시 나갔다 오겠네."

"목책 밖은 몹시 위험한데……. 아, 아닙니다. 마법사님이란 걸 깜박 잊었습니다. 다녀오십시오."

엘베른은 깍듯이 고개 숙여 인사했다.

마을을 떠난 현수는 앞으로 나아가며 기감을 넓혀 샤벨타이거의 종적을 찾았다. 예상보다 가까운 곳에 있었다.

퍼펙트 트랜스페어런시, 투명 은신 마법으로 놈의 근처로 다가갔다. 하나 놈은 전혀 알아차리지 못했다.

현수는 과연 멀린의 마법이라며 감탄했다.

'흐음! 낳은 지 며칠 안 된 모양이군.'

새끼 한 마리가 뒹굴고 있는데 작은 강아지만 하다.

놈이 자리를 떴음에도 현수는 구경만 했다.

어찌할 것인지를 결정해야 하기 때문이다. 하나 새끼 딸린 어미를 죽인다는 것이 마음에 걸려 그대로 되돌아왔다.

여전히 보초를 서고 있던 엘베른이 얼른 목책을 연다.

"다녀오셨습니까?"

"그렇다네. 잔치는 이제 끝났나?"

"네, 촌장님께서 마법사님 번거로운 거 싫어하시니 모두 해산하라 해서 그렇게 하였습니다."

"알겠네."

현수는 텐트로 되돌아왔다.

프라이팬이 깨끗하게 닦여 있다. 식용유 남은 것이랑 재료 남은 것들도 가지런히 정리되어 있다.

아낙네들에겐 모두 욕심나는 것이었을 것이다.

하나 어느 것 하나 없어지지 않았다. 텐트 안도 어느 누구도 드나들지 않은 듯 나갔을 때 그대로이다.

자리에 누운 현수는 어떻게 할까 생각했다.

이곳에서 며칠 더 머물면서 사람들이 살아가는 모습을 보아야 하는지 아니면 아드리안 공국으로 곧장 가야 할지 결정해야 하기 때문이다.

아드리안 공국으로 곧장 가는 방법은 그곳의 좌표를 알아낸 뒤 텔레포트 마법을 구현시키면 된다.

문제는 그곳의 좌표를 알 방법이 없다는 것이다. 게다가 현수는 이곳의 좌표가 어찌 구성되는지를 배우지 못했다.

따라서 좌표를 알아내려면 이곳의 마법사를 만나야 한다. 그것도 5써클 이상 고위 마법사를 만나야 간신히 알 수 있을 것이다. 그렇기에 이 고생을 하고 있는 것이다.

'좋아, 한 이틀만 더 있어보자.'

오후엔 아공간에 있던 빵을 꺼내 아이들에게 나눠 줬다. 물론 마을 사람들 모두가 먹을 만큼 넉넉한 양이다.

그것을 주면서 딱 하나 요구한 것이 있다.

비닐로 만들어진 봉지는 모두 가져오는 것이다.

썩지도 않을 플라스틱이나 비닐 포장으로 아르센 대륙의 환경을 오염시킬 마음은 없는 것이다.

저녁때에 또 한 번 마을 잔치가 벌어졌다.

이번엔 라면이다. 가장 순한 맛을 꺼내 끓였다. 물론 아낙네들의 도움이 있었다. 반찬으로 제공한 것은 단무지다.

물론 현수는 김치를 먹었다.

150여 명이 먹은 라면이 무려 400개이다. 어찌나 맛있어 하는지 먹고 또 먹었다.

현수가 이렇듯 베푸는 것엔 이유가 있다.

첫째, 이곳은 처음 만난 마을이다.

둘째, 어쩌면 이곳을 전진기지로 삼아야 할지 모른다.

셋째, 너무 가난해서 불쌍해 보인다.

일련의 이유가 현수의 마음을 너그럽게 만든 것이다.

아무튼 이날 밤도 아무런 일 없이 무사히 지났다.

다음날 아침 마레바 촌장이 왔다. 현수는 상처를 살피고 약을 발라줬다. 놀랍게도 거의 다 나은 상태이다.

'마나가 풍부해서 그런가? 지구에서라면 최소 보름은 갔을 상처인데. 그나저나 오늘 아침도 기대를 하는 모양이군.'

현수는 어제와 마찬가지로 아낙네들을 불러 달라 하였다. 그리곤 삼겹살을 꺼냈다.

150여 명이 먹을 것이다.

그런데 이 동네 사람들은 애고 어른이고 할 것 없이 모두가 대식가들이다. 하여 약 100kg 정도를 꺼냈다.

다음엔 상추와 깻잎, 그리고 파와 고추, 마늘과 막장을 준비했다. 물론 맛소금과 참기름, 그리고 후춧가루를 섞어 만든 기름장도 만들었다.

아낙네들은 현수의 설명을 잘도 알아들었다.

곧 마을 잔치가 벌어졌다. 아침이지만 소주도 꺼냈다.

사람들은 기가 막힌 고기 맛에 목 넘김이 좋은 소주를 곁들였다. 그 결과 대낮부터 술에 취해 횡설수설하는 어른들이 제법 여럿 등장했다.

현수는 흐뭇한 마음으로 이런 광경을 지켜보았다.

모르긴 해도 이 사람들은 현수가 마을에 머물렀던 며칠을 영영 잊지 못할 것이다.

평생 다시는 먹어보지 못할 진기한 음식의 맛은 전설이 되어 후손에게 전해질 것이다.

"저어… 하인스 마법사님!"

"촌장, 아까도 말했지만 촌장은 상처가 있어서 술을 마시면 안 되네. 그러니 술 먹게 해달라는 부탁은 들어줄 수 없네."

술이라면 환장하던 촌장은 남들 다 먹는 소주를 자신만 먹지 못하는 것이 억울한 듯 여러 번 청을 했지만 그때마다 냉정하게 끊었다.

그리곤 나아가던 상처가 악화될 수 있음을 주지시켰다.

"그게 아니라 소인이 마법사님께 염치없는 부탁 하나를 드리려고 온 겁니다요."

"그래? 뭐지?"

"며칠 내로 일 년에 한 번 방문하는 케이상단의 마차가 우리 마을로 올 겁니다요."

"그런데?"

"그 길목 인근에 샤벨타이거의 둥지가 있습니다요. 그런데 상단 사람들은 그걸 모르니……."

현수는 촌장의 말을 끊었다.

"내게 보호를 부탁하는 건가?"

"…네. 면목없지만 그래 주실 수 있는지요? 이번에 상단이 들어오지 못하면 큰일이 나서……."

"큰일이라니? 일상용품이야 없어도 사는 거 아닌가?"

"그건 그렇습죠. 그런데 조금 전에도 말씀드렸듯 상단은 일 년에 딱 한 번만 옵니다. 이곳이 가장 외진 곳이기 때문입니다. 그래서……."

촌장이 어눌한 표정으로 설명한 내용은 다음과 같다.

이곳 알베제 마을은 바세른 산맥과 테리안 왕국이 만나는 지점에 위치하고 있다.

제법 규모있는 상단인 케이상단은 왕국 구석구석을 방문하며 장사를 하는데 알베제 마을은 12월에 방문한다.

이곳 아스란 대륙은 달이 두 개 있는 행성의 일부분이다.

따라서 지구와는 사뭇 다른 제도가 사용되지만 여러 부분이 일치한다.

첫째는 하루가 낮과 밤으로 구분된다는 것이다. 정확하진 않지만 대략 24시간 정도 된다.

둘째는 이곳에도 봄, 여름, 가을, 겨울이 존재한다. 그래서 각기 석 달씩 12개월이 1년이다.

달마다 각기 다른 이름이 붙어 있지만 현수는 자신이 편한 대로 이름을 붙였다.

어쨌거나 케이상단은 눈이 와서 운송이 불가능해지는 본격적인 겨울이 시작되는 12월에 알베제 마을을 방문한다. 가장 먼 곳이기 때문이다.

마을 사람들은 1년 동안 준비한 약초 말린 것 등으로 물물교환을 한다.

그중 가장 중요한 품목이 소금이다.

사람에게 있어 소금은 생리적으로 필수불가결한 것이다.

소금은 체내에서, 특히 체액에 존재하며 삼투압 유지라는 중요한 구실을 하고 있기 때문이다. 조금 더 자세히 설명하자면 혈액의 0.9%는 염분으로 구성되어 있다.

소금 분자의 일부분인 Na(나트륨)은 체내에서 탄산과 결합하여 중탄산염이 된다. 이것이 혈액이나 그 밖의 체액이 알칼리성을 유지하도록 한다.

인산과 결합한 것은 완충물질로서 작용하는데 체액의 산, 알칼리의 평형을 유지시키는 구실을 한다.

또한 나트륨은 쓸개즙, 이자액, 장즙 등 알칼리성 소화액의 성분이 된다.

나트륨을 제외한 나머지 부분인 Cl(염소)은 위액의 염산을 만들어주는 주재료로서 사용된다.

따라서 소금은 알베제 마을 사람들의 생명 유지에 있어 더없이 중요한 거래 물목이다. 워낙 외진 산속이라 소금을 구할 방법이 없기 때문이다.

그런데 만일 샤벨타이거에 의해 케이상단이 습격을 받아 모두 죽거나 되돌아가게 되면 어쩌겠는가!

하여 염치불구하고 현수에게 도움을 청한 것이다.

"알겠네. 한번 나가보지."

"아이고, 고맙습니다요. 정말 고맙습니다요."

촌장은 마차가 드나드는 길을 설명했고, 현수는 그 즉시 마을을 떠나 그곳으로 향했다.

그리곤 가장 높은 나무 위로 올라가 사방을 살폈다.

얼마 지나지 않아 촌장의 말대로 마차 여섯 대로 이루어진 상단이 먼 곳으로부터 접근하고 있다.

용병 여덟 명이 행렬의 앞과 뒤에서 상단을 보호하고 있다. 모양을 보니 체계적인 협조 관계를 잘 유지하고 있다.

시선을 힐끔 돌려 살펴보니 샤벨타이거가 둥지를 나와 어슬렁거린다. 현수는 놈이 어쩌는지 두고 보기로 했다.

자신이 어떤 행동을 하느냐에 따라 생사가 오갈 수 있음을 모르는 샤벨타이거는 다가오는 먹잇감을 바라보며 입맛을 다셨다.

둘 사이의 거리가 100m 이내로 좁혀지자 샤벨타이거는 확연하게 몸을 낮췄다. 공격하려는 것이다.

"이것으로 네 운명은 결정지어졌다. 마나의 힘이여, 내부를 진탕시켜 죽음에 이르게 하라. 쇼크 웨이브(Shock Wave)!"

크와아아아앙!

샤벨타이거는 엎드렸던 자세에서 무려 5미터 이상 허공으로 치솟았다가 떨어졌다. 그리곤 아무런 움직임도 없었다.

쇼크 웨이브라는 마법은 아르센 대륙의 3써클 마스터 정도 되면 누구나 사용할 수 있는 마법이다.

이는 근거리 마법으로 적의 몸속에 충격파를 주입하는 것이다. 이에 당하게 되면 내부 장기가 진탕되어 기혈이 역류하는 현상을 맞으며 기절하게 된다.

깨어나기는 하지만 한동안 정양을 해야 할 정도로 극심한 통증을 느끼게 된다. 하지만 상대의 목숨을 빼앗기엔 부족함이 있다. 아주 짧은 시간 동안만 시전되기 때문이다.

하나 현수가 펼친 쇼크 웨이브는 통상의 마법과는 궤가 다르다. 다시 말해 이름은 같지만 위력까지 같은 것은 아니다.

그렇기에 샤벨타이거는 반항 한번 못해보고 내부의 장기들이 터져서 죽었다.

겉은 멀쩡하지만 속은 곤죽과 다름없는 상황이 된 것이다. 그러니 어찌 목숨을 부지하겠는가.

생명이 끊겼음을 확인한 현수는 시체를 아공간에 넣었다. 그리곤 상단의 시선을 피해 나무 위로 올라갔다.

상단은 무사히 알베제 마을에 도착했다.

현수는 외인이기에 그냥 보고만 있었다. 그런데 소금 값이 엄청 비싼 모양이다.

지게 비슷한 걸로 하나 가득 말린 약초를 가져다주었는데 겨우 한 줌을 내준다. 사슴같이 생긴 동물의 가죽 한 장을 넘겨도 겨우 한 줌이다.

아직은 모르지만 이곳 알베제 마을은 가장 가까운 바다로부터 2,000㎞ 이상 떨어진 곳에 위치한다.

도로가 발달되지 않은 세상이니 운반하는 데 드는 비용이 만만치 않을 것이다. 그래도 너무 비싸다는 생각이 든다.

이는 현실에서의 소금 값을 알기 때문이다.

"흐음, 이렇게 살기 힘든 오지 마을까지 들어와 물건을 공급해 주는 건 고맙지만 조금 너무하는군."

그래도 자신이 끼어들 상황이 아니기에 현수는 자신의 텐트로 돌아갔다.

"안녕하십니까? 하인스 킴 마법사님이라고 들었습니다."

"누구지?"

"케이상단의 제7지부 서기를 맡고 있는 알론이라 합니다. 마법사님을 뵙습니다."

정중히 고개 숙여 절하는 사내는 30대 중반 정도 되었는데 한눈에 보기에도 제법 똑똑하게 생겼다.

"내게 무슨 용무가 있소?"

폭리 아닌 폭리를 취하는 상단이라 생각하였기에 현수의 말끝은 조금 짧았다.

하나 알론은 아무런 반응도 보이지 않는다. 마법사란 으레 이러하다는 것을 알기 때문이다.

"마레바 촌장에게 듣자 하니 곧 이곳을 떠나신다고 들었습니다. 혹시 행선지를 알려주실 수 있는지요?"

"내 행선지를 묻는 이유는 뭐지?"

"마법사님, 저희는 올해 상행이 끝났습니다. 따라서 이제 지부로 돌아가야 합니다. 그런데 가는 길에 전에 없던 오크 부락이 있습니다. 길이 같다면 저희 상단과 같이 가심이 어떨까 해서 여쭙는 것입니다."

"그러니까 나더러 용병처럼 상단을 보호하라는 것이오?"

"아이고, 그건 아닙니다. 제가 어찌 마법사님께……. 그게 아니라 같이 가주셨으면 좋겠어서 그러는 겁니다."

완곡한 표현이고, 상대의 기분을 나쁘게 하지 않는 대처이다. 현수는 알론이라는 사내를 잠시 바라보았다.

"내 목적지는 아드리안 공국의 수도라네."

"아! 멀린을 말씀하시는군요."

"멀린?"

"네, 600여 년 전 카이엔 제국의 대마법사이셨던 멀린 아드리안 후작님의 후손이 공국을 건국하면서 수도 이름을 그렇게 지었습니다."

"아……!"

후손들이 조상을 잊지 않는다.

그것도 몇 백 년이나 흘렀는데도 그렇다. 현수는 아드리안 공국을 구해야 할 이유 하나가 늘어난 것에 기분이 좋았다.

"그렇다네. 나는 멀린으로 가네."

"다행입니다. 저희 상단도 일단 동남쪽에 있는 올테른까지 갑니다. 같이 가주실 수 있겠습니까?"

"흐음! 그럼 그러지. 그런데 언제 떠나나?"

"오늘은 늦었으니 예서 쉬고 내일 아침 떠나려 합니다. 괜찮으시겠습니까?"

"뭐, 그러지."

"감사합니다. 그럼 내일 뵙도록 하지요."

알론은 현수의 텐트를 유심히 바라보았다. 생전 처음 보는 것이기 때문이다.

알론이 가고 난 뒤 마레바 촌장과 엘베른을 불렀다.

"하인스 마법사님, 부르셨습니까?"

"케이상단에서 같이 떠날 것을 제의했네."

"……!"

둘은 말이 없다. 하여 현수가 말을 이었다.

"그래서 그러기로 했지."

"아! 마법사님, 어제와 그제, 그리고 오늘 마법사님이 계셔서 참으로 든든했었는데……."

아쉽다는 표정이 역력하다.

"나도 섭섭하지만 어쩌겠는가? 내가 여기서 평생을 살 것도 아니니."

"네에, 그러시지요. 저희가 어찌 마법사님의 발목을 붙잡겠습니까?"

오늘 오전 마레바는 골똘한 생각에 잠겨 있었다.

젊고 예쁜 아가씨라도 있으면 현수와 인연을 맺게 하여 마을에 붙잡아두고 싶었기 때문이다.

대부분의 마법사들이 괴팍하기에 큰 도시가 아니면 마을에 마법사들이 머무는 것을 좋아하는 촌장은 없다.

옥상옥이기 때문이다.

다시 말해 상전 모시듯 모셔야 하기 때문이다.

하나 현수는 다르다. 너무나 마음씨가 좋다. 하여 붙잡아둘 묘안을 짜내느라 고심한 것이다.

어쨌거나 마을엔 젊은 여자가 없다. 유부녀 중에서도 현수의 마음을 끌 만한 미녀는 없는 것이다.

"내가 수련을 마치고 하산하여 처음으로 만난 마을이 이곳 알베제 마을이네. 하여 가기 전에 자그마한 성의를 보이고 싶은데 어쩌겠는가? 받아들이겠는가?"

"무슨 말씀이신지……?"

"어제 나가서 살펴보니 이 마을 바깥에 샤벨타이거의 둥지가 있더군. 이놈 때문에 마을에 몬스터들이 못 온다고 들었는데 맞는가?"

"네, 저희는 그런 것으로 짐작하고 있습니다요."

"아까 상단을 덮치려던 놈을 잡았네. 이놈의 사체에 보존 마법을 걸어 마을 밖에 놓아주겠네. 그러면 몬스터들이 접근하지 못할 것 아닌가?"

"네에? 그, 그게 정말입니까?"

"믿지 못하는군."

"아이고, 아닙니다요. 믿지 못하다니요? 천만의 말씀이십니다. 저희는 그놈을 잡으셨다는 사실이 너무 기뻐서……."

"자아, 그럼 말 나온 김에 바깥으로 나가보세."

"네? 바깥에는 왜……?"

"마을 한가운데에 놈의 사체를 둘 수는 없지 않은가?"

"아, 그렇군요."

현수는 엘베른, 그리고 마레바 촌장의 안내를 받아 전에 몬스터들이 나타나던 길목을 안내받았다.

좁은 협곡 너머는 울창한 수림으로 둘러싸여 마을 사람들이 가지 않는 곳이라고 한다. 마을에선 죽음의 협곡이라 부르는 이곳은 길이가 대략 3㎞ 정도 된다.

"흐음! 여기가 좋겠네. 마을 사람들을 불러 여기에 집을 하나 짓도록 하게."

"네에?"

"샤벨타이거의 시신에 보존 마법을 걸기는 하겠지만 눈과 비를 계속 맞으면 부패하기 시작하네. 사체를 오래 보존하기 위함이니 눈과 비를 피할 정도면 되네."

"아! 그렇군요. 알겠습니다. 이보게, 엘베른, 마을로 돌아가서 장정들을 데리고 오게."

"네, 알겠습니다."

"올 때 연장 챙겨오는 거 잊지 말고."

"네, 알겠습니다."

엘베른이 물러가고 난 뒤 현수는 주변의 나무들을 유심히 살폈다. 그리곤 스태프를 앞으로 내밀며 소리쳤다.

"마나의 힘으로 강력히 회전시켜라! 윈드 써클 쏘우(Wind Circle Saw)!"

위이이이이잉!

쿠와아아앙 !

위이이이이잉!

쿠당탕탕 !

제재소에서나 쓸 원형 톱날이 맹렬한 회전을 하며 나무 밑동을 파고들자 얼마 지나지 않아 굉음을 내며 쓰러진다.

현수는 장정들이 오기 전까지 목재를 마련한다는 생각에 몇 그루 더 베어놓고 적당한 크기로 자르기까지 했다.

"후와아! 정말, 정말이지, 대단하십니다."

마레바 촌장은 더 이상 할 말이 없었다.

장정 서넛이 하루 종일 도끼질을 해도 한 그루 베어낼까 말까 할 정도로 목질이 단단한 나무이다.

그런데 서너 번 숨 쉴 사이에 차례차례 넘어진다.

베어진 나무는 가지들을 다듬어 곧바로 사용할 수 있을 정도가 되게 하였다.

"촌장, 이쪽으로 오게. 시간이 있으니 상처를 한번 보지."

"네에."

두말이 없다. 촌장의 상처는 거의 아무는 단계였다.

벌써 딱지가 앉은 것이다. 그래도 힐 마법으로 치유하고는 약을 발랐다. 반창고도 갈아주었다.

"여기에 눈과 비를 피할 곳을 만들어놓고 샤벨타이거의 사체를 놓으면 한동안 몬스터의 침입이 없을 것이네."

"그저 고맙기만 합니다, 마법사님!"

"근데 사체 보존이 영구하지 않네. 그래서 생각한 건데, 새끼를 데려다 길러봄이 어떨까?"

"네에? 샤, 샤벨타이거의 새끼를 길러요?"

"그렇다네. 엘베른에게 맡겨 기르면 좋을 듯하네."

"어, 어떻게? 놈은 2~3년만 지나면 성체처럼 덩치가 커집니다. 우린 감당할 수 없습니다요."

촌장은 다 자란 샤벨타이거 새끼가 마을 사람들을 차례차례 잡아먹는 광경을 떠올렸다. 그리곤 이내 고개를 흔든다.

생각만으로도 끔찍한 것이다.

"걱정 말게. 내가 놈에게 복종 마법을 걸 것이네. 그럼 엘베른의 명을 절대적으로 따를 것이니 생각보다 위험하진 않네."

"복종 마법이요?"

"그렇다네. 새끼는 엘베른을 자신의 충성을 받을 절대적인 주인으로 인식하게 될 것이네."

"흐음, 그렇다면야… 마법사님의 뜻대로 하십시오."

"그럼 그렇게 하는 걸로 하지. 그리고 또 한 가지."

"네, 말씀만 하십시오."

마레바 촌장은 현수가 팥으로 메주를 쑤자고 해도 믿고 따르겠다는 표정을 지었다.

"보아하니 소금이 매우 귀한가 보네."

"네. 여긴 바다에서 너무 멀리 떨어진 곳이지요."

"가기 전에 내가 보유하고 있는 소금의 일부를 남겨주겠네. 그러니 마을에 적당한 창고 하나를 짓도록 하게."

"……!"

"아! 창고를 지으라 하여 엄청난 양을 준다는 건 아니네. 그러니 그냥 한 사람이 사는 정도의 크기면 되네."

"고맙습니다. 정말 고맙습니다요."

마레바 촌장은 눈물까지 흘렸다.

마을의 안위를 위해 샤벨타이거를 사냥했다.

그러고도 모자라 엘베른을 주인으로 여기게끔 새끼에게 복종 마법을 걸어준다고 한다.

그렇다면 고블린이나 오크, 또는 트롤이나 오우거의 침입도 두렵지 않다. 이제 안위는 어느 정도 해결된 셈이다.

여기에 귀하디귀한 소금까지 준다고 한다.

어찌 감격스럽고 고맙지 않겠는가!

"하하! 어른이 왜 눈물을 보이는가? 그나저나 엊그제 남들 다 먹는 술을 못 마셔서 섭섭했는가?"

"네에……. 솔직히 조금 서운했습니다요."

부인하지 않는다. 다음날 소주의 대단함을 귀가 닳도록 들었기에 억울함은 더 컸다.

"가기 전에 촌장에게도 술 몇 병 남겨주지."

"네에? 저, 정말이십니까?"

소금을 준다고 했을 때보다도 눈이 더 커진다.

"하하, 이따 밤에 치료받으러 오면 그때 주겠네."

"아이고, 감사합니다요. 하하! 하하하!"

앓던 이가 빠지면 시원하다. 그리고 원수가 죽으면 통쾌하다. 이 두 가지 기분이 동시에 느껴지자 촌장은 호탕한 너털웃음을 지었다.

잠시 후, 장정들이 몰려들었다.

현수의 지시를 받아 목재를 세우고 못을 박아 샤벨타이거 사체 안치소를 만들었다.

현수가 아공간에서 사체를 꺼내자 모두들 놀라며 물러선다. 생각했던 것보다도 훨씬 더 컸기 때문이다.

또한 아무런 상처 없이 죽었기 때문이기도 하다.

현수는 안치소 바닥에 보존 마법진을 그렸다. 또한 리차지 마법진도 그려졌다. 중심엔 하급 마나석을 박아 넣었다.

특별한 외부적 변화가 없는 한 적어도 10년은 사체가 썩지 않을 것이다.

현수로부터 주의 사항을 들은 장정들은 고개를 끄덕였다.

사람들이 마을로 되돌아간 뒤 현수는 새끼를 잡아왔다.

나중에 흉포한 맹수가 될 놈이지만 아직 어려서 그런지 귀엽기만 하다.

텐트로 돌아와 엘베른과 촌장이 있는 자리에서 새끼에게 복종 마법을 걸었다. 그리곤 엘베른의 명에 따르도록 명령했다.

엘베르에겐 딸을 잡아먹은 원수의 자식이다.

하나 몇 년 후엔 마을을 지켜줄 수호신이 될 놈이다. 그렇기에 엘베르은 잘 키우겠다고 약속하고 물러갔다.

다음에 방문한 곳은 소금 창고이다.

급조한 것치고는 견고하게 잘 지어졌다.

그런데 생각했던 것보다 크기가 컸다. 어찌 무슨 뜻인지 모르겠는가!

현수는 실소를 머금고는 아공간에서 소금을 꺼냈다.

이곳의 소금은 짠맛 속에 쓴맛이 포함되어 있다. 이는 간수가 많이 포함되어 있어 그런 것이다.

한마디로 품질이 좋지 않다.

그런데 한국 소금에 어디 그런 것이 있는가!

현수는 보유하고 있던 질 좋은 천일염을 쏟아 부었다. 포대째 놓지 않은 이유는 이곳의 환경을 보호하기 위함이다.

이 소금은 라면 공장을 방문했을 때 그곳 원료 창고에서 가져온 것 중 일부분이다.

마레바 촌장은 소금 창고를 보고 입을 다물지 못했다. 2~3년이 아니라 10년은 충분히 먹을 양이었기 때문이다.

또 눈물을 흘린다.

현수는 60이 다 되어가는 어른의 눈에서 눈물 빼는 게 좋지 않았다. 하여 소주를 꺼내 들었다.

효과 만점이다.

꺼내는 김에 50병을 꺼냈다. 그러는 동안 촌장의 입은 점점 양쪽으로 찢어졌다. 나중엔 침까지 질질 흘렸다.

현수는 두 가지를 당부했다.

나중에 반드시 회수할 물건이다. 그러므로 뚜껑을 따서 함부로 버리지 말 것, 다 마시고 난 병은 각종 액체 등을 담는 용기로 사용하되 깨지지 않도록 조심할 것이 그것이다.

여러 번 당부했으니 잘 쓸 것이라 생각했다.

다음날 아침 현수는 마을 사람 전부의 열렬한 환송을 받으며 알베제 마을을 떠났다.

정든 님이 떠나기라도 하는 듯 모두들 눈물까지 흘렸다.

케이상단 일행은 '이게 대체 무슨 일이람?' 하는 표정을 지었다.

하인스 킴이라는 마법사가 대체 무엇을 어찌했기에 이런 대대적인 환송이 있는지 궁금했던 것이다.

하나 아무도 입을 열지 않았다.

피자, 라면, 삼겹살, 콜라, 환타, 소주, 초콜릿 바를 어찌 말로 설명할 수 있단 말인가!

마지막으로 현수가 아이들을 위해 남긴 것이 있다.

100개의 초코파이와 500개의 각종 과일 맛 사탕, 그리고 150개의 설탕 시럽 페스트리[11]가 그것이다.

현수는 이것들 봉지를 벗기느라 새벽부터 애를 먹었다.

"하인스 킴 마법사님!"

---

11) 페스트리(Pastry): 밀가루 반죽 사이에 유지를 넣어 결을 내 구운 빵. 얇고 바삭한 층으로 겹겹이 이루어지며 고소한 맛이 난다.

"왜 불렀는가?"

"어느 마탑 소속이신지 여쭈어도 되는지요?"

"그건 왜 묻지?"

"저희 테리안 왕국의 실론 마탑 소속이 아닌가 싶어 여쭈어 봤습니다."

"실론 마탑? 거긴 아니네."

"그렇군요. 그렇다면 아드리안 공국의 수도 멀린으로 가신다고 했는데 혹시 아드리안 마탑 소속이십니까?"

"아드리안 마탑? 흐음, 거기도 아닐세. 아마 당신이 알고 있는 마탑은 아닐 것이네."

"아, 그렇군요."

알론은 더 이상 묻지 말라는 뜻으로 이해하곤 입을 다물었다. 사람은 괜찮아 보인다. 하나 속까지 어떤지는 알 수 없다. 괜스레 마법사의 뜻을 거스르면 자신만 손해이다.

그렇기에 얼른 입을 닫은 것이다.

왠지 미안한 기분이 든 현수는 생각나는 대로 말을 했다.

"나는 이실리프 마탑 소속이라네."

마법서 이실리프는 멀린 아드리안 반 나이젤 후작이 저술했고, 어느 누구도 본 적이 없는 것이다. 따라서 이실리프라는 말을 모를 것이라 생각하고 한 말이었다.

그런데 반응이 예상 밖이다.

"네에? 이, 이실리프 마탑이요?"

CHAPTER 13
이실리프의 여인

"어……? 들어본 적이 있는가?"

당연히 없을 것이란 대답을 기대했다. 그런데 엉뚱한 소리를 한다.

"아아! 왜 마법사님께서 멀린으로 가려 하시는지 이제야 알았습니다."

"……?"

알론은 갑자기 타고 있던 말에서 내린다. 그리곤 정중히 고개 숙이며 입을 열었다.

"이실리프 마탑이라면 멀린에 있는 아드리안 마탑의 추종을 받는 위대한 마탑이 아닙니까? 하아, 위대한 마탑에서 오신 분이란 걸 제가 미처 몰랐습니다. 다시 한 번 인사드립니다."

알론은 깊숙이 허리 숙여 인사를 한다.

'뭐야? 이게 대체 무슨 황당 시츄에이션이지?'

현수는 알론이 어떻게 이실리프의 존재를 아는지 궁금했다.

"이실리프 마탑을 어찌 알지?"

"아아! 마법사님께서는 수련을 하시느라 내용을 모르시는 모양입니다. 소인이 자세히 설명해 올리겠습니다."

갑자기 알론의 태도가 정중을 넘어 공손해졌다. 어리둥절하지만 어쩌겠는가? 설명을 기다렸다.

"지금으로부터 약 300여 년 전, 위대하신 9써클 대마법사 멀린 아드리안 반 나이젤 후작 각하께서 현재의 아드리안 공국을 방문하신 적이 있습니다. 그때……."

알론의 설명은 이어졌다.

당시의 공국은 발칵 뒤집혔다.

이미 마나의 품으로 돌아간 것으로 알았던 시조가 살아서 왔으니 어찌 그렇지 않겠는가!

게다가 인간이 한 번도 오르지 못한 9써클 마스터이다. 중간계의 조율자라는 드래곤과 거의 동급이 된 것이다.

그때의 공왕은 온갖 예를 다해 멀린을 모셨다. 그리곤 수도의 명칭을 멀린으로 바꿨다.

멀린을 추종했던 마탑이 있었으니 그 이름이 아드리안 마탑이다. 이는 공국을 수호하는 힘이라는 명칭으로도 불렸다.

당시 마탑의 탑주는 6써클 유저였다.

그런 그에게 9써클 마스터가 어떤 존재이겠는가!

멀린은 신처럼 모셔졌다.

그때의 마탑주는 멀린과의 대화에서 이실리프라는 명칭을 들은 바 있다.

왜 마탑을 창건하지 않느냐는 물음에 나중에 생각해 볼 일이라 하였다. 그럼 마탑을 만들면 명칭은 무엇이라 하겠느냐는 물음에 무심코 이실리프라 하였던 것이다.

멀린이 레어로 돌아간 뒤 아드리안 마탑은 인부들을 불러모았다. 장차 올지 모를 이실리프 마탑 사람을 위한 방을 만들도록 한 것이다.

온통 황금과 보석으로 치장된 방이다.

방이라 부르지만 실상은 하나의 방이 아니다. 하나의 큰 건물에 딸린 여섯 개의 작은 건물로 이루어져 있다.

중심이 되는 큰 건물은 6각형 모양이다. 그래서 이곳을 「헥사곤 오브 이실리프(Hexagon of Yisilipe)」라 한다.

줄여서 헥사곤이라 부르기도 한다.

주위를 둘러싼 여섯 개의 건물엔 각기 주인이 있다.

어쨌거나 메인이 되는 헥사곤 오브 이실리프는 만들어진 후 지금껏 단 한 번도 사용되지 않았다.

그럼에도 언제 올지 모를 주인을 위해 늘 여섯 명의 여인이 대기하고 있다. 세상 사람들은 이 여인들을 일컬어 이실리프의 여인(Lady for Yisilipe)이라 부른다.

헥사곤의 주인이 방문했을 때 시중 들어줄 여인들이다. 하지만 여느 귀족가의 시비와는 격이 다르다.

고위 귀족의 여식 가운데 얼굴 예쁘고 몸매 출중하며, 영리하고 지혜로운 여자들을 가려 뽑기 때문이다.

열여덟 살에 뽑힌 여인은 헥사곤 오브 이실리프에서 24세가 될 때까지 머문다. 이런 전통이 이어지는 이유는 이실리프 마탑에서 올 사람을 잡아두기 위함이다.

아드리안 마탑은 발전에 발전을 거듭하여 결국 7써클 마스터가 마탑주가 되었다.

하나 8써클을 넘어본 이는 하나도 없다.

하지만 멀린이 9써클 마스터가 되었다는 것은 온 세상이 다 아는 일이다. 그러니 이실리프 마탑이라면 분명 9써클 마법서가 있을 것이다.

이를 얻기 위해 일종의 미인계를 쓰려는 것이다.

어쨌거나 24살이 될 때까지도 헥사곤의 주인이 오지 않으면 그때서야 혼인을 한다.

지금껏 이 전통이 깨진 예는 없다.

헥사곤에 머물며 이실리프의 여인이 되기 위한 수련 과정을 거친 것만으로도 대단한 영광이 되기 때문이다.

게다가 아드리안 공국에 있어 멀린 및 이실리프라는 이름은 신성시되기 때문이다. 그래서 아드리안 공국의 공주가 이실리프의 여인이었던 적도 있다.

그래도 이를 이용한 예가 없지는 않다. 결혼을 시키려는데 상대가 마음에 들지 않으면 이곳에 들어갔다.

물론 엄격한 심사를 통과해야 한다.

이곳에 머무는 동안 여인들은 많은 교육을 받는다. 인문, 철학, 예술은 물론이고 마법까지 배운다.

세월이 흐르면서 일종의 여인들을 위한 아카데미가 된 것이다. 그래서 이곳을 나서면 최하가 백작가의 안주인 자리를 차지한다.

현재 헥사곤 근처엔 여러 교육 시설이 운영되고 있다. 헥사곤에 들기 위한 일종의 학원이다.

세월이 흐르면서 이실리프의 여인들은 헥사곤을 좋은 데 시집가기 위한 수단으로 생각하게 되었다. 그래서 이곳에 들기 위한 치열한 경쟁이 벌어지는 것이다.

"하인스 대마법사님, 소인이 감히 마법사님의 출현을 소문내도 괜찮은지요?"

"대마법사라니?"

"아이고, 이실리프 마탑에서 오신 분인데 어찌 대마법사님이 아니십니까? 소인이 알아뵙지 못하고 건방지게 군 점이 있다면 너그럽게 용서해 주십시오."

"용서해 주십시오."

어느새 말이 돌았는지 용병들과 상단 인물들 모두 고개를 숙이고 있다. 이실리프라는 이름의 무게 때문이다.

멀린은 이미 전설이 되어버렸다.

아르센 대륙의 어떤 마탑도 감히 멀린 아드리안이라는 이름

앞에 고개 숙이지 않을 곳이 없다.

차원이 다른 마법이란 것을 알기 때문이다.

멀린이 9써클 마스터로 공인된 것은 아드리안 공국을 방문하기 직전에 벌어진 사건 때문이다.

당시 아드리안 공국 국경 근처, 바세론 산맥의 끝부분엔 성질 고약한 드래곤 하나가 있었다.

이놈이 사람들에게 온갖 해악을 끼친다는 것을 알고 멀린이 나섰다.

드래곤은 사람으로 폴리모프한 상태에서는 도저히 당할 수 없자 본신으로 돌아가 멀린을 공격했다.

화염의 브레스를 뿜었지만 앱솔루트 배리어는 그것을 번번이 막아냈다. 반면 멀린은 강력한 라이트닝 퍼니쉬먼트로 놈을 죽였다. 이것은 9써클 궁극 마법이다.

성질 고약했던 드래곤은 한순간의 방심 때문에 한줌 재가 되어버렸다. 멀린 입장에서는 에이션트 급 고룡과 일대일로 붙어 마법으로 작살을 낸 것이다.

이 마법은 희대의 마법서 이실리프를 허가받지 않고 열려했을 때 구현되는 바로 그것이다.

드래곤이라 할지라도 허락받지 않으면 자신의 마법을 보여주지 않겠다는 강력한 의지일 것이다.

어쨌거나 멀린이 궁극 마법으로 드래곤을 죽이는 장면을 목격한 이들은 너무도 많다.

악룡 때문에 고생하던 윌리엄 백작가의 가주인 제세프 윌리엄 백작과 그의 휘하 기사 전부, 그리고 1,500명에 달하는 병사 모두가 목격자이다.

이 소문은 즉시 대륙 전체로 번져 나갔다.

유사 이래 드래곤 슬레이어는 딱 둘이다.

하나는 최연소 소드 마스터였던 라플로니안이다.

나중에 블랙 드래곤이 폴리모프하고 유희를 했을 때 이름이라는 것이 밝혀졌다. 그의 레어에 남겨진 비망록에 기록되어 있었기에 알려진 사실이다.

그런데 드래곤은 다른 드래곤을 죽이지 않는다. 그럼에도 라플로니안이 다른 드래곤을 죽인 이유는 그 드래곤이 미쳤기 때문이다.

미친 드래곤은 아무런 이유 없이 아무 데나 브레스를 뿜어냈다. 인간으로선 미치고 환장할 노릇이지만 어쩌겠는가!

그런 미친 드래곤이 유희 중인 라플로니안에게 아무런 이유도 없는데 브레스를 뿜어냈다.

그 결과 유희 중에 사귀었던 인간 친구들이 모두 죽었다. 분노한 라플로니안이 검을 뽑아 들어 처단한 것이다.

어쨌거나 그 라플로니안을 제외하곤 멀린 아드리안 반 나이젤이 역사책에 기록된 유일한 드래곤 슬레이어이다.

그런데 검을 사용한 것이 아니다.

마법으로 마법 생물체를 죽인 것이다.

게다가 노쇠하여 죽음을 목전에 둔 드래곤을 죽인 것도 아니다. 성질 고약하고 팔팔한 드래곤이었던 것이다.

멀린 아드리안 반 나이젤 후작이 아드리안 공국의 개국시조로 추앙받는다는 것은 누구나 안다.

그렇기에 그의 이름이 세상에 전파됨과 동시에 아드리안 공국의 지위는 즉시 한 단계 격상되었다.

그런데 세월이 흐르면서 점차 시들해져 결국 남들의 공격을 받는 신세로 전락해 버린 것이다.

이는 아드리안 마탑과도 관계가 있다. 정체불명의 괴한들이 침입하여 마탑주를 암살했다.

7써클 마스터가 어쌔신에게 당한 것이다. 아울러 마탑의 7써클 마법서들이 모두 사라졌다.

아무튼 현재 아드리안 마탑주 대리를 맡고 있는 자는 간신히 6써클을 넘어선 유저 수준이다.

공국을 수호하는 힘이 급격히 쇠락한 것이다.

게다가 공국 기사단에도 괴사가 발생하였다.

공국엔 세 개의 기사단이 있는데 단장과 부단장이 전부 괴질에 걸렸다. 누군가의 소행이 분명하다.

하나 신관의 신성력으로도 괴질은 치유되지 않고 있다.

이런 상황에서 미스릴 광산이 발견되었다는 소문이 났다.

미스릴이라는 금속은 언데드 계열에 저항력을 발휘한다.

뿐만 아니라 마법 발현에 도움을 주며, 병장기의 강도를 비약적으로 향상시킨다.

따라서 모든 국가가 탐내는 자원이다. 그런데 하필이면 가장 힘이 약해졌을 때 이것이 있다는 소문이 난 것이다.

결국 강력한 군사력을 키운 미판데 왕국과 쿠르스 왕국, 그리고 바다 건너 엘라이 왕국에서 이를 차지하기 위해 전격적인 침공을 시도한 것이다.

미스릴 광산의 위치는 공왕을 비롯한 두 명의 공작만이 알고 있다고 한다. 극비 중의 극비이기 때문이다.

그렇기에 이들 세 왕국에서는 으르렁거리면서 협박만 할 뿐 아직 직접적인 군사 행위에 돌입하진 않았다.

굳이 그럴 필요가 없기 때문이다.

대신 아드리안 공국으로부터 밖으로 향하는 모든 길목을 막았다. 외부의 지원을 차단하기 위함이다.

다행히 아드리안 공국은 위로 제 앞가림하기에도 바쁜 카이엔 제국이 있다. 현재로선 공국을 돕고 싶어도 도울 수 없는 상황이다.

좌측엔 자신들의 왕국이 있고, 동쪽과 남쪽은 바다이다.

세 나라는 연합하여 아드리안 공국의 고립 작전을 쓰는 중이다. 그런데 이제 얼마 지나지 않으면 대대적인 공격이 있을 것이라 예견된다고 한다.

이유를 물으니 소득없는 침공이 각국의 재정적인 문제뿐만 아니라 국제적인 문제를 일으키고 있기 때문이다.

다른 나라들은 멀어서 아드리안 공국을 공격할 수 없다. 하나 미스릴은 탐이 난다.

그런데 세 나라가 그것을 차지하여 군사력을 발전시키면 그게 어디로 가겠는가?

자신들이 공격당할 수 있음을 알기에 주변국들은 세 나라를 맹렬히 비난하고 있다. 자신이 가질 수 없으면 남도 가질 수 없도록 하려는 것이다.

만일 아드리안 공국이 위기를 넘겨 미스릴 광산을 온전히 지킬 수 있다면 그것도 좋다.

그러면 이번 공격에 참여했던 미판테 왕국과 쿠르스 왕국, 그리고 엘라이 왕국에게 검이 겨눠질 것이기 때문이다.

케이상단에서 입수한 정보에 의하면 세 왕국은 곧 힘을 모을 것이다. 강력해진 힘을 지닌 공격이 시작되면 아드리안 공국은 역사의 뒤안길로 사라지게 될 것이다.

견뎌낼 여력이 없기 때문이다.

이후 세 왕국은 공국의 영토를 삼등분하여 나눠 갖는 한편, 미스릴 광산의 위치를 찾아 공동 소유하는 방안을 논의 중이라고 한다.

현수는 이맛살을 찌푸렸다.

도와야 할 아드리안 공국의 상대가 너무 많기 때문이다.

강력한 마법을 익히곤 있지만 7써클 마스터인 현재 세 나라의 병사 전부를 상대하기엔 버겁다.

'에구, 미군 부대에 가서 핵무기라도 훔쳐 와야 하나?'

자신이 생각해도 어이없다 생각되었기에 현수는 쓴웃음을 지으며 고개를 좌우로 흔들었다.

'일단 가봐야 알겠군. 미판테 왕국, 쿠르스 왕국, 그리고 엘라이 왕국이라고? 하는 짓들이 영 마음에 들지 않는군.'

남의 힘이 약해진 틈을 타 야욕을 채우려는 세 나라의 행태는 근세 유럽이 동남아 각국과 남미 지역을 식민지로 만들었던 것과 다를 바 없다.

대한제국의 역사도 그렇다. 일본, 러시아, 미국, 영국 등이 서로 차지하려고 각축전을 벌였다.

결국 일본에 먹혔고, 백성들은 죽을 고생을 했다.

현재의 아드리안 공국이 이와 다를 바 없는 상황이다.

현수는 알론과 용병들의 반응을 보고 문득 좋은 생각이 떠올랐다. 하여 고개를 끄덕이고는 입을 열었다.

"아까 나의 출현을 소문내도 되겠느냐고 물었소?"

"네, 소인에게 그럴 영광을 주시겠습니까?"

"좋네. 대신 조건이 있네."

"말씀만 하십시오."

"하인스 킴이라는 내 이름은 감춰주게. 그냥 이실리프의 마탑에서 아드리안 공국으로 가는 마법사들이 나타났다는 정도만 해주게."

"네에? 그럼 마법사님 말고 다른 분들도 나오신 겁니까?"

"그렇다네. 아드리안 공국에서 이실리프 마탑에 구원을 요청했네. 하여 모든 전력이 출동하였지."

"아, 네에."

"소문을 내려거든 이렇게 내주게. 이실리프 마탑이 총출동하였으며 누구든 아드리안 공국에 위해를 가한다면 신의 징벌에 버금갈 재앙을 당하게 될 것이라고 말이네."

"신의 징벌에 버금갈 재앙이요?"

알론은 상상조차 되지 않는다는 표정을 지었다.

"그렇다네. 아드리안 공국을 겁박하고 있는 세 나라에 소문이 퍼지도록 해주게. 만일 아드리안 공국을 공격하는 나라가 있다면 그 나라는 주춧돌 한 장 남기지 않고 모두 파괴될 것이며, 구족의 목숨으로도 그 빚을 갚지 못할 것이라고."

"구족이라니요?"

알론은 처음 듣는다는 표정이다.

"왕가는 물론이고 귀족가의 모든 인원까지 죽을 것이란 뜻이오. 또한 그 나라의 모든 국민은 노예로서의 삶을 살아가게 될 것이오. 이는 이실리프 마탑주의 뜻이오."

실로 엄청난 경고이다.

나라 전체를 말살하겠다는 것이나 다름없기 때문이다.

그런데 전혀 허황되게 들리지 않는다. 이실리프 마탑이라면 그만한 능력을 지녔을 것이란 생각이 든 때문이다.

사실 멀린이 시전했던 라이트닝 퍼니쉬먼트 한 방이면 수만 군대도 한순간에 전멸할 수 있지 않던가!

"그건… 네, 알겠습니다. 그렇게 하겠습니다. 자네들, 모두 들었지?"

"네, 저희들도 모두 똑똑히 들었습니다."

"고맙습니다, 대마법사님! 제게 영광을 주셔서. 하신 말씀 그대로 전달되도록 노력하겠습니다."

"고맙군. 그나저나 행렬의 속도를 조금 높이는 게 어떻겠는가? 조금 답답하군."

"아, 네에. 그러겠습니다."

현수에게 깊숙이 허리 숙여 인사한 알론은 몸을 돌려 휘하 상인과 용병들에게 지시한다.

"이봐! 지금부터 속력을 높인다!"

"넷, 알겠습니다."

용병 및 상인들이 흩어진 후 행렬의 속도가 빨라졌다.

그렇게 이틀을 갔다. 그간 오크가 서너 번, 고블린이 두 번 공격했지만 용병들의 힘만으로 간단히 물리쳤다.

그 과정에서 부상당한 자들이 있었다.

하나 알코올과 후시딘, 그리고 밴드로 대부분 해결되었다.

타박상엔 물파스, 또는 안티프라민을 썼다. 가끔 제놀을 쓰기도 했고, 신신파스와 제일파프도 썼다.

곪은 상처엔 이명래 고약이 최고였다. 효과 만점이었던 것이다. 이 과정에서 당연히 힐 마법이 병행되었다.

그러니 어찌 효과가 빠르지 않겠는가!

용병과 케이상단 사람들은 역시 이실리프 마탑 출신이라고 감탄했다.

그러고 보니 용병들은 정상인 사람이 드물었다. 어느 한구석씩 아픈 곳이 있었던 것이다.

현수는 미안했지만 침을 꺼내 들었다.

약에 대해 잘 아는 것이 아니기 때문이다.

약은 많다. 하지만 아프다고 아무 약이나 꺼내줄 수는 없다. 부작용이 있을 수 있기 때문이다.

그런데 각종 영상 자료와 전문 서적을 통해 어떤 때, 어떻게 시침하는지는 안다. 하나 사람에게 침을 놔본 적은 없다.

하여 한참을 망설였다. 괜스레 연습 대상을 만드는 것 같아 미안했기 때문이다.

어쨌거나 한국이라면 비염과 축농증이란 진단을 받았을 용병이 있다. 그래서 그런지 늘 코맹맹이 소리를 낸다.

덩치는 큰데 목소리가 걸맞지 않아 놀림을 많이 받았다고 한다. 그래서 틈날 때마다 그에게 침을 놨다.

침을 맞은 용병은 처음엔 두려워했다. 마법사들이 어떤 사람인지 알기에 혹시 시험 대상이 되는 건 아닌가 싶었던 것이다.

게다가 길고 뾰족한 침으로 쑤시겠다고 하는데 겁먹지 않을 사람이 누가 있겠는가?

하나 현수가 진심을 다해 시침하고 있다는 것을 깨닫고부터는 아파도 참았고, 두려워도 견뎌냈다.

사실 현수는 돌팔이 침술사이다.

침을 놔본 적이 없으니 당연히 그렇다. 그런데 다행이다. 조금씩 차도가 보이고 있는 것이다.

일부러 마법은 쓰지 않았다. 침만으로도 병을 치료해 낼 수 있다는 것을 알기 때문이다.

그렇게 전진하던 어느 날, 용병의 리더가 행렬을 멈췄다. 앞에 오크 부락이 있다는 것을 알기 때문이다.
작년엔 없던 놈들이라고 한다.
때문에 오던 길에 용병 둘이 목숨을 잃었다. 예상치 못한 느닷없는 공격이었고, 500마리나 되었기 때문이다.
사실 방비를 하고 있었어도 용병 열 명의 힘으로 감당하기엔 너무 많은 수라 역부족이다.
그런데 죽은 이들 가운데 하나가 용병단장이다. 그는 자신의 목숨을 버리면서까지 동료들을 보호하려 했다.
나머지 하나는 단장의 친구이자 최고령 용병이다. 그 역시 동료들을 가족처럼 여기던 사람이다.
그 둘의 희생이 있었기에 정말 기적적으로 탈출할 수 있었다. 안 그랬다면 전멸했을 것이다.
용병의 리더는 이런 상황이기에 잔뜩 긴장한 채 전방을 주시하고 있었다. 이실리프 마탑 소속 마법사가 있기에 든든하기는 하다. 그래도 걱정스런 표정이다.
"저어, 하인스 대마법사님, 어떻게 할까요?"
"무엇을?"
"놈들은 우릴 보자마자 달려들 것이 분명합니다. 우리가 어떻게 해야 하죠?"
"일단 상인들은 마차 안에 있도록 하게. 용병 가운데 발 빠른 자들을 내보내 오크들을 유인해 오면 내가 처리하지."
"하실 수 있겠습니까? 500마리도 넘는데……."
우려하는 용병을 보며 현수는 피식 웃음 지었다.

"잊었는가, 내가 이실리프의 마법사라는 걸?"

"……!"

"네, 알겠습니다. 가서 오크들을 유인해 오도록 하겠습니다."

"그러게."

용병 여덟 가운데 발 빠른 셋이 오크 마을이 있는 곳으로 향했다. 현수는 그들이 몰고 올 길목을 확인했다.

그리곤 상황을 가늠해 놓고 그에 알맞은 마법을 구상했다.

용병들에게 자신의 실력을 보여주어야 한다. 그러려면 처음부터 센 것을 시전하여야 할 것이다.

놈들이 몰려들 경우엔 5써클 마법 익스플로전, 또는 4써클 인페르노를 쓰면 될 것이다.

분산하여 달려들 경우엔 광범위 마법인 5써클 파이어 필드, 또는 6써클 마법 라이트닝 레인을 준비했다.

현수는 태연했지만 케이상단 상인들과 용병들은 잔뜩 긴장된 시간을 보내고 있었다.

"와아아아아!"

우지직! 우당탕탕 !

용병 셋이 달려오고 있다. 그 뒤엔 당연히 500여 오크들이 기세등등하게 쫓아오고 있었다.

현수는 용병들이 안전지대로 진입할 때까지 기다렸다.

"마나의 힘이여, 화염의 불꽃이 되어 장벽을 펼쳐라! 파이어 필드!"

화르륵! 화르르륵!

"캐애액! 끄으윽! 캑캑! 끄아아아악!"

"마나의 힘이여, 바람을 일으켜 모든 것을 베어라! 멀티 윈드 블레이드(Multi Wind Blade)!"

이것은 멀린의 4써클 풍계 마법이다.

똑같은 4써클이지만 보통 마법사들이 펼치는 윈드 블레이드는 바람의 칼날이 하나뿐이다. 그런데 현수의 멀티 윈드 블레이드는 바람의 칼날이 무려 스물네 개이다.

요행히 불꽃의 장벽 안에 갇히지 않았던 오크들은 산 채로 절단되는 횡액을 당했다.

"취익! 인간을 공격… 캐애액!"

"끄아악!"

"마나의 힘이여, 바람을 일으켜 모든 것을 베어라. 멀티 윈드 블레이드! 멀티 윈드 블레이드! 멀티 윈드 블레이드!"

현수는 연속하여 마법을 구현시켰다.

만일을 대비하여 칼을 뽑아 든 채 대기하고 있던 용병들은 입을 벌린 채 멍한 표정을 지었다.

악전고투를 해도 이기기는커녕 놈들의 손아귀에서 도망칠까 말까 한 상황이라고 생각했다.

전에 도주한 것도 사실 기적에 가까운 일이었다. 따라서 마법사가 가세되긴 했지만 어쩌면 힘들 수 있다고 생각했다.

그럴 경우 이곳에서 뼈를 묻는다고 생각했다. 다른 방도가 없기 때문이다. 그런데 아니다. 그냥 보통으로 아닌 게 아니다.

이건 살육이다. 아니, 일방적인 도륙이다. 그것만으론 부족하다. 이건 무자비한 학살이다.

불꽃에 갇혀 몸부림치던 놈들까지 바람의 칼날에 양분되어 피를 뿜어냈다. 어떤 놈은 몸 안에서 쏟아져 나온 장기를 움켜쥔 채 비틀거리다 몸이 베어졌다.

500마리에 달하던 오크가 전멸하는 데 걸린 시간은 불과 3분 30초쯤이다.

비릿한 혈향과 고기가 불에 타는 냄새가 뒤섞인 현장을 바라보는 알론은 너무도 어이가 없었다.

상행을 다니면서 마법사들이 마법을 시전하는 것을 여러 번 보았다. 그중엔 5써클 마법사가 끼어 있는 적도 있다.

그런데 이 정도였던 적은 한 번도 없다.

이실리프 마탑의 마법사이니 당연히 강할 것이라고 생각은 했다. 그런데 강해도 너무 강하다.

오크 500마리는 웬만한 병사 500명으로도 감당하지 못한다. 최소 견습기사 정도는 되어야 일대일로 상대할 수 있는 것이 오크이다. 아르센 대륙의 4써클 마법사라면 혼자서 열 마리 정도 해치우는 것이 고작이다.

그런데 500여 마리를 그야말로 순식간에 도륙을 냈다.

불이 꺼지고 보니 멀쩡히 죽은 놈은 하나도 없다.

이글이글 타오르는 불길 속에서 뜨거움을 견디지 못해 데굴데굴 구르다 익어서 죽었다.

어떤 놈은 원래 어느 부분이었는지 알지 못할 정도로 갈가리 찢긴 살덩이로 분리되어 있다.

생각해 보니 현수가 멀티 윈드 블레이드라는 마법을 구현시킬 땐 광기가 엿보일 정도로 눈빛을 번쩍였다.

알론은 자신이 하인스 대마법사의 심기를 건드리지 않은 게 정말 다행이라 생각했다.

"저어… 하인스 대마법사님."

"왜 부르는가?"

"존경합니다. 그리고 사랑합니다."

말을 마친 알론은 대답도 듣지 않고 후다닥 달려갔다.

"나, 참!"

현수는 알론의 뒷모습을 보고 피식 실소를 지었다.

이런 나날이 지나 드디어 올테른에 당도하였다.

올테른은 분명 강가에 있는 도시이다. 따라서 항구도시라는 이름은 조금 어울리지 않는 느낌이다.

그래도 사람들은 올테른을 항구도시라 한다. 그 이유는 여기서 배를 타면 바다까지 갈 수 있기 때문이다.

사실 어느 강이든 바다로 흘러든다. 따라서 배를 타면 바다까지 갈 수 있다. 그러므로 어폐가 있는 설명이다.

그럼에도 사람들은 올테른을 항구도시라 한다. 강폭이 너무 넓어 바다처럼 여겨지기 때문이다.

현수와 케이상단이 항구도시 올테른에 당도한 것은 깊은 겨울이 되어서였다.

오는 내내 여러 몬스터의 공격을 받았다.

수십 차례이다. 그런데 용병들이 나섰던 적은 별로 없다. 현수의 마법 연습 대상이 되었기 때문이다.

덕분에 많은 경험을 쌓았다.

이젠 아주 능숙하게 마법을 구현시킬 수 있게 되었고, 그때그때 가장 적합한 마법을 시전할 능력을 얻게 되었다.

몬스터의 종류에 따라 어떤 마법이 가장 강력한 효과를 내는지 알게 되었다.

그래서 절대 무리지어 다니지 않는다는 오우거 열 마리를 한꺼번에 상대한 적도 있다.

처음엔 아예 곤죽을 냈다. 그런데 알론이 말하길, 몬스터의 사체는 제법 짭짤한 돈벌이가 된다고 한다.

하여 나중엔 별다른 상처 없이 죽이는 마법으로 놈들을 상대했다. 이때 주로 사용된 마법이 쇼크 웨이브이다.

대상 마법인 이것의 구현 범위를 더욱 좁혀 몬스터의 뇌만 흔들어 죽인 것이다.

당연히 생채기 하나 없는 가죽을 얻을 수 있었다.

그 결과 많은 몬스터의 가죽이 벗겨졌다. 물론 케이상단에서 그것 모두를 구입했다. 덕분에 현수의 주머니엔 적지 않은 금화와 은화가 짤랑이며 담겨 있다.

"마법사님, 여러모로 정말 고맙습니다."

"고맙긴, 다 돈 되는 일인걸."

올테른의 케이상단을 방문한 현수는 아공간에 담겨 있던 몬스터의 가죽 등을 꺼내 놓았다. 실로 어마어마한 양이다.

마차에 실으려면 최소 100여 대는 동원해야 할 정도이다.

모든 것을 꺼내놓자 기다렸다는 듯 알론이 공손히 아뢴다.

"마법사님, 이곳이 처음이신지라 마땅한 숙소가 없으실 테니 저희가 모시고 싶습니다."

"말은 고맙네. 하나 난 일단 마탑과 연락을 취하는 것이 급선무라네. 그러니 나중에 보세."

알론은 동행해 준 것만으로도 황송하다는 듯 연신 고개를 숙이며 감사의 뜻을 표했다.

"네, 언제든 소인을 찾아주시면 성심을 다해 모시겠습니다."

"말이라도 고맙네."

"아이고, 무슨 말씀을……."

"그렇다면 그럼 내가 다녀올 때까지 아드리안 공국으로 향할 배편을 알아봐 줬으면 좋겠네."

"아, 알겠습니다. 최선을 다해 가장 좋은 배편을 알아봐 드리겠습니다. 그럼 잘 다녀오십시오."

알론과 그 일행을 뒤로하고 걸어 나온 현수의 얼굴엔 웃음이 배어 있었다.

이곳까지 오는 동안 아르센 대륙에 대해 상당히 많은 정보를 습득했다. 그러는 한편 몬스터들을 상대로 마법 연습을 실컷 했다. 그 결과 상당히 많은 돈을 벌었다.

금화만 1,000여 개이다. 한국 돈으로 환산하면 약 11억 원이다. 현수가 잡은 엄청난 수효의 오우거, 트롤, 오크, 고블린, 와이번, 하피의 가죽과 부산물들의 대가이다.

『전능의 팔찌』 제2권에 계속…

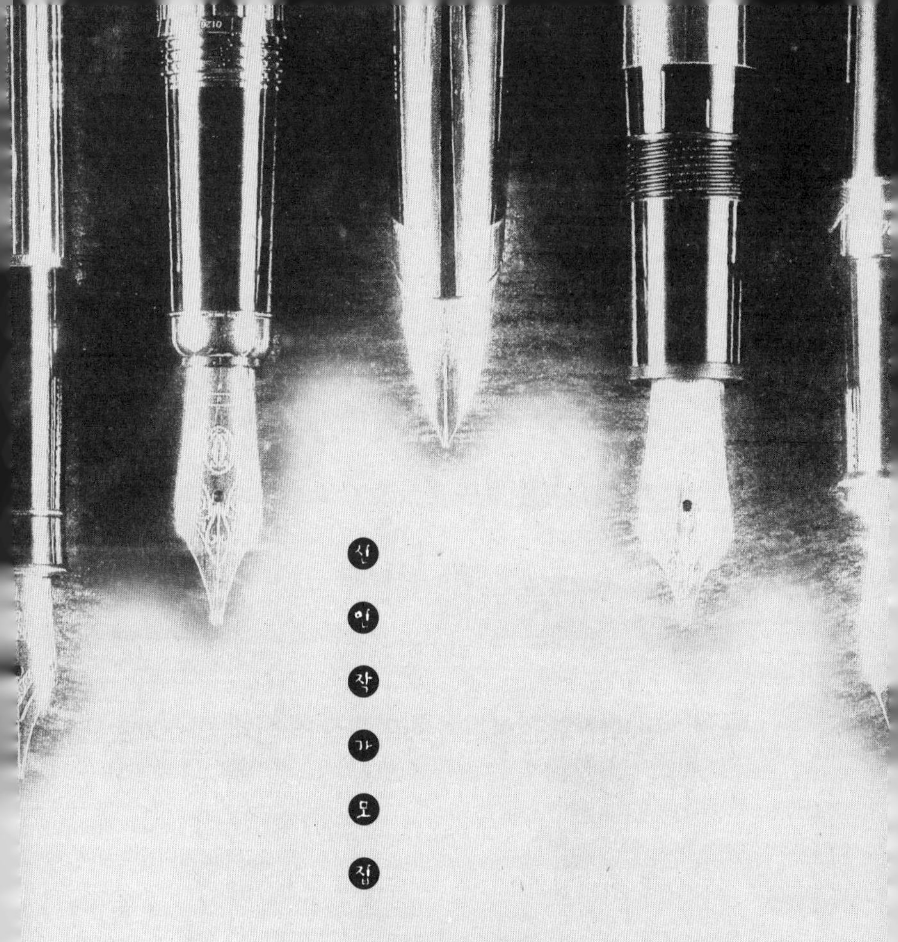

시작이 반이라고 했습니다.
작가의 길에 대한 보이지 않는 벽을 과감히 깨뜨리십시오!
청어람은 작가 지망생 여러분들의
멋진 방향타가 되어드리겠습니다.

저희 도서출판 청어람에서는
소설 신인 작가분들을 모집합니다.
판타지와 무협을 사랑하시는 분들의 많은 참여를 바랍니다.
소정의 원고(A4용지 150매)를 메일이나 우편으로 보내주시면
검토 후 출판 여부를 알려드리겠습니다.

주소:경기도 부천시 원미구 심곡2동 163-2 서경B/D 2F 우편번호 420-822
TEL:032-656-4452 · **FAX**:032-656-4453
http://**www.chungeoram.com**
e-mail:chungeoram@chungeoram.com

Book Publishing CHUNGEORAM

가즈 나이트 R

Gods Knight

이경영 판타지 장편 소설

이제는 그 전설조차 희미해진 옛 신계, 아스가르드.
그 멸망한 신계의 전사가 새로운 사명을 품고 다시금 인간들의 곁으로 내려온다.

렘런트라는 이름의 적들, 되살아나는 과거,
그리고 가치관의 차이.
그 모든 것들과 맞서 싸우려는 그녀 앞에 신은 단 한 사람의 전우를 내려준다.

그는 붉은 장발의, R의 이름을 가진 남자였다!

초대작 「가즈 나이트」의 부활!
신의 전사들의 새로운 싸움이 지금 시작된다!

Book Publishing CHUNGEORAM

유행이 아닌 자유추구 -
WWW.chungeoram.com

임준후 新무협 판타지 소설

「철혈무정로」, 「천마겁엽전」의 작가 임준후!
그가 태산처럼 거대한 남자의 이야기로 돌아왔다!

"네가 좋아하는 방식대로 살 거라.
지금까지처럼 마음이 가고 몸이 가는 대로!"

스승이 남긴 말을 가슴에 새기고 중원으로 나온 강산하.
고향으로 향하는 귀로에 하나둘씩 인연이 모여들고
어느새 그의 걸음마다 무림의 판도가 바뀌기 시작한다.

태산처럼 굳세게
산들바람처럼 유유자적하게
흔들리지 않고 올곧게 자신의 길을 걸어간
대협 철산대공 강산하의 가슴 묵직한 일대기!

Book Publishing CHUNGEORAM

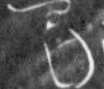

유행이 아닌 자유추구 -
WWW.chungeoram.com

용호객잔
龍虎客棧

설경구 新무협 판타지 소설

낙양 변두리에 위치한 허름한 용호객잔.
폐업 직전까지 몰렸던 용호객잔에 복덩이,
천유강이 저절로 굴러 들어왔다.
그런데… 이 객잔 좀 수상하다?

독문병기는 낡은 주판, 중원상왕을 꿈꾸는 객잔주인, 용사등.
독문병기는 마른 걸레, 끔찍이 못생긴 점소이, 용팔.
독문병기는 식칼, 긴 독수공방 끝에 요리와 혼인한 숙수, 장유걸.
독문병기는 이 빠진 도끼, 사연 많은 남장여인, 문우령.
독문병기는 얼굴, 기억을 잃어버린 절세미남 신입 점소이, 천유강.

"중원의 상왕이 되리라!"

현실감각이라고는 찾아보기 힘든
용사등의 허황된 선언이 천하를 혼란에 빠뜨린다.
바람 잘 날 없는 용호객잔의 평범한(?) 일상에
중원의 이목이 집중된다.

Book Publishing CHUNGEORAM

유행이 아닌 자유추구 -
www.chungeoram.com

GOD BREAKER

Unterbaum

이상혁 판타지 장편 소설

운터바움

신들의 파괴자

나를 제거할 자, 그를 다스리는 한 권의 책.
찾아 [illegible], 그러하지 않으면 나는 불타리.

세계의 근거, 그 자체인 거대한 나무, 바움.
그 아래에서 살아가는 생명들의 세상, 운터바움.
윈델은 신탁에 따라 바움을 파괴할 책을 찾아 떠나고
맨 처음 그의 손이 책에 닿는 순간 운명이 격변한다.

십 년을 모신 주인이자 친구, 세베리아를 비롯
세상 모든 것이 자신의 존재를 잊어버린 상황에서
윈델은 존재의 증명을 위하여 운명과 싸우기 시작한다!

나무의 파괴자 '엠베르크' 란 무엇인가?
모두가 잊어버린 '나' 는 대체 누구인가?

「데로드 앤드 데블랑」, 「카르마 마스터」의 뒤를 잇는
이상혁 작가의 정통 판타지 대작!

「운터바움-신들의 파괴자」!

Book Publishing CHUNGEORAM

소년은 오직 소녀를 위하여 검을 들었다
가슴에 담긴 지키고자 하는 뜨거운 열망.

"이제는 지킬 것이다."

단 하나 남은 소중한 인연, 무유화를 지키려
악의에 휩싸인 무림을 수호하기 위하여
윤, 세상에 서다!

그의 용혈검이 떨치는 무상류와 구천류가
모든 악을 쓸어내리리라!

지키는 자!
수호무사 윤, 그를 기억하라.

Book Publishing CHUNGEORAM

유행이 아닌 자유추구 -
WWW.chungeoram.com